KB206636

명화로 보는

그리스
로마 신화

인간의 본성

명화로 보는

그리스
로마 신화 인간의 본성

초판 1쇄 발행 2015년 8월 26일
중판 2쇄 인쇄 2022년 4월 20일

지은이 | 토마스 불핀치
옮긴이 | 박지원
펴낸 곳 | 상상더하기
발행인 | 노은희

등록 | 제2004-000288호
주소 | 경기도 파주시 문발로 115, 107호
전화 | 02-334-7048
팩스 | 02-334-7049
전자우편 | ysc9338@hanmail.net
ISBN 979-11-85462-11-0 03840

명화로 보는

그리스
로마 신화

토마스 불핀치 지음

인간의 본성

서론

introduction

　최근 인문학 바람이 불고 있습니다. 인문학을 배우자, 인문학을 읽자는 분위기가 대중을 휩쓸고 있습니다. 그러면서 인문학 서적이 불티나게 팔렸습니다. 특히 가을이 다가오면서 손에 손에 '인문학'이라는 타이틀을 가진 서적 한 권씩 들려 있는 모습이 자주 보입니다. 인문학을 쉽고 재미있게 알아보자는 취지의 도서들이 넘쳐납니다. 사실 인문학이란 것이 무엇인지도 잘 모른 채 그저 유행에 따라 인문학, 인문학 중얼거리는 사람들도 많습니다. 인문학이란 무엇일까요?

　간단히 말하면 우리 자신 본연의 것을 배우는 학문이라고 할 수 있겠지요. 바로 인간을 배우는 학문, 영어로는 'humanities'라고 일컫습니다. 그런데 최근의 인문학 열풍은 왠지 인문학계의 한 사람으로서 그리 달갑게 느껴지는 것만은 아닙니다. 혹자는 '인문학팔이'라며 호도하기도 하기 때문이지요. 인간의 본연을 배우는 학문이라니 매우 무겁고, 재미없는 학문으로 보이지 않습니까? 그런데 그것을 쉽고 가볍게 다루고 있는 것 같아 서글퍼지는 약간의 피해의식같은 것일지도 모르겠군요.

　가볍고 쉽게 인문학을 접하는 것도 사실 나쁘지는 않습니다. 어차피 인문학 전문가나 철학가나 종교가가 되지 않는 이상 깊이보다는 마음의 움직임에 중점을 두고 작으나마 인생에 긍정적인 변화를 줄 수 있다면 그것이 나쁘다고는 할 수 없겠죠. 하지만 좀 더 근본적인 인문학적 접근은 어떨지요. 정통의 인문학을 먼저 배워보자는 것입니다. 선인들이 남긴 훌륭한 문장들과 사상 등을 우선 읽고 배워보자는 것입니다.

　고전이라고 하면 마치 고루하고 따분한 것으로 치부되고는 합니다. 사실 접해보면 그렇지도 않은데, 과거의 말들이 지금의 말과 다르기 때문이기도 하겠지요. 그래서 이러한 시대적 흐름에 맞게 현대인들이 쉽게 고전을 읽고 배울 수 있도록 노력하고 있습니다.

토마스 불핀치는 평소 고전에 관심이 많았던 미국의 작가입니다. 미국인들에게 서구 문명의 근원을 배울 수 있게 하기 위해 유럽의 고대 신화를 영어로 쓰게 된 것이지요. 그리스 · 로마 신화에는 미술과 문학, 철학 등 그리스 문명을 바탕으로 하는 모든 서양의 문명이 깊이 스며들어 있습니다.

토마스 불핀치의 『그리스 로마 신화』는 출간되자마자, 선풍적인 반향을 일으키며 베스트셀러 반열에 올랐습니다. 그 후에 전 세계로 번역되어 알려지면서, 현재까지도 세계에서 널리 읽히는 책 중의 하나가 되었지요. 우리나라에는 처음에 『신화의 시대』(The Age of Fable)라는 제목으로 알려졌습니다. 물론 우리나라에서도 여전히 오랫동안 읽히는 책이 되었지요.

『그리스 로마 신화』를 읽고, 고대의 서양 문명과 사상의 세계에 빠져보는 것은 어떨까요? 또, 그것을 통해 인간 본연의 모습을 돌아보고 앞으로 나아갈 방향을 그려보는 계기를 만들어보는 것도 좋겠습니다. 『명화로 보는 그리스 로마 신화』는 그러한 목표를 가지고 번역하고 기획하였습니다. 토머스 불핀치의 글을 완역하면서도 좀 더 쉽고 재미있게 읽을 수 있도록 하였습니다.

2015년 여름

차례

contents

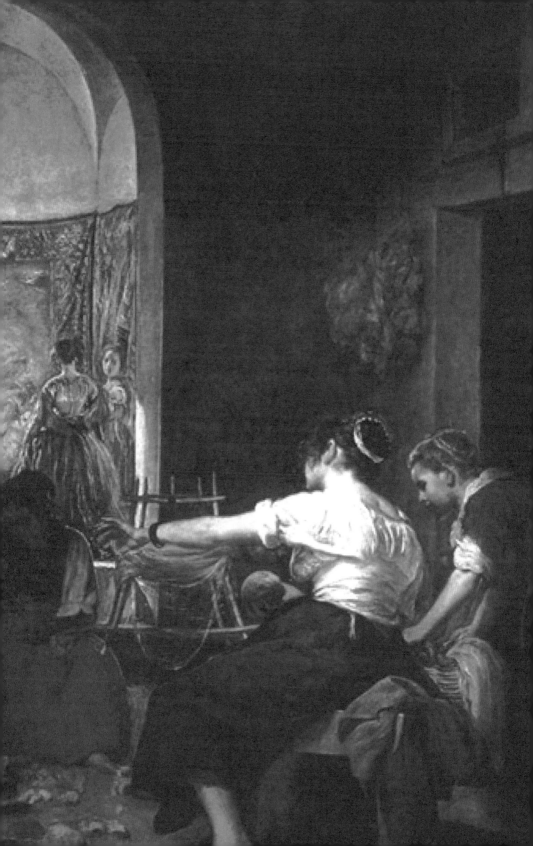

그리스의 신들

    고대 그리스와 로마의 종교는 소멸되었다. 이른바 올림포스의 신들을 믿는 사람은 현대인 중에는 단 한 사람도 없다. 이 신들은 지금은 신학의 부문에 속하지 않고 문학과 취미의 부문에 속한다. 이 부문에서 그들은 아직 그 지위를 유지하고 있고 앞으로도 계속 유지해나갈 것이다. 그들이 고금의 시와 회화 중에서도 최고의 걸작이라고 알려져 있는 작품과 아주 밀접한 관계가 있기 때문이다.

    이제부터 이러한 신들에 대한 이야기를 하려고 하는데, 이 이야기는 고대인으로부터 우리에게 구전되었으며 현대의 시인, 비평가, 강연자들에게 널리 인용되고 있다. 그러므로 독자 여러분은 이 이야기를 읽음으로써 이제까지의 상상에 의한 창작물 가운데 가장 흥미진진한 이야기를 접할 수 있을 것이다. 또한 자기 시대의 기품 있는 문학 작품을 이해하려고 하는 독자들은 반드시 필요하고도 중요한 지식을 얻게 될 것이다.

    이런 이야기를 이해하려면 우선 고대 그리스인들이 세계 구조를 어떻게 인식하고 있었는가를 알아야 한다. 왜냐하면 로마인은 그리스인으로부터, 우리는 로마인으로부터 그들의 과학과 종교를 이어받았기 때문이다.

그리스인들은 지구는 둥그렇고 평평한 것으로 믿고 있었다. 그리고 자기들의 나라는 그 중앙에 있고 그 중심점이 신들의 주거지인 올림포스 산 혹은 신탁으로 유명한 델포이의 성지라고 믿고 있었다. 이 원반과 같은 세계는 동서로 긴 바다에 의해서 두 개로 나뉘어 있다고 생각했다. 사람들은 그 바다를 지중해, 그것으로부터 이어지는 바다를 에욱세이노스(흑해)라 불렀다.

그리스인들이 알고 있는 바다는 이 두 개뿐이었다. 지구의 주위에는 '대양하'가 흐르고 있었는데, 흐르는 방향은 지구의 서편에서는 남쪽에서 북쪽으로, 동편에서는 그 반대로 흐르고 있었다. 흐름은 변함없이 언제나 한결같았고 어떠한 폭풍우가 몰아쳐도 범람하는 일이 없었다. 지구 상의 모든 바다와 강에는 그곳으로부터 물이 흘러들고 있었다.

지구의 북쪽 일부에는 히페르보레오스라 불리는 행복한 민족이 살고 있는 것으로 생각하고 있었다. 이 민족은 높은 산맥 너머에서 영원한 기쁨과 봄을 누리면서 살고 있었다. 그리고 이 산에 있는 커다란 동굴로부터 살을 에는 듯한 차가운 폭풍이 몰려와서, 헬라스(그리스)의 사람들을 추위에 얼게 한다고 생각하고 있었다. 그 나라는 육로나 해로 그 어느 것을 통해서도 접근할 수 없었다. 더구나 그 나라 사람들은 질병이나 노쇠 또는 노고나 전쟁을 모르고 살았다.

지구의 남쪽, 대양하 가까이에 히페르보레오스와 비슷한 정도로 행복하고 덕이 많은 사람들이 살고 있었다. 그들은 에티오피아인이라고 불렸다. 신들이 그 민족에 호의를 베풀고 있었기 때문에 때때로 올림포스의 거처를 떠나서 그들과 향연을 함께하는 일이 있었다.

그리고 지구의 서쪽 대양하 가까이에는 '엘리시온의 들'이라 불리는 낙원이 펼쳐져 있었다. 이곳은 신들로부터 특히 총애를 받은 인간만이 죽음의 고통을 맛보지 않고 보내지는 곳으로, 그곳 사람들은 영원한 행복감을 맛볼 수 있었다. 그래서 사람들은 이 행복한 낙원을 '행운의 들', 혹은 '축복받은 사람들의 섬'이라고 불렀다.

이것으로 알 수 있듯이 고대 그리스인은 동방과 남방의 민족, 혹은 지중해 연안 근처를 제외하고는 어떠한 민족도 존재하지 않을 것이라 생각했다. 그래서 그리스인은 지중해의 서쪽 땅에 거인과—괴물—마녀들이 사는 것으로, 그리 넓은 것으로 생각하지는 않았겠지만 원반과 같은 세계의 주변에 신들의 특별한 총애를 받은 민족이 행복과 장수를 누리며 사는 것으로 생각했다.

여명과 해, 그리고 달은 대양하에서 떠올라 신들과 인간들에게 빛을 주면서 공중을 달리는 것으로 생각하고 있었다. 북두칠성, 즉 큰곰자리 및 그 근처에 있는 다른 별들을 제외한 모든 별들도 대양하에서 떠오르고 또 그 속으로 지는 것으로 생각하였다. 그곳에서 태양신은 날개가 달

린 배를 타고 지구의 북쪽을 돌고 난 후 동방, 즉 떠오른 곳으로 돌아간다고 생각했던 것이다.

신들의 거처는 테살리아에 있는 올림포스 산꼭대기에 있었다. 그곳에는 '계절'이라고 불리는 여신들이 지키는 구름문이 하나 있었는데, 이 문은 천상의 신들이 지상에 내려갈 때나 다시 천상으로 돌아갈 때 열렸다. 신들은 각기 자기 궁전을 소유하고 있었는데, 주신 제우스의 소집이 있으면 모두 제우스의 신전에 모였다. 지상이나 수중 또는 지하에 살고 있는 신들까지도 모였다.

이 올림포스의 주신이 사는 궁전의 큰 홀에서는 많은 신들이 그들의 음식과 음료인 암브로시아와 넥타르를 먹고 마시며 매일 향연을 열고 있었다. 그리고 아름다운 여신 헤베가 넥타르 잔을 날랐다. 이 연회석 상에서 신들은 천상과 지상의 여러 사건들을 이야기하였다. 그들이 넥타르를 마시고 있을 때면 음악의 신 아폴론이 리라를 타면서 그들을 즐겁게 해주었고, 뮤즈 여신들은 이것에 맞추어 노래를 불렀다. 해가 지면

Philopappos 언덕 위에서 바라본 Acropolis

신들은 각자 자기 거처로 돌아가 잠을 잤다. 여신들이 입은 성의와 그 밖의 옷은 아테나(미네르바)와 미의 세 여신들이 짰는데, 좀 단단한 것들은 다양한 종류의 금속으로 만들어졌다.

헤파이스토스는 건축기사에다 대장장이, 갑옷 제조자, 이륜차 제조자, 그 밖에도 올림포스에서는 무엇이든지 만들 수 있는 명공이었다. 그는 놋쇠로 신들의 집을 지어주었으며 황금으로 신들의 구두를 만들어주었다. 신들은 그 구두를 신고 공중이나 물 위를 걷고, 바람과 같은 빠른 속도로 혹은 또 마음 내키는 대로 이곳저곳으로 이동했다. 또한 헤파이스토스가 천마의 다리에 편자를 박자 그 말은 신들의 이륜차를 끌고 공중과 해상을 질주했다. 그는 자기가 만든 물건에 스스로 움직이는 힘을 부여할 수 있었다. 그래서 그가 만든 삼각가(의자와 테이블을 겸한 물건)는 궁전의 홀을 자유자재로 출입할 수 있었다. 그는 황금으로 만든 시녀들에게 지능을 부여하여 부리기까지 했다.

제우스는 신들과 인간의 아버지라고 불리고 있었는데, 제우스에게도 부모는 있었다. 크로노스(사투르누스)가 그 아버지요, 레아(옵스)가 어머니였다. 크로노스와 레아는 티탄 신족에 속해 있었다. 그리고 이 신족의 양친은 하늘과 땅으로부터 태어났고, 하늘과 땅은 또 카오스(혼돈)로부터 태어났다. 이 카오스에 대해서는 다음 장에서 더 자세히 설명하겠다.

또 하나의 다른 '코스모고니', 즉 우주창조설이 있었는데, 이 설에 의하면 최초에 가이아(대지의 신)와 우라노스(천공의 신)의 사랑이 있었다. 카오스 위에 떠 있던 닉스(밤)의 알에서 에로스(사랑)가 태어났으며, 그가 갖고 있던 화살과 횃불로 모든 사물을 찌르거나 사물에 생기를 주어 생명과 환희를 만들었다고 한다.

크로노스와 레아만이 유일한 티탄족이었던 것은 아니다. 이 둘 이외에도 오케아노스, 히페리온, 이아페토스, 오피온과 같은 남신들과 테이아, 포이베, 테티스, 테미스, 므네모시네와 같은 여신들이 있었다. 이 신들은 연로한 신들이라 일컬어져 그들의 지배권은 그 후에 다른 신들에게 넘어갔다. 크로노스는 제우스에게, 오케아노스는 포세이돈에게, 히페리온은 아폴론에게 각각 지배권을 넘겨주었다. 히페리온은 태양과 달과 여명의 아버지였다. 그러므로 그는 최초의 태양신인 셈이다. 그리고 그는 광휘와 미의 상징으로 그려져 있는데, 그것도 후에는 아폴론에게 넘겨주게 된다.

크로노스에 대해서는 책에 따라 그 묘사가 완전히 다르다. 어떤 책에는 그의 치세는 결백과 순결의 황금시대였다고 묘사되어 있는 반면에, 다른 책에는 자기의 아들을 마구 잡아먹은 괴물이라고 쓰여 있다. 후자에 따르면 제우스가 아버지에게 먹히는 운명을 간신히 면하고 성장하여 메티스(세심)를 아내로 맞이하게 되었는데, 그녀가 시아버지인 크로노스에게 어떤 약을 마시게 하여 먹은 아이들을 다 토하게 했다고 한다. 그 후 제우스는 그의 형제자매와 함께 그들의 아버지인 크로노스와 그의 형제인 티탄 신족들에 대해 폭동을 일으켰다. 그들을 정복하자 그중의 일부는 타르타로스(지옥)에 가두고 또 다른 자들은 형벌을 가했다. 그리고 아틀라스 신은 어깨로 하늘을 떠메고 있으라는 선고를 받았다.

크로노스를 폐위시킨 제우스는 그의 동생인 포세이돈(넵투누스)과 하데스(플루톤)와 더불어 크로노스의 영토를 분할하였다. 제우스는 하늘을, 포세이돈은 바다를, 그리고 하데스는 죽은 사람들의 나라를 차지하였다. 그리고 지구와 올림포스는 세 사람의 공유 재산으로 하였다.

이리하여 제우스는 신과 인간들의 왕이 되었다. 천둥이 그의 주된 무기였고 아이기스라는 방패도 갖고 있었다. 헤파이스토스가 그를 위하여 만든 것이다. 제우스가 총애한 새는 독수리였는데, 이 새가 제우스의 번개를 지니고 있었다.

헤라(유노)는 제우스의 아내였고, 신들의 여왕이었다. 또 무지개의 여신 이리스는 헤라의 시녀이며 사자였다. 그리고 여왕이 총애하는 새는 공작이었다.

천상의 명공 헤파이스토스는 제우스와 헤라 사이에 태어난 아들이었다. 그는 태어나면서부터 절름발이였기 때문에 그의 어머니는 추한 꼴을 매우 싫어하여 그를 천상에서 내쫓았다. 일설에 의하면 제우스와 헤라가 부부싸움을 했을 때 헤파이스토스가 그의 어머니 편을 드는 것에 화가 난 제우스가 그를 차버렸고, 이에 천상에서 떨어져 절름발이가 되었다고 한다. 그는 하루 종일 추락하다가 마침내 렘노스 섬에 떨어졌고, 그 후 이 섬은 헤파이스토스 성지가 되었다.

전쟁의 신 아레스(마르스)도 제우스와 헤라의 아들이었다.

궁술과 예언과 음악의 신 아폴론은 제우스와 레토(라토나) 사이에 태어난 아들이다. 그리고 그는 아르테미스(디아나)의 오빠이기도 했다. 그의 여동생 아르테미스가 달의 여신인 것처럼 아폴론은 태양의 신이었다.

사랑과 미의 여신 아프로디테(베누스)는 제우스와 디오네 사이에 태어난 딸이다. 일설에 의하면 아프로디테는 바다의 거품에서 나왔다고도 한다. 그녀가 서풍에 떠밀려 물결을 따라 키프로스 섬에 도착하자 계절의 여신들은 그녀를 영접하고 고운 옷을 입혀 신들이 모인 궁전으로 인도했다. 아프로디테의 아름다움에 매혹되어 신들은 모두 그녀를 아내로 삼기를 원했다. 제우스는 헤파이스토스가 번개를 잘 단련한 데 대한 답례로서 그녀를 그에게 주었다. 여신 중에서 가장 아름다운 신이 남신 중에서 가장 못생긴 신의 아내가 된 셈이다. 아프로디테는 케스토스라고 하는 자수를 놓은 띠를 가지고 있었는데, 이 띠는 사랑을 일으키게 하는 힘이 있었다. 그녀가 총애한 새는 백조와 비둘기였고, 그녀에게 바쳐진 식물은 장미와 도금양나무였다.

사랑의 신인 에로스(큐피드)는 아프로디테의 아들이었고, 어머니와 항상 붙어다녔다. 그리고 활과 화살로 신과 인간의 가슴 속에 사랑의 화살을 쏘았다.

또 안테로스라 부르는 신도 있었는데 이 신은 때로는 실현되지 않는 사랑의 복수자로도 표현되고, 때로는 상호 간의 사랑의 상징으로도 표현되었다. 그에 대해서는 다음과 같은 이야기도 전해지고 있다. 아프로디테가 정의의 신인 테미스를 붙잡고 늘 어린아이 상태에 머물러 성장하지 않는 에로스에 대해 걱정을 하였더니, 테미스가 그것은 에로스가 외아들이기 때문이라며 동생이 생기면 바로 성장하게 되리라고 조언했다. 그 후 얼마 안 가서 안테로스가 탄생하자 그 즉시 에로스는 날로 덩치가 커졌고 힘도 세졌다고 한다.

지혜의 여신으로서 팔라스라고 불리는 아테나는 제우스의 딸이었다. 이 여신에게는 어머니가 없었기 때문에 제우스의 머리에서 완전히 무장한 모습으로 태어났다. 그녀가 총애한 새는 올빼미였고, 그녀에게 바쳐진 식물은 올리브였다.

헤르메스(메르쿠리우스)는 제우스와 마이아 사이에 태어난 아들이었다. 그가 주관한 분야는 상업, 레슬링 및 그 밖의 경기, 나아가서는 도둑질에까지 미쳤으며, 요컨대 숙련과 민첩함을 요하는 일체의 것에 미쳤다. 그는 아버지 제우스의 사자로서 날개 달린 모자를 쓰고 날개 달린 구두를 신고 있었고, 두 마리의 뱀이 감겨 있는 케리케이온(카두케우스)이라는 지팡이를 손에 지니고 다녔다. 또한 헤르메스는 리라를 발명했다고도 전해지고 있다. 어느 날 한 마리의 거북을 발견하고서 그 갑골의 양끝에 구멍을 뚫고 리넨 실을 구멍에 꿰어 이 악기를 완성했다고 한다. 현의 수는 아홉 명의 뮤즈 여신에게 경의를 표하는 뜻에서 아홉 개였다. 헤르메스는 이 리라를 아폴론에게 주고 그 답례로 케리케이온 지팡이를 받았다.

데메테르는 크로노스와 레아의 딸로, 농업을 주관했다. 그녀에게는 페르세포네(프로세르피네)라는 딸이 있었는데, 이 딸은 후에 하데스의 아내가 되어 죽은 사람들의 나라의 여왕이 되었다.

술의 신인 디오니소스(바쿠스)는 제우스와 세멜레 사이에 태어난 아들이었다. 그는 술에 취하게 하는 힘을 상징할 뿐만 아니라 술의 사회적인 좋은 영향력도 상징하고 있으므로, 문명의 촉진자, 입법자, 또 평화의 애호자로 생각되고 있다.

뮤즈의 여신들은 제우스와 므네모시네(기억의 여신) 사이에 태어난 딸들이었다. 이 딸들은 노래를 주재하고 기억을 촉진시켰다. 이들 뮤즈의 여신은 모두 아홉 명이었는데, 각기 문학, 예술, 과학 등의 분야를 분담하여 주관했다. 즉 칼리오페는 서사시를 주재했고, 클레이오는 역사를, 에우테르페는 서정시를, 멜포메네는 비극을, 테르프시코레는 합창단의 춤과 노래를, 에라토는 연애시를, 폴리힘니아는 찬가를, 우라니아는 천문학을, 탈레이아는 희극을 각기 주관했다.

미의 여신들 카리테스가 주재하는 것들은 향연과 무용, 게다가 모든 사교적인 환락과 기품 있는 예술이었다. 이 여신들은 세 명이었는데, 그 이름은 에우프로시네, 아글라이아, 탈레이아였다.

운명의 여신들인 모이라이(파르카)도 클로토, 라케시스, 아트로포스 세 명이었다. 그들의 임무는 인간 운명의 실을 짜는 것이었다. 또 그들은 큰 가위를 가지고 있어서 어느 때고 마음만 내키면 가위로 실을 끊기도 하였다. 이 여신들은 테미스의 딸로, 모친은 제우스의 옥좌 곁에 앉아서 그의 상담역을 맡고 있었다.

복수의 여신들(에리니에스 혹은 푸리아)은 정의의 재판을 피하거나 경멸하는 자들의 범죄를 눈에 보이지 않게 벌하는 세 명의 여신이었다. 이 복수의 여신들의 머리카락은 뱀으로 되어 있고, 전신이 무섭고 소름 끼치는 모습을 하고 있었다. 그들의 이름은 알렉토, 티시포네, 메가에라였다. 그녀들은 또한 에우메니테스(착한 마음의 여신)라고도 불렸다.

네메시스 또한 복수의 여신이었다. 그녀는 신들의 분노, 특히 거만한 자와 불손한 자들에 대한 분노를 상징했다.

판은 가축과 목자의 신이었다. 그가 즐겨 사는 곳은 아르카디아의 들이었다.

사티로스는 숲과 들의 신들이었다. 그들은 온몸에 딱딱한 털이 있었고 머리에는 짧은 뿔이 돋아 있었으며, 다리는 산양과 비슷하게 생겼다.

모모스는 웃음의 신이었고, 플루토스는 부와 재물을 주재하는 신이었다.

로마의 신들

이제까지 이야기해온 신들은 로마인들도 받아들이기는 했지만 모두 그리스의 신들이다. 그러나 이제부터 이야기하는 신들은 로마 신화의 고유한 신들이다.

사투르누스는 고대 이탈리아인의 신이었다. 이 신은 그리스의 신 크로노스와 동일시되고, 전설에 의하면 아들 유피테르(제우스)에 의해 폐위되자 이탈리아로 도망하여 이른바 황금시대라고 불리는 시기에 그곳에서 재위하였다고 한다. 그의 선정을 기념하기 위하여 매년 겨울에 사투르날리아라는 제전이 거행되었는데, 그때에는 모든 공무가 정지되고 선전포고나 형벌의 집행도 연기되었으며, 친구들은 서로 선물을 교환하였고 노예들에게도 자유가 최대한으로 허용되었을 뿐 아니라 그들을 위하여 잔치가 벌어지고 그 석상 앞에서는 주인이 노예들의 시중을 들었다. 그것은 사투르누스의 치세에서는 인간이 본래 평등하다는 것과 만물이 만인에게 평등하게 속한다는 것을 보여 주기 위한 것이었다.

사투르누스의 손자인 파우누스는 들과 목자의 신 혹은 예언의 신으로 숭배를 받았다. 그의 또 다른 이름인 파우니는 그리스의 사티로스와 같

마르첼로 극장

이 익살스러운 신들의 한 무리를 의미했다.

키리누스는 전쟁의 신이었는데 로마의 창건자였고, 사후에 신의 지위에 오르게 된 로물루스 자신이었다.

벨로나는 전쟁의 여신이었다.

테르미누스는 토지 경계의 신이었다. 그의 석상은 거친 돌이나 기둥으로써 들의 경계를 표시하기 위하여 지상에 세워졌다.

팔레스는 가축과 목장을 주관하는 여신이었다.

포모나는 과실나무를 주관하였다.

플로라는 꽃을 주재하는 여신이었다.

루키나는 출산의 여신이었다.

베스타(그리스의 헤스티아)는 국가의 솥과 가정의 솥을 주재하는 여신이었다. 베스타의 신전에선 베스탈이라고 하는 여섯 명의 처녀 제사가 수호하고 있는 성화가 타오르고 있었다. 로마인 신앙에 의하면 국가의 안녕은 이 성화의 보존과 관계가 있으므로 처녀 제사의 게으름 때문에 그것이 꺼지는 일이 있으면 그녀들은 엄벌을 받았고, 꺼진 불은 태양 광선에 의하여 다시 점화되었다.

리베르는 바쿠스(디오니소스)의 라틴 이름이며, 물키베르는 불카누스(헤파이스토스)의 라틴 이름이다.

야누스는 하늘의 문지기로서 새해를 열기 때문에 1년의 최초의 달(야누아리우스, January를 의미함)은 그의 이름을 따서 붙여졌다. 그는 문의 수호신이었는데, 모든 문은 두 방향으로 나 있으므로 그는 보통 두 개의 머리가 있는 것으로 표현되었다. 로마에는 야누스의 신전이 무수히 많았는데, 전쟁 때에는 주요한 신전의 문은 언제나 열렸고 평화로울 때에는 닫혀 있었다. 그러나 누마와 아우구스투스의 치세 동안에는 문이 오직 한 번 닫혔을 뿐이었다.

페나테스는 가족의 행복과 번영을 지켜주는 신으로 생각되었다. 그리고 찬장이 이 신들의 성소로 되어 있었다. 그렇기 때문에 한 가정의 주인은 모두 자기 집의 페나테스의 제사였다.

라레스(라르)도 또한 가정을 지키는 신들이었다. 그러나 페나테스와 달리 이들은 죽은 자의 영혼이 신이 된 것이라 여겨졌으며, 가정의 라레스는 자손들을 감독하고 보호하는 영혼으로 생각되었다. 레무레스와 라르바아라는 말은 영어의 고스트(유령)라는 말과 같다.

로마인들의 믿음에 의하면 남자는 누구든지 자기의 수호신 게니우스를, 여자는 자기의 수호신인 유노를 가지고 있었다. 로마인들은 그 신이 자기들에게 삶을 주었다고 생각했고, 평생 자기들의 보호자가 되어주리라고 생각했다. 그러므로 자기들의 생일에는 남자는 자기의 수호신인 게니우스에게 선물을 바쳤고, 여자는 자기의 수호신인 유노에게 선물을 바쳤다.

프로메테우스와 판도라

세계 창조는 이 세계에 살고 있는 인간의 흥미를 자극하는 문제다. 고대의 이교도들은 이 문제에 대해서 그리스도인이 성서에서 배울 수 있는 종류의 지식이 부족했으므로 그들 나름대로의 세계 창조 이야기를 전해왔다. 그 이야기는 다음과 같다.

땅과 바다와 하늘이 창조되기 전에는 만물은 다 같은 모양이었는데, 우리는 이것을 카오스라고 부른다. 이 카오스는 형태 없는 혼돈의 덩어리요, 하나의 죽어 있는 거대한 덩어리에 불과하였으나 그 속에는 여러 사물들의 씨가 잠자고 있었다. 즉 땅과 바다와 공기가 한데 혼합되어 있었다. 그때만 해도 땅은 고체가 아니었으며, 바다는 액체가 아니었고, 공기는 투명하지 않았다. 마침내 신과 자연이 개입하여 땅을 바다와 분리하고 하늘을 땅, 바다와 분리하여 이 혼돈을 끝나게 하였다. 그때 타오르던 부분이 가장 가벼웠기 때문에 날아올라가 하늘이 되었다. 공기는 무게와 장소에서 그다음 위치를 차지했다. 땅은 이들보다는 무거웠기 때문에 밑으로 가라앉았다. 그리고 물이 제일 낮은 곳으로 내려가 육지를 뜨게 했다.

이때 어떤 신이—그 신이 누구인지는 알 수 없지만— 있는 힘을 다하여 여러 형태로 땅을 정리하고 배열했다. 장소를 지정하고, 산을 일으키고 골짜기를 파고, 숲과 샘과 비옥한 논밭과 돌이 많은 벌판을 여기저기에다 배치했다. 공기가 청명하게 되자 별들이 나타나기 시작하였고, 물고기는 바다를, 새는 공중을, 네발짐승은 육지를 각각 자기 것으로 삼았다. 그 후에 고등 동물이 필요하여 인간이 만들어졌다. 창조의 신이 인간을 만들 때 신적인 재료를 사용하였는지, 아니면 어떤 하늘의 종자가 아직 잠재하고 있는 상태의 흙을 사용하였는지는 분명하지 않다. 어쨌든 프로메테우스는 대지에서 흙을 조금 떼어내고 물로 반죽하여 인간을 신의 형상과 같이 만들었다.

프로메테우스는 오직 인간에게만 직립자세를 주었다. 그렇기 때문에 다른 동물은 얼굴을 밑으로 향하고 지상을 바라보는데, 인간만은 얼굴을 하늘로 향해 별을 바라보았다.

프로메테우스는 인간이 창조되기 전에 지상에 거주하고 있던 거인족인 티탄신족의 한 신이었다. 프로메테우스와 그의 동생인 에피메테우스는 인간을 만들거나, 인간과 그 밖의 다른 동물들에게 그들이 살아가는 데 필요한 능력을 부여하는 일을 주관하고 있었다. 에피메테우스가 이 일에 착수하였고, 프로메테우스는 완성되면 그것을 감독하기로 하였다.

에피메테우스는 각각의 동물들에게 용기, 힘, 속도, 지혜 등 여러 선물을 주기 시작하였다. 어떤 동물에게는 날개를 주고 어떤 동물에게는 손톱이나 발톱을 주고 또 몸을 덮는 패각 따위를 주었다. 만물의 영장이 될 인간의 차례가 왔으나 에피메테우스는 그의 자원을 모두 다 써버렸으므로 인간에게는 줄 것이 더 이상 남아 있지 않았다. 당황한 그는 형인 프로메테우스에게 달려가 도움을 청했다.

프로메테우스는 아테나의 도움을 받아 하늘로 올라가서 태양의 이륜차의 불을 그의 횃불에 붙여, 그 불을 가지고 인간에게 내려왔다. 이 선물 덕택으로 인간은 다른 동물보다 월등한 존재가 될 수 있었다. 인간은 이 불을 사용하여 무기를 만들어 다른 동물을 정복할 수가 있었고, 도구를 사용하여 토지를 경작할 수 있었기 때문이다. 게다가 거처를 따뜻하게 하여 기후가 다소 추운 곳에서도 살 수 있었고, 나아가서는 여러 형태의 예술을 창조했으며, 상거래의 수단이 되는 화폐를 만들 수 있었기 때문이다.

아직 여자는 만들어지지 않았다. 이상한 이야기지만, 제우스가 여자를 만들어서 프로메테우스와 그의 동생에게 보냈다고 한다. 그 이유는 두 형제에 대해서는 하늘로부터 불을 훔친 외람된 짓을 벌하기 위해서요, 인간에 대해서는 그 선물을 받은 죄를 벌하기 위해서였다. 최초로 만들어진 여자는 판도라(모든 선물을 받은 여인이라는 뜻)라고 불렸다. 그녀는 하늘에서 만들어졌는데, 그녀를 완성하는 과정에서 모든 신들이 조금씩 기여하였다. 아프로디테는 미를 주었고 헤르메스는 설득력을, 아폴론은 음악적 능력을 주었다. 이렇게 해서 만들어진 판도라는 지상으로 옮겨져 에피메테우스에게 보내졌다. 에피메테우스는 형인 프로메테우스로부터 제우스와 그의 선물을 경계하라는 주의를 받았음에도 불구하고 그녀를 흔쾌히 아내로 맞아들였다.

한편 에피메테우스의 집에는 상자 한 개가 있었고 그 속에는 해로운 것들이 들어 있었는데, 그것은 인간에게 새로운 주거를 만들어줄 때는 필요치 않았기 때문에 보관하고 있었던 것이다. 판도라는 이 상자 속에 무엇이 들어있는지 알고 싶었다. 마침내 궁금함을 이기지 못한 그녀는 상자 뚜껑을 열고 들여다보았다. 그러자 불행하게도 인간을 괴롭히

John William Waterhouse: Pandora, 1896

는 무수한 재앙들(육체를 괴롭히는 것으로는 통풍, 류머티즘, 복통 등을 말하며, 정신을 괴롭히는 것으로는 질투, 원한, 복수 등을 말한다.)이 그 속으로부터 빠져나와 사방팔방으로 흩어졌다. 판도라는 놀라 재빨리 뚜껑을 덮으려고 하였으나 상자 속에 들어 있던 것은 이미 다 날아가고 오직 하나만이 맨 밑에 남아 있었는데, 그것이 바로 '희망'이었다. 오늘에 이르기까지 우리가 어떤 재난에 처해도 희망을 잃지 않는 것은 바로 이 때문이다. 희망이 있는 한 어떠한 재난도 우리를 절망할 정도로 불행하게 하지는 못한다.

또 다른 이야기에 의하면 판도라는 제우스의 호의로 인간을 축복하기 위하여 보내졌다고 한다. 판도라는 여러 신들이 그녀의 결혼을 축복하기 위하여 선사한 물건이 들어 있는 상자를 받았다. 그녀가 무심코 그 상자를 열었더니 선물이 다 달아나버리고, 오직 희망만이 남았다는 것이다. 이 이야기가 앞서의 이야기보다 더 진실성이 있는 것 같다. '희망'은 값비싼 보석과 같은 것이므로, 그것이 앞서의 이야기처럼 모든 재난으로 가득 찬 상자 속에 함께 들어 있었다는 것은 이해하기 힘든 일이기 때문이다.

이렇게 해서 세계에 주민이 살게 되었는데, 그 최초의 시대는 죄악이 없는 행복한 시대로 '황금시대'라고 불렸다. 법률이라는 강제에 의하지 않고도 진리와 정의가 행해졌으며 위협을 가하거나 벌을 주는 관리도 없었다. 그 무렵에는 아직 배를 만들기 위하여 산림이 벌채되는 일도 없었고, 마을의 주변에 성곽을 쌓는 일도 없었다. 칼이나 창이나 투구 같은 것들도 없었다. 대지는 인간이 밭을 갈고 씨를 뿌리며 노동하지 않더라도 인간에게 필요한 모든 것을 생산하였다. 항상 봄의 계절만이 있을 뿐이었고, 씨를 뿌리지 않아도 꽃은 피었고, 시내에는 우유와 술이 흐르고, 노란 꿀이 상수리나무에서 떨어졌다.

다음에는 '은시대'가 왔다. 이 시대는 '황금시대'만은 못했지만 다음에 오는 '청동시대'보다는 나았다. 제우스는 봄을 단축하고 1년을 네 계절로 나누었다. 그때부터 인간은 추위와 더위를 참고 견뎌야 했으며 비로소 가옥이 필요하게 되었다. 최초의 주거지였던 동굴과 숲 속의 나뭇잎으로 덮였던 은신처는 나뭇가지로 엮어 만든 오두막집으로 바뀌었다. 농작물도 재배하지 않으면 자라지 않았다. 농부는 씨를 뿌리지 않으면 안 되었으며, 소가 쟁기를 끌게 하지 않으면 안 되었다.

다음에는 '청동시대'가 왔는데, 이 시대는 사람의 성질이 전 시대보다 훨씬 거칠었고, 걸핏하면 무기를 들고 싸우려 했다. 그러나 아직 극심하리만큼 사악하지는 않았다.

가장 무섭고 나쁜 시대는 '철시대'였다. 죄악은 홍수처럼 넘쳐흘렀고 겸손과 진실 그리고 명예도 헌신짝처럼 버려졌다. 그 대신 사기와 간사한 지혜, 폭력과 사악한 욕망이 나타났다.

뱃사람은 바람에 돛을 달고, 수목은 산에서 벌채되어 배의 용골이 되었고, 그로 인해 대양을 성가시게 했다. 그전까지 공동으로 경작되던 땅이 분할되어 사유재산이 되기 시작하였다. 사람들은 땅의 표면에서 산출되는 것에 만족하지 않고 그 내부까지 파서 광물을 끄집어내었다. 이리하여 유해한 철과 더욱 유해한 금이 산출되었고, 인간은 철과 금을 무기(황금의 무기란 '뇌물'을 말한다)로 만들어 전쟁을 일으켰다.

손님은 친구 집에 있어도 안전하지 못했다. 사위와 장인, 형제와 자매, 남편과 아내는 서로 믿지 못했다. 자식들은 재산을 상속받기 위하여 부친이 죽기를 바랐다. 가족의 사랑도 땅에 떨어졌다. 대지는 살육의 피로 물들었고 신들은 하나하나 대지를 저버렸는데, 아스트라이아 여신만이 남아 있다가 마침내 그녀마저도 떠나버렸다.

　제우스는 이런 상태를 보고 크게 노하여 회의를 열어 신들을 소집하였다. 신들은 주신의 소집에 응하여 하늘의 궁전으로 향했다. 청명한 밤에는 누구나 볼 수 있는 이 길이 공중을 가로지르고 있었는데 이것을 은하라고 불렀다. 이 길가에는 유명한 신들의 궁전이 즐비하게 늘어서 있었고, 일반 서민들은 길 양쪽에서 훨씬 떨어져서 살고 있었다.

　제우스는 신들이 모이자 그들을 향하여 말하기 시작하였다. 우선 지상의 끔찍한 상태를 설명하였다. 이어서 제우스는 그 주민들을 다 멸망케 하고 그들과는 다른, 더 살아갈 가치가 있고 신을 더 숭배하는 새로운 종족들을 만들 것이라 선언을 하고 난 후 회의를 끝내었다.

　회의가 끝난 후 제우스는 번개를 손에 쥐고서는 그것을 던져 이 세계를 불태워버리려고 했다. 그러나 불이 일어나면 하늘도 화재를 면하지 못하리라 생각한 제우스는 계획을 바꾸어 세계를 물바다로 만들려고 하였다. 그는 우선 비구름을 흩날리는 북풍을 사슬로 붙들어매고 남풍을 보냈다. 그러자 순식간에 하늘 전체가 암흑으로 덮였다. 구름이 사방에서 몰려와 굉장한 소리를 내며 서로 부딪쳤다. 비는 폭포처럼 쏟아졌다. 곡식은 쓰러지고 한 해 동안의 농부들의 노력은 순식간에 물거품으로 돌아갔다. 제우스는 자기의 물만으로는 만족하지 않고 동생인 포세이돈을 불러 그의 물로써 돕기를 청했다. 포세이돈은 강을 범람케 하여 대지를 덮었다. 동시에 그는 지진을 일으켜 대지를 뒤흔들었고 해일을 일으켜 해안을 휩쓸게 하였다. 가축과 인간 그리고 가옥이 유실되고 신성한 담으로 둘러싸였던 지상의 신전들까지도 더럽혀졌다. 유실되지 않은 큰 건물들은 모조리 물속에 잠겼고, 그 높은 탑까지도 물속에 침몰되었다.

　이제 모든 것은 바다가 되었다. 해변이 없는 바다가 되었다. 여기저기 돌출한 산꼭대기에는 간혹 사람이 남아 있었고 최근까지 쟁기질을 하던 들에서 작은 배를 타고 노를 저었다. 물고기들은 나뭇가지 사이에서 헤엄을 치고, 닻은 정원 안에 던져졌다. 온순한 양이 좀 전까지 놀고 있던 곳에는 사나운 물개가 뛰놀았다. 늑대는 양 사이에서 헤엄치고 누런 사자와 범은 물속에서 몸부림쳤다. 물속에서는 멧돼지의 힘과 사슴의 재빠름도 소용이 없었다. 새들은 날다가 지쳤지만 앉아 쉴 곳이 없기 때문에 물속으로 떨어졌다. 물난리를 면한 생물들도 마침내는 굶어 죽었다.

모든 산 중에서 오직 파르나소스 산만이 물위에 솟아 있었다. 그리고 거기에는 프로메테우스의 일족인 데우칼리온(프로메테우스의 아들)과 그의 아내 피라(에피메테우스의 딸)가 피난해 있었다. 남편은 정직한 사람이었고 아내도 신들의 충실한 숭배자였다.

제우스는 이 부부 이외에 살아남은 자가 한 사람도 없는 것을 보았다. 그리고 그들의 흠잡을 데 없는 생애와 경건한 태도를 돌이켜보고는 북풍에 명령하여 구름을 쫓고, 공중을 지상에, 지상을 공중에 나타나게 하였다. 포세이돈도 아들 트리톤에게 소라고둥을 불어 물에게 퇴각을 명하게 시켰다. 물은 복종하였고 바다는 해안으로 돌아가고 내는 하천 바닥으로 돌아갔다. 그때 데우칼리온은 피라에게 이렇게 말했다.

"오, 아내여! 생존하고 있는 유일한 여인이여. 우리는 처음에는 혈연(두 사람의 아버지는 형제)과 결혼의 인연으로 맺어졌고, 지금은 공동의 재난에 의하여 맺어졌소. 우리가 조상 프로메테우스와 같은 힘을 가져, 그가 처음에 새로운 종족을 만든 것처럼 그것을 회생시킬 수 있다면 얼마나 좋을까. 그러나 이 일은 우리에겐 힘겨운 일이므로 저기 있는 신전에 가서 신들에게 장차 우리가 무엇을 해야 좋을지 물어보기로 합시다."

그들은 신전으로 들어갔다. 그 신전은 더러운 이끼들로 더럽혀져 있었다. 두 사람이 제단에 접근해보니 그곳에는 성화도 타고 있지 않았다. 그들은 땅에 엎드려 테미스 여신에게 어떻게 하면 멸망한 인류를 예전과 같이 만들 수 있는지 가르침을 받기 위하여 기도를 올렸다. 그러자 신탁이 이렇게 대답했다.

"머리에 베일을 쓰고 옷을 벗고 이 신전을 떠나라. 그리고 너희 어머니의 뼈를 너희 뒤에 던져라."

그들은 이 말을 듣고 깜짝 놀랐다. 피라가 먼저 침묵을 깨고 말했다.

"복종할 수 없습니다. 저희는 감히 부모의 유골을 더럽힐 수 없습니다."

그들은 나뭇잎이 우거진 그늘 밑으로 가서 신탁에 대하여 곰곰이 생각해보았다. 마침내 데우칼리온이 입을 열었다.

"내 생각이 틀리지 않는다면 신탁의 명령에 복종하여도 불효가 되지 않으리라고 믿소. 대지는 만물의 위대한 어머니이고 돌은 그 뼈가 아니오. 그러므로 우리는 이것을 뒤에 던지기만 하면 되는 것이오. 내 생각으로는 이것이 신탁의 의도인 것 같소. 어쨌든 그렇게 해봐도 나쁠 것은 없겠지."

그들은 베일로 얼굴을 가리고 옷을 벗고 돌을 주워 뒤로 던졌다. 그러자 돌은 말랑말랑해지며 형태를 취하기 시작하였다. 돌들은 마치 조각가의 손에 의해 반쯤 조각된 돌덩어리와 같이 점점 인간의 형태에 가까워졌다. 돌의 주변에 있던 습기 찬 진흙이 살이 되고 돌은 뼈가 되었다. 돌의 결이 그대로 혈관이 되었다. 호칭(vein)은 변하지 않았으나 그 용도가 변한 셈이다. 데우칼리온이 던진 돌은 남자가 되었고, 피라가 던진 돌은 여자가 되었다. 이렇게 해서 만들어진 종족은 튼튼해서 노동에도 알맞았다. 오늘날의 우리가 그러한 것인즉, 이것을 보면 우리가 어떤 조상으로부터 태어났는지를 미루어 알 수 있다.

Vulcan_Prometheus chained

시인들은 예로부터 프로메테우스를 시제로 즐겨 삼아왔다. 그는 인류의 벗으로서 제우스가 인류에 대하여 노하였을 때 인류를 위해 중간에 개입하였고, 인류에게 문명과 기술을 가르친 것으로 알려졌다.

그렇게 함으로써 인간들의 통치자인 제우스의 분노를 샀다. 그래서 제우스는 그를 카프카스 산 위에 있는 바위에 쇠사슬로 묶어놓았다. 독수리가 와서 그의 간장을 파먹었는데, 파먹으면 바로 또 생기는 것이었다.

프로메테우스가 박해자인 제우스에게 복종하려고 하였더라면 이와 같이 고통스러운 형벌은 어느 때라도 끝낼 수 있었다. 왜냐하면 그는 제우스가 왕위를 안전하게 계속 보전할 수 있는 비밀을 알고 있었고, 그것을 제우스에게 가르쳐주었더라면 곧바로 그의 총애를 받았을 것이기 때문이었다. 그러나 그는 이와 같은 짓을 경멸하였다. 이러한 까닭에 프로메테우스는 부당한 수난에 맞선 영웅적인 인내와 압제에 반항하는 의지력의 상징이 되었다.

아폴론과 다프네

다프네는 아폴론의 최초의 연인이었다. 그것은 우연한 일이 아니라, 에로스의 원한에 의해 일어난 것이었다. 어느 날 아폴론은 에로스가 활과 화살을 갖고 놀고 있는 것을 보았다. 아폴론은 마침 피톤(괴물 뱀)을 퇴치하고 득의양양해 있었던 때였으므로, 에로스에게 이렇게 말했다.

"야, 이 장난꾸러기야. 넌 전쟁 때나 쓰는 그런 무기로 뭘 하려는 것이냐? 그것을 필요한 사람에게나 주거라. 나는 이 무기로 저 큰 뱀을 퇴치했어. 독을 품은 몸뚱이를 넓은 들에 펼치고 있던 저 큰 뱀을 말이다. 너 따위는 횃불 정도에 만족하렴, 이 꼬마야. 그리고 하고 싶으면 사랑의 불장난이나 하면 돼. 그러니 건방지게 내 무기에 손을 대진 말거라."

이 말을 들은 아프로디테의 아들이 대답했다.

"아폴론, 당신의 화살은 다른 모든 것을 맞힐는지 모르나, 내 화살은 당신을 맞힐 거요."

이렇게 말하며 에로스는 파르나소스 산의 바위 위에 서서 화살통에서 서로 다른 공인이 만든 두 개의 화살을 끄집어냈다. 하나는 사랑을 일으키는 화살이었고, 하나는 그것을 거부하는 화살이었다. 전자는 금으로

Giovanni Battista Tiepolo_Apollo와 Daphne

되어 있고, 끝이 뾰족하였으며, 후자는 무디고 끝이 납으로 되어 있었다.

에로스는 이 납화살로 강의 신 페네이오스의 딸 다프네라는 님프(요정)를 쏘고, 다시 금화살로는 아폴론의 가슴을 향해 쏘았다. 그러자 곧 아폴론은 그 소녀를 사랑하게 되었고, 다프네는 연애라는 생각마저 하기 싫어하게 되었다. 그녀의 유일한 즐거움은 숲 속을 돌아다니며 사냥하는 것이었다. 그녀에게 구애를 하는 남성이 많았으나, 그녀는 여전히 숲 속을 찾아다니며 연애니 결혼이니 하는 것은 염두에 두지 않고 그들을 모두 거절하였다. 그녀의 아버지는 종종 그녀에게 말했다.

"애야, 이젠 이 아비에게 사위도 보고 손자도 보게 해줘야지."

다프네는 결혼을 생각하는 것을 죄악을 범하는 것만큼이나 싫어했으므로 아름다운 얼굴을 붉히면서 아버지의 목에 팔을 감고 말하였다.

"아버지, 제발 저도 아르테미스처럼 결혼하지 않고 언제나 처녀로 있도록 해주세요."

아버지는 하는 수 없이 승낙하면서도 이렇게 말하였다.

"하지만 너의 그 아름다운 얼굴이 그렇게 하도록 내버려두지는 않을 것이다."

아폴론은 다프네가 죽도록 좋았기 때문에 어떻게 해서라도 손에 넣고자 하였다. 전 세계에 신탁을 주는 그도 자기 자신의 운명을 예측하지는 못하였다. 그는 다프네의 두 어깨에 머리카락이 아무렇게나 늘어진 것을 보고 말했다.

"빗질을 하지 않아도 저렇게 아름다우니 곱게 빗으면 얼마나 아름다울까?"

그는 그녀의 눈이 별처럼 빛나는 것을 보았다. 또 아름다운 입술도. 그러나 보는 것만으로는 만족할 수가 없었다. 그녀의 손과 어깨까지 노출된 팔을 보고 감탄하였다. 그리고 노출되지 않은 부분은 얼마나 더 아름다울까 상상하였다.

그는 계속해서 다프네의 뒤를 쫓았다. 다프네는 바람보다 빨리 달아나며, 그가 아무리 간청해도 잠시도 멈추지 않았다.

"잠깐 기다려주오, 페네이오스의 따님이여. 나는 원수가 아니오. 당신은 양이 늑대를 피하고 비둘기가 매를 피하듯 나를 피하고 있으나, 제발 그러지 말아주오. 내가 당신을 쫓는 것은 사랑하기 때문이오. 나 때문에 그렇게 달아나다가 돌에 걸려 넘어져서 다치게 될까 근심스럽소. 제발 좀 천천히 가시오. 나도 천천히 따를 것이니. 나는 시골뜨기도 아니고 무식한 농사꾼도 아니오. 제우스가 나의 아버지고, 나는 델포이와 테네도스의 군주요. 그리고 현재의 일도 미래의 일도 다 알고 있소. 나는 노래와 리라의 신이오. 나의 화살은 꼭꼭 표적을 맞히오. 그러나 아…….나의 화살보다도 더 치명적인 화살이 나의 가슴을 뚫었소. 나는 의술의 신이고, 모든 약초의 효능을 알고 있소. 그러나 나는 지금 어떠한 약으로도 고칠 수 없는 병에 걸려 괴로워하고 있다오."

하지만 다프네는 계속 달아났다. 그리고 그의 말도 절반밖에 듣지 못했다. 달아나는 모습까지도 그에게는 매력적으로 보였다. 그 모습은 바람에 돛이 나부끼는 듯했고, 뒤로 늘어뜨린 머리카락은 흐르는 물과 같았다. 아폴론은 그의 구애가 거절당하자 더 참을 수 없었다. 그리하여 연정을 품고 속력을 내어 그녀를 바싹 뒤쫓았다. 그것은 마치 사냥개가 토끼를 추격할 때와 흡사했다. 입을 벌려 당장이라도 물려고 하면 이 약한 동물은 급히 또 내달려가 가까스로 그 이빨을 피하는 것이었다.

신과 처녀는 계속 달렸다. 아폴론은 사랑의 날개를 타고, 다프네는 공포의 날개를 타고서. 그러나 추격하는 아폴론이 더 빨랐기 때문에 점점 다프네에게 다가가게 되었고, 헐떡이는 숨결이 그녀의 머리카락에 닿았다. 다프네의 힘은 점점 약해졌다. 그리고 마침내 쓰러지게 되자, 그녀는 아버지인 강의 신에게 호소했다.

"아버지, 살려주세요. 땅을 열어 저를 숨겨주세요. 아니면 제 모습을 바꾸어주세요. 이 모습 때문에 제가 이런 무서운 일을 당하고 있으니……."

다프네가 말을 마치자마자 그녀의 사지는 굳어지고 가슴은 부드러운 나무껍질로 뒤덮이고, 또 머리카락은 나뭇잎이 되고, 팔은 나뭇가지가 되었다. 그리고 그녀의 다리는 뿌리가 되어 땅속에 박혔다. 얼굴은 가지 끝이 되어 모양은 달라졌으나 아름다움만은 여전하였다.

아폴론이 깜짝 놀라 그 자리에 멈춰 섰다. 줄기를 만져보니 나무껍질 밑에서 그녀의 몸이 떨고 있었다. 그는 가지를 끌어안고 힘껏 입맞춤하려 했다. 그러나 상대는 그의 입술을 피했다. 아폴론은 말했다.

Giovanni Battista Tiepolo_Apollo와 Diana

"그대는 이제 나의 아내가 될 수 없으므로 나의 나무가 되게 하겠다. 나는 나의 왕관을 위해 그대를 쓰려고 한다. 나는 그대를 재료로 나의 리라와 화살통을 장식하리라. 그리고 위대한 로마의 장군들이 카피톨리움 언덕으로 개선 행진을 할 때, 나는 그들의 이마에 그대의 잎으로 엮은 화관을 씌우리라. 그리고 또 영원한 청춘이야말로 내가 주관하는 것이므로 그대는 항상 푸를 것이며 그 잎이 시들지 않도록 해주리라."

이미 월계수로 모습이 변해버린 그녀는 가지 끝을 숙여 감사의 뜻을 나타냈다.

피라모스와 티스베

　세미라미스 여왕이 통치하는 바빌로니아 안에서 누구보다도 아름다운 청년은 피라모스였다. 그리고 누구보다도 아름다운 처녀는 티스베였다. 두 사람의 부모는 이웃하여 살고 있었기 때문에 두 젊은이는 자주 왕래하여 이들의 관계는 마침내 연애로 발전하였다.

　두 남녀는 결혼하고 싶어했으나 부모들이 반대했다. 그러나 부모들도 금할 수 없었던 것이 두 남녀의 가슴에 타오르는 사랑의 불꽃이었다. 두 사람은 몸짓이나 눈짓으로 서로 속삭였고, 남볼래 속삭이는 사랑인 만큼 그 불꽃은 더 강렬하게 타올랐다.

　그들의 집 사이의 벽에는 틈이 나 있었는데 벽을 만들 때 실수로 인해 생긴 것이었다. 이제까지 아무도 그것을 발견하지 못했으나, 이 연인들은 그 틈을 발견했다. 사랑이 무엇을 발견하지 못하겠는가! 이 틈이 두 사람의 말의 통로가 되어주었다. 그리고 달콤한 사랑의 속삭임이 이 틈을 통해 서로 오갔다. 피라모스는 벽 이쪽에, 그리고 티스베는 벽 저쪽에 섰을 때 두 사람의 입김은 뒤섞였다. 그들은 말했다.

　"무정한 벽이여, 왜 그대는 우리 두 사람을 떼어놓는가. 그러나 우리는 결코 그대의 은혜를 잊지 않으리. 우리가 이렇게 사랑의 속삭임을 주고받을 수 있는 것도 다 그대의 덕이니까."

이와 같은 말을 그들은 벽 양쪽에서 속삭였다. 그리고 밤이 되어 이별을 해야 할 때에는 더 가까이 갈 수가 없었으므로 남자는 남자 쪽 벽에다, 여자는 여자 쪽 벽에다 대고 입맞춤을 했다.

어느 날 아침, 새벽의 여신 에오스(아우로라)가 밤하늘의 별들을 추방하고 태양이 풀 위에 내린 이슬을 녹일 때, 두 사람은 같은 장소에서 만났다. 두 사람은 자기들의 무정한 운명을 한탄하던 끝에 마침내 한 계책을 꾸몄다. 다음 날 밤 모든 가족들이 잠들었을 때 감시의 눈을 피해 집을 나와서 들판으로 가기로 한 것이다. 그리고 마을의 경계선 너머에 있는 니노스의 무덤이라고 부르는 유명한 영묘가 있는 곳에서 만나기로 하고, 먼저 간 사람이 나중에 오는 사람을 나무 밑에서 기다리기로 했다. 그 나무는 흰 뽕나무였고 시원한 샘 곁에 있었다.

모든 것을 합의한 후, 그들은 태양이 물 밑으로 내려가고, 밤이 그 위에서 떠오르기를 기다렸다. 마침내 티스베는 얼굴을 베일로 가리고 가족들의 눈에 띄지 않도록 조심스럽게 집을 빠져나와 약속한 나무 밑에 앉았다. 저녁의 어둠 속에 외로이 앉아 있는데, 한 마리의 사자가 나타났다. 사자는 방금 무엇을 잡아먹었는지 입에서 지독한 냄새를 풍기며 물을 마시려고 샘으로 가까이 다가왔다. 그것을 보자 티스베는 달아나 바위틈에 몸을 숨겼지만, 달아날 때 그녀가 쓰고 있던 베일이 떨어지고 말았다. 사자는 샘에서 물을 마신 후 다시 숲 속으로 돌아가려고 몸을 일으키다 땅 위에 떨어져 있는 베일을 보고, 피 묻은 입으로 그것을 갈기갈기 찢어버렸다.

피라모스는 늦은 시간에 약속한 장소로 다가갔다. 그리고 그는 모래

Abraham Hondius_Pyramus와 Thisbe

에서 사자의 발자국을 발견했다. 그 순간 그의 안색은 창백해졌다. 잠시 후 갈기갈기 찢어진 채 피투성이가 된 티스베의 베일을 발견하고 부르 짖었다.

"오, 가엾은 티스베여. 그대가 죽은 것은 다 나 때문이다. 나보다도 더 살 가치가 있는 그대가 먼저 가다니, 나도 그대의 뒤를 따르겠다. 그대 를 이런 무서운 장소에 오도록 해놓고 홀로 버려둔 내가 잘못이다. 오 라, 사자들아! 바위 속에서 기어나와라. 그리고 이 죄 많은 놈을 너희의 이빨로 물어뜯어라."

피라모스는 티스베의 베일을 손에 들고 약속한 장소로 가서 키스와 눈물로 나무를 적셨다.

"나의 피로 너의 몸을 물들이리라."

피라모스는 칼을 빼어 자기의 가슴을 찔렀다. 상처로부터 피가 샘솟듯 흘러내려 뽕나무의 하얀 열매를 붉게 물들였다. 피가 땅 위에 흘러 뿌리에 닿았고, 그 붉은 빛깔이 줄기를 타고 열매에까지 올라갔던 것이다.

그때까지 티스베는 공포에 떨고 있었다. 그러나 연인을 실망시켜서는 안되겠다고 생각하여 조심조심 걸어나왔다. 그리고 불안한 마음으로 피라모스를 찾았다. 위험에서 벗어난 무서운 얘기를 빨리 알려주고 싶었기 때문이었다.

그러나 약속한 장소로 왔을 때, 뽕나무의 열매 색깔이 빨갛게 변한 것을 보고는 그곳이 약속한 장소일까 하고 의심했다. 잠시 주저하던 그녀는 빈사 상태에 있는 어떤 사람의 모습을 발견했다. 티스베는 깜짝 놀라 물러섰다. 전율이 그녀의 몸을 스쳤다. 그것은 마치 잔잔한 수면 위에 한바탕 바람이 지나갈 때 일어나는 물결과 흡사했다.

마침내 그 사람이 자기 연인임을 알자, 티스베는 외마디 비명을 지르며 자기 가슴을 마구 쳤다. 그리고 숨이 거의 넘어간 그를 얼싸안고 상처에 눈물을 쏟고 싸늘한 입술에 수없이 키스를 퍼부으며 부르짖었다.

"오, 피라모스! 이것이 어찌 된 일입니까. 말 좀 하세요, 피라모스. 이렇게 외치고 있는 것은 당신의 티스베예요. 오, 제발 그 늘어진 머리를 들어줘요!"

피라모스는 티스베라는 말을 듣고 눈을 떴으나, 이내 감아버렸다.

티스베는 피에 묻은 자기 베일과 칼이 없는 칼집을 발견했다.

"자결하셨군요. 모든 것이 제 탓이에요. 이번만큼은 나도 용기를 내겠어요. 나의 사랑도 당신의 사랑 못지않습니다. 당신의 뒤를 따르렵니다.

모든 게 다 나 때문이니까요. 죽음이 당신과 나 사이를 갈라놓았으나, 그 죽음도 결코 내가 당신 곁으로 가는 것을 막지는 못할 것입니다. 그리고 불행한 우리의 부모님이시여, 우리 두 사람의 바람을 저버리지 마소서. 사랑과 죽음이 저희를 결합시켰으니, 한 무덤에 묻어주시옵소서. 뽕나무야, 너는 우리의 죽음을 기념해다오."

이렇게 말하면서 티스베는 칼로 자기 가슴을 찔렀다. 티스베의 부모도 딸의 소원을 받아들였고, 신들도 또한 그것을 옳다고 여겼다. 두 사람의 유해는 한 무덤에 묻혔다. 그 이후로 뽕나무는 오늘날까지 새빨간 열매를 맺게 되었다.

프로크리스의 사랑과 질투

케팔로스는 아름다운 젊은이로 사내다운 스포츠를 좋아했다. 해가 뜨기 전부터 일어나서 짐승을 추격하기가 일쑤였다. 새벽의 여신 에오스가 처음으로 지상에 얼굴을 내밀었을 때 이 젊은이를 보는 순간 사랑에 빠져 마침내 그를 납치해버렸다.

그러나 케팔로스에게는 최근에 결혼하여 열렬하게 사랑하는 아름다운 아내가 있었다. 아내의 이름은 프로크리스였다. 그녀는 수렵의 여신 아르테미스의 총애를 받았고, 여신은 그녀에게 어떤 개보다도 빨리 달리는 개 한 마리와 표적을 어김없이 맞추는 투창을 주었다. 그리고 프로크리스는 이 두 선물을 남편에게 주었다.

케팔로스는 그 아내를 매우 사랑했기 때문에 에오스의 간청을 받아들이지 않았다. 그러자 에오스는 노하여 "가거라, 이 배은망덕한 놈아, 부인이나 소중히 해라. 반드시 부인에게 돌아간 것을 후회할 때가 올 것이다"라고 하면서 그를 놓아주었다.

케팔로스는 집으로 돌아갔다. 그리고 전과 같이 그의 아내와 더불어 사냥을 즐기며 행복한 생활을 누렸다.

　케팔로스는 항상 아침 일찍 집을 나와 아무도 동행하지 않고 숲과 언덕을 뛰어다녔다. 왜냐하면 그의 창은 어떠한 경우에도 빗나가는 일이 없는 확실한 무기였기 때문이었다. 사냥에 지치거나 해가 중천에 오른 때에는 냇가에 있는 서늘한 나무 그늘을 찾아 윗옷을 벗고 풀 위에 누워 서늘한 바람을 즐겼다. 때로는 소리 높여 "오라, 감미로운 바람아. 와서 내 가슴에 부채질을 해다오. 오라, 나를 불태우는 열을 식혀다오." 하고 외치기도 했다.

Piero di Lorenzo_프로크리스의 죽음

　어느 날 행인이 지나가다가 케팔로스가 이와 같이 바람을 향해 이야
기하는 것을 듣고는 어리석게도 어떤 처녀와 이야기하는 줄 알고 이 비
밀을 케팔로스의 아내 프로크리스에게 가서 전했다. 사랑이란 속기 쉬
운 것. 프로크리스는 뜻하지 않은 얘기를 듣고 기절해버렸다. 한참 만에
깨어난 그녀는 이렇게 말했다.

　"그럴 리 없어. 내 눈으로 보기 전에는 믿지 않겠다."

　그리하여 프로크리스는 가슴을 졸이며 다음 날 아침을 기다렸다. 아침이 되자 케팔로스는 여느 때와 마찬가지로 사냥을 나갔다. 그녀는 몰래 그의 뒤를 쫓았다. 그리고 밀고자가 알려준 장소에 가서 몸을 숨기고 있었다. 케팔로스는 사냥에 지치자 늘 하는 버릇대로 냇가에 달려가 풀 위에 벌렁 드러누웠다.

"오라, 감미로운 바람아. 와서 나에게 부채질을 해다오. 내가 얼마나 너를 사랑하는지는 너도 잘 알지. 네가 있기 때문에 숲도, 나의 외로운 산보도 즐겁단다."

이와 같이 중얼거리고 있는데 갑자기 숲 속에서 흐느끼는 소리가 어렴풋이 들려왔다. 순간 그는 야수가 아닌가 생각하고 소리가 나는 곳을 향해서 창을 힘껏 던졌다. 프로크리스의 외마디 비명소리가 들려오자, 케팔로스는 던진 창이 표적을 정확히 맞췄다는 것을 알 수 있었다.

이윽고 케팔로스가 그 장소로 달려가보니 프로크리스는 피를 흘리면서 자기가 케팔로스에게 선물로 주었던 그 창을 있는 힘을 다하여 빼내려고 애를 쓰고 있었다. 케팔로스는 그녀를 안아 일으키고 출혈을 막으려고 했다. 그리고 "정신 차려요. 나를 두고 어디로 간단 말이오. 당신이 없는 나는 가엾은 신세가 되지 않겠소. 나를 책히더라도 죽진 말아주오." 하고 외쳤다. 그러자 그녀는 살그머니 눈을 뜨고 가까스로 다음과 같은 말을 입에 올렸다.

"여보. 당신이 나를 사랑한 일이 있었다면 제발 이 마지막 소원을 들어주세요. 그 얄미운 바람하고는 결혼하지 말아주세요."

이것으로 인해 모든 비밀은 밝혀졌다. 그러나 지금 그것을 밝힌들 무슨 소용이 있으랴. 프로크리스는 숨을 거두었다. 그러나 그 얼굴에는 조용한 표정이 떠오르고 있었다. 그리고 남편이 그 일의 진상을 설명할 때, 그녀는 사랑하는 남편의 얼굴을 용서하듯이 물끄러미 응시하고 있었다.

헤라와 암소가 된 이오

헤라는 어느 날 갑자기 날이 어두워지는 것을 보고, 이것은 필시 남편인 제우스가 세상에 알려지기 꺼리는 소행을 저지르고서 그것을 감추려고 구름을 일으킨 것이라 생각하였다. 헤라가 구름을 헤치고 보니 남편은 거울같이 잔잔한 강기슭에 있었고, 그 곁에 한 마리의 아름다운 송아지가 서 있었다. 헤라는 이 암송아지 속에는 분명히 인간의 모습을 한 아름다운 님프가 숨어 있을 것이라고 생각하였다. 그것은 사실이었다. 암송아지는 강의 신 이나코스의 딸 이오였다. 제우스는 그녀를 희롱하다가 아내 헤라가 가까이 오는 것을 보고 이오를 암송아지로 변신시켰던 것이다.

헤라는 남편 곁에 와서 암송아지를 보며 그 아름다움을 예찬하였다. 그리고 누구의 것이며 무슨 혈통이냐고 물었다. 제우스는 더 이상 캐묻지 못하도록 하려는 생각에서 그것은 지상에서 태어난 새로운 품종이라고 답했다. 그러자 헤라는 자기에게 선물로 달라고 간청했다. 제우스는 어떻게 해야 좋을지 망설였다. 자기의 여인을 아내에게 주기는 싫었기 때문이었다. 하지만 못 준다고 거절하면 분명 의심을 받을 것이다. 그래서 제우스는 어쩔 수 없이 승낙할 수밖에 없었다. 그러나 헤라는 아직 완전히 의심을 풀지 못했으므로 송아지를 아르고스에게 보내어 엄중히 감시하게 했다.

아르고스는 머리에 백 개의 눈이 있었다. 그리고 잘 때에는 언제나 동시에 두 개 이상 눈을 감지 않았으므로 이오를 부단히 감시할 수 있었다. 낮에는 마음대로 먹도록 내버려두고 밤이 되면 보기 흉한 끈으로 목덜미를 묶어두었다. 이오는 팔을 내밀어 아르고스에게 결박을 풀어달라고 애원하려고 했으나 내밀 팔이 없었고, 목소리는 자기 자신도 놀랄 만큼 소의 울음소리를 닮아 있었다.

아버지와 자매들을 본 이오가 그 곁으로 가자 등을 쓰다듬으며 아름다운 소라고 감탄할 뿐이었다. 아버지가 손을 내밀고 한 다발의 풀을 주자, 이오는 그의 손을 핥았다. 이오는 자기가 누구인가를 아버지에게 알리고 싶었지만 말을 할 수가 없었다. 마침내 이오는 글씨를 쓸 생각을 하고, 제 이름을—그것은 짧은 이름이었다— 발굽으로 모래 위에 썼다. 아버지 이나코스는 그것을 알아보았다. 오랫동안 그 행방을 수색하였으나 찾지 못하던 딸이 이같이 변해 있는 것을 알아차리고 애통한 마음을 금할 수 없었으므로 딸의 목을 끌어안으면서 큰 소리로 외쳤다.

"오, 내 딸아. 오히려 너를 아주 잃는 편이 덜 비통할 것 같구나."

이나코스가 이같이 탄식하고 있는 것을 본 아르고스는 가까이 와서 이나코스를 쫓고, 모든 곳을 다 내려다볼 수 있는 높은 언덕 위에 자리를 잡고 앉았다.

제우스는 자기 애인의 이러한 고통을 보고 괴로워하였다. 그리고 헤르메스를 불러 아르고스를 퇴치하도록 명하였다. 헤르메스는 서둘러 채비하고 날개 달린 신발을 신고 머리에는 모자를 쓰고 잠이 오게 하는 지

Pieter Pietersz Lastman_헤라와 제우스, 암소가 된 이오(1618)

팡이를 쥐고 천상의 탑으로부터 지상으로 뛰어내렸다.

지상에 내리자 날개를 떼어내고 지팡이만을 손에 들고 양떼를 몰고 있는 양치기의 모습으로 변장했다. 그리고 이리저리 양을 몰면서 피리를 불었다. 그것은 시링크스 또는 판이라고 하는 피리였다. 아르고스는 이제까지 그와 같은 악기를 본 적이 없었으므로 즐거워하며 들었다. 그리고 말했다.

"젊은이, 이리 와서 내 곁에 있는 이 바위 위에 앉게. 이 부근은 양이 풀을 뜯기에는 제일 좋은 곳일세. 게다가 이곳엔 자네 같은 양치는 사람들이 즐기는 좋은 그늘도 있네."

헤르메스는 아르고스의 곁에 앉아서 이 얘기 저 얘기를 하면서 날이 어둡기를 기다렸다. 이윽고 날이 어두워지자, 그 피리로 은은한 곡을 불면서 어떻게 해서라도 아르고스의 감시하는 눈을 잠들게 하려고 애썼다. 그러나 아무리 해도 허사였다. 아르고스는 그 대부분의 눈을 감았으나, 그중 몇 개는 여전히 크게 뜨고 있었기 때문이었다.

헤르메스는 자기가 불고 있는 악기가 어떻게 발명되었는지를 아르고스에게 얘기했다.

"옛날 시링크스라는 이름의 님프가 있었는데, 숲 속에 사는 사티로스와 요정들로부터 많은 사랑을 받았습니다. 그러나 시링크스는 누구의 사랑도 받아들이려 하지 않고 아르테미스 여신만을 마음속으로 숭배하면서 사냥만 했습니다. 사냥 옷을 몸에 걸친 시링크스의 모습은 아르테미스와 견줄 정도로 아름다웠지요. 그 둘의 다른 점은 시링크스의 활은 뿔로 되어 있었으나, 아르테미스의 활은 은으로 되어 있었다는 점뿐이었습니다.

어느 날 시링크스가 사냥에서 돌아오다가 판을 만났는데, 판은 그녀를 온갖 말로 설득하기 시작했습니다. 시링크스는 그의 찬사에 귀도 기울이지 않고 달아났습니다. 그는 시냇가에서 제방까지 시링크스의 뒤를 쫓아 그곳에서 그녀를 붙잡았습니다. 시링크스는 다급히 친구인 물의 님프들에게 구원을 청할 도리밖에 없었습니다, 님프들은 그녀가 외치는 소리를 듣자 곧바로 승낙했습니다.

판의 팔이 시링크스의 목을 끌어안자, 놀랍게도 그것은 한 묶음의 갈대로 바뀌어 있었습니다. 그가 탄식을 하자, 그 탄식은 갈대 속에서 울리면서 구슬픈 멜로디를 발했습니다. 판은 그 음악의 신기함과 감미로움에 취해서 말했습니다. '이렇게 된 바에야 어떻게든 너를 내 것으로 만들겠다.' 판은 몇 개의 갈대를 꺾어 길이가 서로 다른 것을 나란히 한데 합쳐 피리를 만들었습니다. 그리고 그것에 그 님프의 이름을 따서 시링크스라는 이름을 붙였습니다."

헤르메스는 이 이야기를 다 끝내기도 전에 아르고스의 눈이 전부 감긴 것을 보았다. 그의 머리가 가슴 위에서 끄덕이고 있을 때, 헤르메스가 한칼로 그의 목을 베자 머리가 바위 위로 굴러떨어졌다.

"오, 불쌍한 아르고스여! 그대의 백 개의 눈빛이 일시에 꺼져버렸구나."

헤라는 이 눈들을 빼내어 자기 공작의 꼬리에 장식으로 달았다. 그래서 오늘에 이르기까지 그 눈들은 공작의 꼬리에 달려 있게 되었다.

헤라의 복수심은 더욱 불타올랐다. 그녀는 이오를 괴롭히기 위하여 한 마리의 등에를 보냈다. 등에는 이오를 추적하며 온 세계를 날아다녔다. 이오는 이오니아 해를 헤엄쳐 도망쳤다. 이 바다의 이름은 이오의 이름을 따서 붙인 것이다. 그리고 일리리아의 들을 방황하고, 하이모스의 산에 오르고, 트라기아 해협을 횡단하고—그 때문에 이 해협은 보스포로스(소가 건넜다는 뜻)라고 부르게 되었다— 다시 스키타이를 지나 킴메르인이 사는 나라를 배회하다가, 마침내 네일로스(나일) 강기슭에 다다랐다.

이때에 비로소 제우스가 앞으로는 이오와 관계를 끊겠다고 약속하였으므로 헤라도 이오를 원래의 모습으로 회복시키는 데 동의하였다. 이오가 인간의 모습으로 돌아가는 과정은 참으로 기묘했다. 거친 털이 몸에서 점점 빠지고 뿔이 사라지고 눈이 점점 가늘어지고 입도 점점 작아졌다. 손과 손가락이 발굽 대신에 앞발로 나타났다. 마침내 암송아지의 모든 모양이 사라지고 인간의 아름다움만이 남았다. 그녀는 처음에는 소의 소리가 나지 않을까 하는 걱정으로 말하기를 꺼렸으나, 점점 자신을 갖고 아버지와 자매들이 있는 곳으로 돌아갔다.

헤라의 질투를 산 칼리스토

칼리스토 또한 헤라의 질투를 산 미녀 가운데 한 사람이다. 헤라는 이 처녀를 곰으로 변하게 했다. 헤라가 "내 남편을 매혹한 너의 아름다움을 빼앗겠다"라고 말하자, 칼리스토는 무릎을 땅에 대고 애원하려고 팔을 폈다.

그러나 팔에는 이미 검은 털이 나기 시작했다. 둥글게 변한 손은 구부러진 손톱으로 무장되어 발의 구실을 하게 되었다. 제우스가 아름답다고 늘 칭찬하던 입은 무시무시한 모양이 되었다. 듣는 사람의 마음을 감동시켜 애련의 정을 불러일으키던 목소리는 으르렁대는 소리가 되어 공포를 불러일으키는 데 더 적합하게 되었다. 그러나 마음만은 전과 마찬가지였고, 용서를 빌기 위하여 앞다리를 올리면서 될 수 있는 한 꼿꼿이 섰다. 그리고 말은 할 수 없었지만 자신을 이렇게 변하도록 내버려둔 제우스를 무정한 사람이라고 생각하였다.

칼리스토는 밤새도록 홀로 숲 속에 있으니 무서워서 전에 잘 다니던 곳을 방황하는 일이 잦았다. 최근까지도 사냥을 하던 그녀가 개에게 놀라고 사냥꾼들이 두려워 도망친 일이 얼마나 많았던가. 때로는 자신이

Peter Paul Rubens_제우스와 칼리스토

지금은 한 마리의 짐승이라는 것을 잊고 다른 짐승들을 피한 일도 있었다. 그리고 자기 자신이 곰인데도 다른 곰을 두려워하였다.

어느 날 한 젊은이가 사냥을 하던 중에 그녀를 발견했다. 칼리스토는 그 젊은이를 보자 이제는 젊은이로 장성한 자기 아들임을 알았다. 칼리스토는 발을 멈추었다. 그리고 자기 아들을 안아주고 싶은 마음을 금할 수가 없었다. 그래서 가까이 가자 젊은이는 놀라 창을 들고 칼리스토를 찌르려고 하였다.

그때 마침 제우스가 이 광경을 보고는 불행한 죄악이 발생되는 것을 막기 위하여 둘을 하늘로 끌어올려 큰곰자리와 작은곰자리에 앉혔다.

헤라는 자기의 연적이 이와 같은 명예로운 자리에 앉은 것

Sidney Hall Urania's Mirror에 있는
Ursa Major 그림

을 보고 몹시 분노하였다. 그래서 급히 늙은 대양의 신인 테티스와 오케아노스(이 신들이 헤라를 양육했다)에게 갔다. 그리고 그들이 온 까닭을 묻자 다음과 같이 그 이유를 설명했다.

"당신들은 신들의 여왕인 내가 왜 천상을 떠나 이 바닷속으로 찾아왔느냐고 묻는 것이지요? 나를 천상에서 밀어내고 대신 내 자리에 앉게 된 자가 있단 말이에요. 내 말이 믿어지지 않으면 밤이 세상을 어둡게 할 때 하늘을 쳐다보세요. 그러면 북극 하늘, 제일 작은 별자리가 있는 곳에 내가 원한을 품어도 마땅한 두 연놈이 하늘로 올라와 있는 것을 볼 거예요.

나를 분노하게 한 자가 도리어 이와 같은 보답을 받게 된다면, 앞으로 나의 노여움을 두려워할 자가 누가 있겠어요. 자, 그렇다면 내가 한 일의 결과가 어떻게 되었는가 보세요. 나는 칼리스토가 인간의 모습을 갖는 것을 금했어요. 그런데 그년은 지금은 별이 되었어요. 내가 벌을 준 결과가 이렇게 된 거예요. 이것이 내 힘의 한계예요. 그럴 바에야 차라리 이오처럼 원래의 모습을 되돌려주었던 편이 낫겠어요.

필시 제우스는 그년과 결혼하고 나를 쫓아낼 거예요. 그러나 나의 부

모와 다름없는 당신들이 나를 동정하신다면. 또한 내가 이런 냉대를 받는 것이 부당하다고 여기신다면, 그 증거로 그 연놈들이 당신들의 바닷속으로 내려오는 것을 막아주세요."

대양의 신은 이 소원을 들어주었다. 그 결과 큰곰자리와 작은곰자리 두 별자리는 하늘에서 돌고 돌 뿐, 다른 별들처럼 대양 밑으로 가라앉는 일이 없다.

아르테미스의 분노를 산 악타이온

앞의 두 예로 보더라도 헤라가 연적에 대해 얼마나 가혹했는지 알 수 있다. 그럼 이번에는 처녀신 아르테미스(디아나)가 자기의 자존심을 건드린 자를 어떻게 처벌했는가를 살펴보자.

해가 중천에 떠 있던 한낮의 일이었다. 카드모스 왕의 손자인 젊은 악타이온이 그와 함께 산에서 사슴 사냥을 하고 있던 젊은이들에게 이렇게 말했다.

"얘들아, 우리의 그물과 무기는 수렵물의 피로 물들었다. 하루의 사냥거리로는 이만하면 충분하다. 내일 또 나머지를 계속하면 되지 않겠니. 자, 태양의 신 아폴론이 대지를 내리쬐고 있는 동안 사냥하던 도구를 놓고 잠시 쉬기로 하자."

그 산에는 삼나무와 소나무가 우거진 골짜기가 있었고, 그 골짜기는 수렵의 여신 아르테미스에게 바쳐져 있었다. 골짜기의 제일 깊은 곳에는 동굴이 하나 있었다. 인공으로 꾸민 것은 아니었지만, 자연이 그 구조에 기교를 가한 것처럼 보였다. 자연 그 자체인 등근 천장의 바위가 마치 인간의 손으로 새겨진 것처럼 아름다운 형태를 하고 있었기 때문이다.

Giuseppe CESARI_아르테미스와 악타이온

한쪽에서는 샘물이 솟아났고, 넓은 웅덩이 주위에는 풀이 우거져 있었다. 숲의 여신 아르테미스는 수렵에 지치면 으레 이곳에 와서, 이 반짝이는 물에다 그 청순한 처녀의 몸을 씻곤 했다.

어느 날 아르테미스는 님프들과 그 샘에 갔는데, 한 님프에게 지니고 있던 창, 화살통과 활을 맡기고, 입고 있던 옷가지를 벗어 다른 님프에게 맡겼다. 그러고 있는 동안에 세 번째의 님프는 이 여신의 발에서 신을 벗기고 있었다. 그들 중에서 가장 솜씨가 좋은 크로칼레는 여신의 머리를 빗겨주었고, 네펠레와 히알레 및 그 밖의 님프들은 큰 항아리에다 물을 긷고 있었다.

이와 같이 여신이 화장을 하고 있을 때, 악타이온이 친구들과 헤어져 별다른 목적 없이 거닐다가 운명에 이끌려 이곳에 왔다. 그가 동굴 입구에 모습을 나타내자, 님프들은 사내를 보고 비명을 지르면서 여신 쪽으로 달려가 자기들의 몸으로 여신의 나체를 가렸다.

그러나 여신은 님프들보다 키가 컸기 때문에 머리가 위로 드러났다. 해가 질 무렵이나 뜰 무렵에 구름을 물들이는 저 붉은빛이 돌연 아르테미스의 얼굴에 번졌다. 여신은 님프들에게 둘러싸인 채 절반쯤 몸을 돌렸다. 그리고 무엇을 생각했음인지 갑자기 자기의 화살을 찾으려고 더듬었다. 그러나 화살이 가까이에 없음을 알고 침입자의 얼굴에 물을 끼얹으며 말했다.

"가서 아르테미스의 나체를 봤다고 말할 수 있으면 말해보아라."

이 말이 끝나자마자 가시가 돋친 사슴뿔이 악타이온의 머리에서 솟아나왔다. 그리고 목이 길어지고 귀가 뾰족하게 되고 손은 발이 되고 팔은 긴 다리가 되고, 몸은 반점이 있는 모피로 덮였다.

그때까지 대담했던 악타이온은 공포로 가득 차 달아났다. 악타이온은 자기의 걸음이 그렇게 빠른 것에 스스로 놀랄 정도였다. 그러나 수면에 비친 자기의 뿔을 보았을 때 '아, 이 처참한 꼴이란!' 하고 외치려고 했으나 말이 나오지 않았다.

그는 신음했다. 사슴의 얼굴로 변한 그의 얼굴에 눈물이 흘러내렸다. 그러나 의식만은 남아 있었다. 어떻게 하면 좋을까? 궁전으로 돌아갈까? 숲 속에 있자니 무섭고, 집으로 돌아가자니 부끄러웠다.

악타이온이 주저하고 있는 동안에 사냥개들이 그를 발견했다, 제일 처음에 스파르타의 개 멜람프스가 짖으며 신호를 하니, 팜파고스, 도르케우스, 렐라프스, 테론, 나페, 티그리스를 비롯하여 여러 맹견들이 바람보다도 날쌔게 악타이온의 뒤를 쫓아왔다. 바위와 절벽을 넘고 길도 없는 골짜기를 지나서 그는 도망치고 개들은 추격하였다. 전에는 그가 종종 사슴을 추격하고 자신의 개를 독려했던 산속이었지만 이번에는 동료 사냥꾼들의 독려를 받은 그 사냥개들에게 추격을 당하고 있었다. 그는, '나는 악타이온이다! 너의 주인을 모르느냐?' 하고 부르짖었지만 실제로는 말이 나오지 않았다.

공중은 개들이 짖는 소리로 요란하였다. 이윽고 한 마리가 그의 등에 달려들었고, 또 한 마리는 그의 어깨를 물어뜯었다. 이리하여 두 마리의 개가 자기 주인을 물어뜯는 동안에 다른 개들도 달려와서 이빨로 그의 살을 물어뜯었다. 그는 신음하였다. 그것은 인간의 소리가 아니었으나, 그렇다고 하여 사슴의 소리도 확실히 아니었다.

그는 무릎을 꿇고 눈을 들었다. 만약 그가 팔이 있었다면 애원하기 위하여 팔을 들었을 것이다. 친구들이 개들을 부추기면서 사냥에 합세하라고 사방을 두리번거리며 악타이온을 불렀다. 자기 이름을 부르는 소리를 듣고 악타이온은 머리를 돌렸다. 잠시 후 그가 없어서 섭섭하다는 소리가 들려왔다. 그도 만약 이런 현장에 있었더라면—그가 얼마나 좋아했을 것인가— 개들의 활약을 보고 대단히 기뻐했을 것이다. 그러나 자신이 그 활약의 희생자가 되다니, 그것은 슬픈 노릇이었다. 개들은 그를 둘러싸고 살점을 물어뜯었다. 악타이온이 갈기갈기 찢긴 채 목숨이 끊어질 때까지 아르테미스의 분노는 풀리지 않았다.

레토와 건방진 농부들

어떤 사람들은 악타이온의 이야기에서 여신이 취한 태도는 공정하지 못한 가혹한 행위라고 생각하는가 하면, 또 다른 사람들은 처녀의 존엄성에 비춰보았을 때 적절한 행위라고 동조할 것이다. 새로운 이야기는 옛 이야기를 상기시키는 법이다. 이 이야기를 듣고 있던 어떤 사람이 다음과 같이 이야기하였다.

"옛날 리키아의 농부들이 여신 레토를 모욕한 일이 있었는데, 물론 그자들은 무사하지는 못했습니다.

내가 젊었을 때, 나의 부친은 힘든 일을 하기에는 너무 연로하였으므로 나에게 리키아로 가서 좋은 소를 몇 마리 몰고 오라고 시켰던 일이 있었지요. 그래서 그 지방을 지나던 나는, 지금 이야기하려고 하는 이상한 사건이 일어난 연못과 늪을 보게 되었습니다. 그 근처에는 오래된 제단이 있었는데 희생물을 태운 연기로 까맣게 되어 갈대 속에 거의 매몰되어 있었지요. 나는 이 제단이 파우누스(숲의 신) 혹은 나이아스(샘이나 강의 님프), 아니면 이 근처 산에 살고 있는 신의 제단인가 물어보았는데 그곳 사람이 대답하길 다음과 같았지요.

'이 제단은 산신의 것도 아니고 하신의 것도 아닌 한 여인의 것입니다. 그 여인은 다름이 아니라 여왕 헤라의 질투로 말미암아 두 쌍둥이(아폴론과 아르테미스)를 데리고 양육할 거처도 없이 이곳저곳으로 쫓겨 다녔던 여신 레토입니다.

레토는 팔에 두 어린 신을 안고서 이 고장에 이르렀는데, 어린 것들을 안고 있기 때문에 몸은 지칠 대로 지쳤으며 목도 말랐습니다. 여신은 우연히 골짜기의 밑바닥에서 맑은 물이 솟아나오는 이 연못을 발견하였습니다. 때마침 그곳에서는 그 고장 사람들이 버들가지를 꺾고 있었습니다. 여신은 가까이 가서 연못가에 무릎을 꿇고 찬물에 목을 축이려고 다가가 말했습니다.

'왜 물을 먹지 못하게 합니까? 물은 누구나 마음대로 먹을 수 있는 것입니다. 자연은 그 누구에게도 햇빛이나 공기나 물을 자기의 사유물이라고 주장하는 것을 허용하지 않습니다. 누구나 누릴 수 있는 자연의 혜택을 나도 누리려고 할 따름입니다. 나는 이 피로한 팔다리를 씻으려는 것도 아니고, 단지 목을 축이려는 것뿐입니다. 나의 입은 말을 못 할 정도로 타고 있습니다. 물 한 모금이 나에게는 넥타르와 같은 것입니다. 그것은 나를 소생시킬 것이고, 나는 당신들을 생명의 은인으로 알겠습니다. 이 어린 것들을 보아서 좀 부탁합니다. 이들도 작은 팔을 내밀고 있지 않습니까.'

사실, 어린 것들은 팔을 내밀고 있었습니다. 레토의 이같이 온화한 말에 누가 감동하지 않았겠습니까. 그러나 이 농부들은 완고하게 거절하였습니다. 그들은 조롱하며 이곳에서 당장 물러가지 않으면 가만두지 않겠다고 위협까지 했습니다. 그뿐만이 아니었습니다. 그들은 연못 속에 들어가서 발로 휘저어 흙탕물을 일으켜서 먹지 못하게 하였습니다.

레토와 레토를 위협하는 농부들

레토는 크게 노하여 목마른 것도 잊었습니다. 이제는 이 건방진 자들에게 애원하지 않고, 양손을 하늘로 향해 높이 들고 부르짖었습니다. '바라건대 저들이 이 못을 떠나지 못하고, 한평생 이곳에서만 살도록 해 주십시오.'

그러자 바로 소원은 사실이 되어 나타났습니다. 그들은 지금도 물속에서 살고 있습니다. 때로는 몽땅 물속으로 들어가기도 하고, 때로는 수면에 손을 내밀어 헤엄을 치기도 합니다. 종종 못가에 나오기도 하지만, 곧바로 다시 물속으로 뛰어 들어갑니다.

그들은 지금도 상스러운 목소리로 욕지거리를 퍼붓고 있습니다. 물을 다 차지하고 있으면서도 아직도 부족함이 있는지 부끄러움도 없이 그 속에서 개굴개굴 울고 있습니다. 그들의 목소리는 거칠고, 목구멍은 부풀어 있으며, 입은 항상 욕지거리를 하기 때문에 넓게 째지고, 목은 오므라들어 없어지고, 머리와 몸뚱이가 한데 붙어버렸습니다. 등은 녹색이고 어울리지 않게 큰 배는 흰색입니다. 한마디로 말하면 그들은 개구리가 된 것이며, 진흙투성이인 못 속에 살고 있습니다."

이 이야기에 나오는 레토가 헤라로부터 받은 박해는 전설에 의하면 다음과 같다.

장차 아폴론과 아르테미스의 어머니가 될 레토는 헤라의 분노를 피하여 아이가이온(에게) 해에 있는 섬을 두루 돌아다니며 은신처를 제공해주기를 애원하였다. 그러나 상대가 세력 있는 하늘의 여왕인지라, 모두 그 연적을 도와주는 데 대단히 겁을 먹고 주저하고 있었다.

오직 델로스 섬만이 장차 탄생할 신들의 탄생지가 되는 것을 승인하였다. 당시 이 섬은 물에 떠 있는 섬이었으나, 레토가 그곳에 도착하였을 때 제우스는 그 섬을 견고한 쇠사슬로 해저에 붙들어놓아 사랑하는 레토를 위해 그곳을 안전한 휴식처로 바꾸었다.

파에톤의 서글픈 운명

파에톤은 아폴론과 님프인 클리메네 사이에서 태어난 아들이다. 어느날 한 친구가 파에톤에게 네가 무슨 신의 아들이냐고 비웃었다. 파에톤은 화가 나고 자존심이 상한 나머지 집으로 돌아와 어머니에게 그 이야기를 하고 다음과 같이 말했다.

"어머니, 만일 제가 정말 신의 아들이라면 그 증거를 보여주십시오. 그리고 저의 명예스러운 신분을 보장해주십시오."

클리메네는 하늘을 향해 손을 들고 말했다.

"내가 네게 한 말이라는 것에 대한 증인으로서, 우리를 내려다보고 있는 태양신을 내세우겠다. 만약 내 말이 거짓이라면 당장 죽어도 한이 없다. 그리고 너 자신이 가서 물어보는 데 어렵지 않을 게다. 태양이 떠오르는 나라는 우리나라와 가까우니 가서 태양신에게 너를 자기의 아들로 인정하느냐고 물어보아라."

파에톤은 이 말을 듣자 기뻤다. 그러고는 곧바로 해가 뜨는 지방인 인도를 향해 길을 떠났다. 그리고 희망과 자신에 넘쳐서 자기 아버지인 태양신이 출발하는 곳으로 점점 가까워져갔다.

태양신의 궁전은 둥그런 기둥 위에 높이 솟아 황금과 보석으로 빛나고 있었다. 천장은 잘 닦아서 윤이 나는 상아로 되어 있었고 문은 은으로 되어 있었다. 그러나 무엇보다도 재료들을 가공한 솜씨가 더 훌륭하였다. 그것들은 모두 헤파이스토스가 대지와 바다와 공중과 그 주민들을 벽에 그려놓았던 것이기 때문이었다.

　바다에는 님프들이 있어 물결 속에서 장난치거나 고기의 등에 타기도 하고, 혹은 바위 위에 앉아 바닷물과 같은 푸른 머리를 말리고 있었다. 그녀들의 얼굴은 다 같다고도 할 수 없고 같지 않다고도 할 수 없었다. 말하자면 동년배의 친구들과 같이 비슷한 모습이었다.

　대지에는 마을과 숲 그리고 내와 전원의 신들이 그려져 있었다. 이 모든 것 위에는 영광스러운 천계의 모습이 새겨져 있었다. 또 은으로 된 문에는 양쪽에 여섯 개씩, 12궁의 성좌가 조각되어 있었다.

　클리메네의 아들은 험한 오르막길을 올라가서 논쟁거리가 된 그의 아버지의 궁으로 들어갔다. 그리고 아버지가 있는 곳으로 다가갔지만 광선이 너무 강했기 때문에 가까이 가지 못하고 발을 멈추었다.

　아폴론은 자줏빛 옷을 입고, 금강석을 박은 듯 반짝이는 왕좌에 앉아 있었다. 그리고 그 좌우에는 날의 신과 달의 신과 해의 신이 서 있었고, 또 일정한 간격을 두고 때의 신들이 서 있었다. 봄의 여신은 머리에 화관을 쓰고 있었고, 여름의 신은 옷을 벗은 채 익은 곡식줄기로 된 관을 쓰고 있었으며, 가을의 신은 발이 포도즙으로 물들어 있었고, 얼음이 언 겨울의 신은 흰 서리로 머리카락이 굳어져 있었다.

　이러한 시종들에게 둘러싸인 태양신 아폴론은 삼라만상을 내려다볼 수 있는 눈을 가지고 있었기 때문에 바로 이 진기하고 장려한 광경에 눈을 굴리고 있는 젊은이의 모습을 발견하고, 대체 무슨 일로 왔느냐고 물었다. 젊은이는 대답했다.

"오, 끝없는 세계의 빛, 빛나는 태양의 신, 나의 아버지시여!—이렇게 불러도 좋다면— 제발 제가 당신의 아들이라는 것을 알 수 있는 증거를 보여 주십시오."

파에톤은 대답을 기다렸다. 그러자 아폴론은 머리에 쓰고 있던 빛나는 관을 벗어놓고, 젊은이에게 가까이 오라고 명령했다. 그리고 그를 끌어안으면서 말했다.

"너는 내 아들임이 틀림없다. 너의 어머니가 너에게 말한 바는 모두 사실이다. 너의 의심을 풀기 위하여 무엇이든지 네가 원하는 선물을 줄 테니 말해보거라. 나는 아직 본 일이 없다만, 우리 신들이 가장 엄숙한 약속을 할 때 내세우는 저 무서운 강(저승을 흐르는 스틱스 강)을 증인으로 부를 수도 있다."

파에톤은 즉석에서 태양의 이륜차를 하루만이라도 좋으니 부리게 해달라고 청했다. 부친은 약속한 것을 후회하며 몇 번이나 머리를 흔들어 거절하면서 말했다.

"너는 너무 경솔한 말을 하는구나. 그 부탁만은 거부하고 싶구나. 너도 철회하기를 바란다. 그런 청을 들어준다는 건 오히려 너에게 해가 될지도 모를뿐더러 너의 나이와 힘에도 벅차단다. 너는 인간의 힘에 겨운 것을 원하고 있다. 네가 아직 뭘 모르기 때문에 신들까지도 감히 생각지 못하는 일을 해보려 하는구나.

나 외에는 저 타오르는 태양의 차를 부릴 자가 없단다. 무서운 오른팔로 번개를 던지는 제우스마저도 이것만은 불가능하다. 그 차가 가는 길은 처음엔 험해서 말들이 아침에도 오르기 어렵고, 중간의 길은 높은 하늘에 있기 때문에 나 역시도 아찔하여 밑에 가로놓여 있는 지구와 바다

HEINTZ, Joseph the Elder_파에톤의 추락

를 내려다보는 것이 곤란할 정도다. 그리고 최후의 길은 경사가 심해서 차를 부리는 데 가장 주의를 요한다. 나를 접대하기 위해 기다리고 있는 바다의 여신 테티스는 내가 거꾸로 넘어지지나 않을까 근심하여 마음을 졸이는 일이 종종 있을 정도다.

그것뿐만 아니라, 하늘은 늘 회전하면서 여러 별들을 가져온단다. 나는 모든 것을 휩쓸어가는 그 회전운동에 휩쓸리지 않도록 부단히 경계하지 않으면 안 된다.

만약 내가 너에게 그 이륜차를 빌려준다면, 너는 어떻게 할 작정이냐? 천구가 밑에서 회전하고 있는데, 진로를 똑바로 유지할 수 있겠느냐? 아마 너는 도중에 신들이 사는 숲과 마을도 있고 궁전과 신전도 있으리라고 생각할지 모르겠다.

그런데 사실은 그렇지 않고, 길은 무서운 괴물들 사이를 통과한단다. 사수궁 앞에 있는 황소의 뿔 곁을 지나고, 활을 든 반인반마의 괴물 앞을 지나고, 사자궁 턱 가까이 가기도 하고, 한편에서는 전갈이 팔을 뻗치고 다른 편에서는 게가 팔을 밖으로 구부리고 있는 곳도 통과해야 한단다.

또한 이륜차를 끌고 가는 말을 몰기도 쉬운 일이 아니다. 왜냐하면 말들의 가슴은 입과 콧구멍으로부터 내뿜는 불로 가득 차 있기 때문이다. 나 자신도 말들이 말을 듣지 않고 고삐대로 움직이지 않을 때에는 그들을 다루기가 쉽지 않다.

잘 생각해보아라. 만약 너에게 이륜차를 빌려준다면 너의 생명이 위태로워질지도 모른다. 아직 늦지 않았으니, 너의 청을 취소하도록 해라. 네가 나의 혈육이라는 증거를 보여달라고 한다면, 내가 너를 위해 걱정하는 것이 바로 그 증거다. 날 봐라. 네가 나의 가슴속을 들여다볼 수 있다면 넌 한 아비로서의 걱정을 볼 수 있을 것이다."

그는 계속해서 말했다.

"자, 세계를 돌아보고, 바다의 것이든 지상의 것이든 네가 가지고 싶어하고 가장 귀중한 것을 골라 그것을 청하여라. 네 마음대로 해줄 것이니, 오직 이륜차만은 조르지 말거라. 그것은 명예가 아니고 파멸만을 초래할 뿐이다. 언제까지 이렇게 내 목을 껴안고 조를 참이냐? 네가 그렇게 고집을 부린다면 이륜차를 주마. — 서약을 한 이상 지키지 않으면 안 되니까 — 그러나 좀 더 현명한 선택을 했으면 좋았을 것을…….."

아폴론은 말을 맺었다. 그러나 파에톤은 아무리 타일러도 듣지 않고, 처음의 소원을 굽히지 않았다. 아폴론이 거듭 설득하였으나 듣지 않았으므로, 하는 수 없이 천계의 이륜차가 놓여 있는 곳으로 파에톤을 데리고 갔다.

그 이륜차는 헤파이스토스가 선사한 것으로 금으로 만들어졌다. 차축도 금으로 만들어져 있었고, 채찍과 바퀴도 금으로 되어 있었으며, 바퀴의 살만 은으로 되어 있었다. 좌석의 측면에는 감람석과 금강석을 박은 줄이 나 있었는데, 그것이 태양의 광선을 사방으로 반사하였다.

대담한 젊은이 파에톤이 감탄하면서 들여다보고 있을 때 새벽의 여신이 동쪽의 자줏빛 문을 열어젖혔고 장미꽃을 여기저기 뿌린 길이 나타났다. 별들은 금성의 지휘 아래에 물러나고, 마침내는 금성도 퇴각하였다.

아버지 아폴론은 지구가 붉게 빛나기 시작하고 달의 여신이 물러나려는 것을 보고 시간의 신들에게 명령하여 말들에게 마구를 지우게 하였다. 그들은 명령에 복종하여 높은 마구간으로부터 암브로시아(신들이 먹는 식물로 불로불사의 효력이 있다고 한다)로 배가 부른 말을 몇 필을 끌어내어 고삐를 맸다. 아버지는 아들의 얼굴에다 영약을 발라주어 화염에 견딜 수 있도록 하였다. 아버지는 전에 벗어놓았던 빛의 관을 머리에 다시 쓰고 불길한 일을 예감하듯 탄식하며 말하였다.

"내 아들아, 적어도 한 가지만은 명심하여 아비의 말을 들어야 한다. 다름이 아니라 채찍질은 삼가고 고삐를 꼭 쥐고 있어야 한다. 말들이 멋대로 질주하므로 통제하기가 어려울 것이다. 다섯 개의 궤도를 곧장 달리지 말고 왼편으로 비켜 가야 한다. 중간지대만을 가고 북극지대나 남극지대는 피해야 한다. 가다 보면 수레바퀴 자국을 보게 될 것이다. 그것이 길의 방향을 가르쳐주리라.

하늘과 지구가 다 적당한 열을 받게 하기 위해 진로를 너무 높이 잡으면 안 된다. 그렇게 하지 않으면 천상에 있는 신들의 집을 태워버릴 것이다. 또한 너무 낮게 잡으면 지상에 불을 지르게 될 것이다. 중간 진로가 제일 안전하고 좋다.

이만큼 말했으니, 이제 나는 너를 운명에 맡긴다. 행운을 빌겠다. 사람의 힘보다도 운명에 달린 것이니까. 밤이 서쪽 문 밖으로 나가고 있으니, 더 이상 지체할 수 없다. 어서 고삐를 잡거라. 만일 자신을 잃을 때에는 내 말대로 하는 것이 좋을 것이다. 그럴 때에는 어디든지 안전한 곳에서 말을 멈추어라. 지구를 비추고 따뜻하게 하는 일은 내가 맡아서 하겠다."

이 재빠른 젊은이는 이륜차에 뛰어오르자 가슴을 활짝 펴고 기쁨에 넘쳐 고삐를 잡았다. 입 밖에 내지는 않았지만 아버지에게 감사하다는 말을 되풀이하였다.

그동안에 말들은 콧바람을 불고 불을 뿜는 숨을 내쉬며 성급하게 발을 구르고 있었다. 고삐를 풀어주니, 우주의 무한한 대평원이 그들 앞에 펼쳐졌다. 말들은 앞으로 돌진하여 앞을 가로막고 있는 구름을 헤치고 같은 동쪽 지점에서 출발한 미풍보다도 앞서 나아갔다.

말들은 짐 무게가 전보다 훨씬 가벼워진 것을 느꼈다. 짐을 싣지 않은 배가 바다 위에서 이리저리 동요하는 것과 같이 이륜차도 짐이 없는 빈 차처럼 덜컹거렸다. 말들이 함부로 돌진하자 마차는 평소의 궤도를 벗어나게 되었다.

파에톤은 깜짝 놀라 어떻게 말을 몰아야 할지 몰라 당황하였다. 설령 알았다 하더라도 힘이 부족하였다. 맨 처음에 큰곰자리와 작은곰자리가 불에 그슬렸다. 그들은 가능하면 바닷속으로 들어가고 싶었을 것이다.

그리고 북극에서 몸을 사리고 움직이지 않은 채, 아무런 해도 끼치지 않고 누워 있던 뱀자리는 온기를 느끼게 되자 광포한 성질이 솟아나는 것을 느꼈다. 전하는 바에 의하면 견우성은 쟁기를 끌고 날쌔게 움직이는 데 익숙하지는 않았으나 어느새 달아났다는 것이다.

불운한 파에톤은 그의 다리 밑으로 끝없이 전개된 지상을 내려다보자 공포로 안색이 창백해지고 무릎이 떨렸다. 사방이 휘황찬란한데도 불구하고 그의 눈은 흐릿해졌다.

'아버지의 말에 왜 손을 댔던가. 아버지가 내 소원을 끝까지 거절했더라면 얼마나 좋았을까.'

그는 후회했다.

파에톤은 폭풍우에 흔들리는 조각배처럼 그저 떠내려갈 따름이었다. 그럴 때에는 유능한 뱃사공도 어찌할 바를 모르고 기도만 올릴 것이다. 어떻게 하면 좋을 것인가? 먼 길을 지나왔으나, 앞으로 남은 길은 더 멀기만 했다.

점점 불안해진 그는 이리저리 눈을 굴려 둘러보았다. 출발점을 돌아보기도 하고 도착할 것 같지도 않은 해 지는 나라를 쳐다보기도 하였다. 그는 자제력을 잃고 어찌할 바를 몰랐다. 고삐를 죄어야 할 것인가, 늦

춰야 할 것인가, 말들의 이름도 생각이 나지 않았다.

그는 천상의 이곳저곳에 산재해 있는 여러 괴물들을 보고 공포에 떨었다. 특히 전갈은 커다란 두 팔을 벌리고 꼬리와 굽은 발톱을 12궁 중 두 궁에 뻗치고 있었다. 파에톤은 독기를 풍기고 송곳니로 위협을 하는 이 전갈을 보는 순간 정신을 잃고 고삐를 놓쳐버렸다. 등에서 고삐가 풀린 것을 느끼자, 말들은 달아나기 시작했다. 공중의 미지의 영역으로 줄달음친 말들은 별들 사이를 제멋대로 돌진하여 이륜차는 길도 없는 곳에 내던져지고 때로는 높은 하늘 위로 오르고 때로는 거의 지구 가까이까지 내려갔다.

달의 여신은 오라비의 이륜차가 자기의 차 밑을 달리는 것을 보고 깜짝 놀랐다. 구름은 연기를 내기 시작하고, 산꼭대기에서는 불이 났다. 대지는 열 때문에 마르고 식물은 시들고 잎이 무성한 수목은 불에 타고 추수한 곡식은 화염 속으로 빨려들어갔다.

그러나 이것은 재앙의 시작에 불과했다. 큰 도시들이 순식간에 그 성곽과 탑과 더불어 소실되었다. 모든 국민이 재가 되었다. 아토스, 타우로스, 트몰로스, 오이테 등 삼림이 우거진 산들도 탔다. 샘으로 유명하던 이다 산도 다 말라버렸고, 뮤즈 여신들이 사는 헬리콘 산도 또 하이모스도 타버렸다. 아이토나(에트나 화산)는 안팎으로 불이 붙고, 파르나소스 산의 두 봉우리도 다를 바가 없었고, 로도피 산은 눈으로 된 관을 벗지 않으면 안 되었다. 북극의 추위도 스키타이에게는 아무런 도움이 되지 않았다. 카프카스 산도 타고, 오사 산도, 핀도스 산도, 또 이 두 산보다 큰 올림포스 산도 탔다. 공중에 높이 솟은 알프스 산이나 구름의 관을 쓴 아펜니노 산도 모두 타버렸다.

파에톤은 온 세계가 불바다가 된 것을 보았고 자신도 열기로 견딜 수 없었다. 그가 호흡하는 공기는 커다란 용광로에서 뿜어내는 열기처럼 뜨거웠고, 재로 가득 차 있었다. 그는 정신없이 달렸다.

에티오피아인들은 이때부터 열 때문에 갑자기 체내의 검은 피가 표면에 몰려 피부색이 검어졌으며, 리비아 사막도 열 때문에 모두 증발되어 오늘날의 상태가 되었다고 믿고 있다. 샘의 요정들은 머리를 풀고 말라가고 있는 물을 슬퍼하였는데, 둑 아래를 흐르는 강 또한 무사하지 못했다.

바빌론의 에우프라테스 강도, 갠지스 강도, 사금이 나오는 타고스 강도, 백조가 머물고 있는 카이스트로스 강도 모두 말라버렸다. 나일 강은 달아나 사막 속에 그 머리를 숨겼기 때문에 지금도 그곳에 숨겨져 있다. 옛날에는 이 강도 일곱 개의 입에서 물을 바다로 배출하고 있었는데, 지금 그곳에는 일곱 개의 마른 강둑만이 남아 있을 뿐이다.

대지는 크게 갈라지고, 그 틈으로 광선이 명계인 타르타로스까지 비춰 명부의 왕과 여왕을 놀라게 했다. 바다는 말라갔다. 전에 바닷물이 있던 곳은 건조한 평원이 되고 물결 밑에 파묻혔던 산은 머리를 들어내어 섬이 되었다. 물고기들은 가장 깊은 곳을 찾아가고 돌고래는 전과 같이 해상에서 놀 용기를 내지 못했다.

바다의 신 네레우스와 그의 아내 도리스까지도 네레이드라 부르는 딸들을 데리고 제일 깊은 바닷속 동굴로 달아나버렸다. 포세이돈은 세 번이나 물 위로 머리를 내밀었다가, 너무 뜨거워서 물속으로 다시 들어갔다.

대지의 여신은 물로 둘러싸여 있었으나, 머리와 어깨는 노출되어 있었기 때문에 손으로 얼굴을 가리고 하늘을 향하여 쉰 목소리로 제우스를 불러댔다.

"오, 신들의 지배자여! 만일 내가 이러한 대우를 받아 마땅하여 불에

Peter Paul_Rubens_파에톤의 추락

타죽는 것이 당신의 뜻이라면 왜 당신은 번개를 직접 내리지 않으십니까? 기왕 죽이시려거든 직접 손을 써서 죽여주십시오. 이것이 나의 다산과 충실한 봉사에 대한 대가입니까? 나는 가축에겐 풀을, 인간에겐 과실을 주었고, 당신의 제단에는 유향을 바쳤는데, 그 대가가 이것입니까?

설령 나를 도외시한다 하더라도, 내 동생 오케아노스(대양의 신)는 무슨 잘못을 저질렀다고 이런 운명을 겪어야 합니까? 또 우리 둘 다 당신의 동정을 받을 수 없다면, 원컨대 당신 자신의 하늘을 생각해보십시오. 그리고 당신의 궁전 지주가 연기를 뿜고 있는 것을 보십시오. 그것이 타버리면 궁전은 허물어질 것이 틀림없을 것입니다. 아틀라스 신까지도 쇠약해지고, 그의 짐을 감당하지 못할 정도입니다. 하늘이 바다와 지구를 사멸시킨다면 우리는 옛날과 같은 카오스로 떨어질 것입니다. 아직 남아 있는 것이라도 모든 것을 집어삼키는 화염으로부터 구출해주십시오. 이 무서운 순간에 우리를 구할 방책을 강구해주십시오."

이와 같은 대지의 여신의 호소는 뜨겁고 목이 말라 더 이상 계속될 수 없었다. 전능한 제우스는 이 광경을 보여주기 위하여 모든 신들(그 가운데는 파에톤에게 이륜차를 빌려준 아폴론도 있었다)을 소집하여 빠른 시간 안에 대책을 마련하지 않으면 모든 것이 멸망하리라는 것을 설명하고 높은 탑으로 올라갔다. 이 탑은 항상 제우스가 그 위에서 구름을 지상에 퍼뜨리고 갈라진 모양의 번갯불을 던지는 곳이었다. 그러나 그때는 지상을 가릴 구름이 한 점도 없었고, 빗방울도 한 방울 남아 있지 않았다.

제우스는 천둥소리를 내고, 번쩍이는 전광을 오른손에 쥐고 흔들다가 이륜차를 몰고 있는 파에톤을 향해 던졌다. 그러자 파에톤은 그의 좌석에서 떨어지면서 절명하고 말았다. 파에톤은 머리털에 불이 붙어 공중에 빛나는 줄을 그으면서 추락하는 유성과 같이 거꾸로 떨어졌다.

강의 신인 에리다노스는 그를 받아들여, 불이 붙은 그의 시체를 식혀주었다. 이탈리아의 나이아스(샘이나 강의 님프)들은 그의 분묘를 세우고, 다음과 같은 비문을 묘석에 새겼다.

아폴론의 이륜차를 몰던 파에톤
제우스의 번갯불에 맞아 이 돌 밑에 잠들다.
그의 아버지의 화차를
뜻대로 부리지는 못했지만
그의 뜻만은 고매하였다.

파에톤의 남매들은 오빠의 운명을 탄식하고 있는 동안에 강가의 포플러나무로 변했다. 그리고 끊임없이 흐르는 그녀들의 눈물은 강에 떨어져 동그란 구슬이 되었다.

당나귀 귀가 된 미다스 왕

 어느 날 디오니소스는 어릴 때 스승이자 양부인 실레노스가 행방불명이 된 것을 발견했다. 실레노스가 술에 취해 방황하고 있는 것을 농부들이 발견하고 그들의 왕인 미다스에게 데리고 갔던 것이다. 미다스는 이 노인이 실레노스임을 알고 따뜻이 맞아들여 열흘에 걸쳐 밤낮을 가리지 않고 계속 잔치를 베풀어 그를 환대했다. 열하루 만에 미다스는 실레노스를 무사히 그의 제자에게 돌려보냈다. 이에 디오니소스는 그에 대한 답례로 무엇이든 원하는 것을 선택하도록 미다스에게 말했다. 미다스는 그렇다면 무엇이든 자기의 손이 닿는 것을 '금'으로 변하게 해달라고 요청했다. 디오니소스는 미다스가 더 좋은 선택을 하지 않은 것을 유감으로 생각하면서도 이에 승낙하였다.

 미다스는 이 새로운 힘을 얻은 것에 기뻐하여 곧바로 그 효력을 시험해보았다. 참나무 가지를 꺾는 순간 그것이 손 한가운데서 황금 가지로 변하는 것을 보고 그는 자기의 눈을 의심할 정도였다. 이번에는 돌을 주웠다. 그러자 그것도 금으로 변하였다. 잔디를 만지자 그것도 마찬가지였다. 사과나무에서 사과를 따자 그것은 마치 헤스페리데스의 화원에서

LAURI, Filippo_King Midas Judging the Musical Contest between Apollo and Pan

훔쳐온 것이 아닌가 생각될 정도로 반짝이는 금사과가 되었다.

미다스의 기쁨은 끝이 없었다. 그는 집에 돌아오자마자 하인들에게 훌륭한 음식을 장만하라고 명령하였다. 그런데 놀랍게도 그가 빵을 만져도 그것이 손안에서 단단해지고 또 음식을 입술에 가져가도 곧 굳어 이가 들어가지 않았다. 그래서 그는 포도주를 마셨으나 그것 역시 마치 녹은 황금처럼 목구멍으로 내려갔다.

이러한 전대미문의 재난에 간담이 서늘해진 미다스는 마력에서 벗어나려 애썼다. 그리고 조금 전까지 그토록 원했던 선물을 증오하기 시작했다. 그러나 아무리 증오해도 무엇을 하려 해도 헛수고였다. 그는 굶어 죽을 수밖에 없는 처지였다.

미다스는 금으로 빛나는 양팔을 들고 이 황금의 멸망으로부터 구원받길 바라며 디오니소스에게 애원하였다. 디오니소스는 자비심이 많은 신이었으므로 미다스의 소원을 듣고 그것을 들어주기로 하고 이렇게 말했다.

"팍타로스 강이 시작되는 곳까지 거슬러 올라가, 그곳에 머리와 몸을 담가라. 그리고 네가 범한 과오와 그에 대한 죄를 씻어라."

미다스는 디오니소스가 일러준 대로 하였다. 그리고 강물에 손을 대자 금을 창조하는 힘은 물속으로 사라졌다. 그 까닭에 모래가 황금으로 변했는데, 그 금모래는 현재에도 그대로 남아 있다. 그 후로 미다스는 부와 영화를 멀리하고 시골에 살면서, 들의 신인 판의 숭배자가 되었다.

어느 날 판은 무모하게도 음악의 신인 아폴론과 음악 경연을 하려고 도전하였다. 아폴론은 이 도전에 응했고, 산신인 트몰로스가 심판자로 선정되었다. 이 노인은 심판석에 앉아 잘 듣기 위해서 귀에 돋은 수목을 제거했다. 신호가 나자 판이 먼저 피리를 불었다. 그러자 그 꾸밈없는 멜로디는 그 자신은 물론이고 마침 그곳에 앉아 있던 그의 충실한 신자 미다스를 크게 만족시켰다.

다음 트몰로스가 머리를 들어 태양의 신 아폴론을 바라보니 모든 수목들도 그를 따랐다. 아폴론은 일어섰다. 이마에는 파르나소스 산의 월계수로 만든 관을 쓰고, 티로스 지방에서 나는 자줏빛 염료로 물들인 긴 옷을 걸치고, 왼손엔 리라를 들고 오른손으로 그 현을 탔다.

아폴론의 리라 소리에 정신을 빼앗긴 트몰로스는 즉석에서 음악의 신에게 승리를 선언하였고, 미다스를 제외하고는 모두 이 판정에 만족했다. 미다스는 이의를 말하고 심판의 정당성을 의심했다. 아폴론은 이런 무식한 귀를 더 이상 인간의 귀의 형태로 해두어서는 안 되겠다고 생각하고 그 귀를 크게 늘이고, 안팎으로 털이 나게 하고 귓볼이 움직이게 하여 당나귀의 귀와 똑같이 만들었다.

미다스 왕은 이 재난으로 말미암아 기분이 상했으나, 그것을 숨길 수 있다고 생각하고 스스로를 달랬다. 그 방법은 바로 머리에 넓은 수건을 써서 귀를 감추는 것이었다. 그러나 그의 이발사만은 이 비밀을 알고 있었다. 그는 이 사실을 입 밖에 내서는 안 된다는 명령을 받았고 복종하지 않으면 엄벌에 처한다는 협박을 받았다.

그러나 이발사는 이 비밀을 말하고 싶어 견딜 수가 없었다. 그래서 그는 초원으로 나가 땅에 구멍을 파고, 그 위에 몸을 구부려 비밀을 속삭이고 다시 흙으로 덮었다. 그 후 얼마 가지 않아 초원의 일부에 갈대가 무성하게 자라나 비밀을 속삭이기 시작하더니, 오늘날까지도 미풍이 그 위를 스치고 지나갈 때마다 그 일을 속삭이고 있다.

미다스는 프리기아의 왕이었다. 그의 아버지는 고르디우스라는 가난한 농부였는데, 사람들의 추대로 왕이 되었다. 사람들은 신탁의 명령에 따라 그를 선출했는데, 신탁에는 미래의 왕이 짐마차를 타고 올 것이라고 예견

되어 있었다. 그리고 모두가 이 신탁의 의미를 심중에 두고 있을 때, 고르디우스가 아내와 아들을 데리고 마을의 광장으로 짐마차를 타고 왔다.

고르디우스가 왕으로 선출되자, 그는 짐마차를 신탁을 내린 신에게 바치고 견고한 매듭으로 묶어 적당한 장소에 매두었다. 이것이 유명한 '고르디우스의 매듭'이다. 이에 대하여 후세에 그것을 푸는 자는 전 아시아의 왕이 되리라는 말이 전해졌다. 그것을 풀어보려고 한 사람이 많았으나 아무도 성공하지 못하였지만, 마침내 알렉산드로스 대왕이 원정 도중에 프리기아에 들렀다. 대왕도 그 매듭을 풀어보려고 애썼으나 역시 쉽지 않았다. 그래서 그는 참다못해 칼을 뽑아 그 매듭을 끊어버렸다. 그가 후에 성공하여 전 아시아를 그의 지배하에 두었을 때, 사람들은 대왕이야말로 진정한 의미로 신탁의 말에 부응한 사람이라고 생각하였다.

선량한 노부부의 소원

프리기아의 어느 언덕 위에 낮은 울타리로 둘러싸인 곳에 보리수와 참나무가 한 그루씩 서 있었다. 그곳에서 그리 멀지 않은 곳에 늪이 하나 있었다. 이곳은 전에는 좋은 주택지였으나, 지금은 웅덩이가 곳곳에 있고 늪새와 가마우지들이 잘 모여들었다.

언젠가 제우스가 인간의 모습으로 이 땅을 방문한 적이 있었다. 그의 아들인 헤르메스도—그 지팡이만은 가지고 있었으나— 날개를 떼어놓고 동행했다. 그들은 피로한 나그네처럼 이집 저집의 문전에 서서 하룻 저녁 쉴 곳을 찾았으나, 문은 모두 굳게 닫혀 있었다. 이미 밤이 늦었으며, 주민들은 몰인정하여 문을 열고 그들을 받아주려 하지 않았기 때문이었다.

마침내 한 보잘것없는 오막살이집에서 그들을 맞아주었다. 그 집에는 경건한 노파 바우키스와 그의 남편 필레몬이 젊었을 때 결혼하여 오래도록 같이 살고 있었다. 그들은 가난을 부끄럽게 여기지 않고 무욕과 친절한 마음으로 그 가난을 견디어왔다. 그래서 그 집에서는 주인과 하인을 구별할 필요가 없었다. 그들 두 사람이 가족의 전부였고, 주인인 동시에 하인이기 때문이었다.

천상에서 방문한 두 사람의 나그네가 초라한 집에 들어가기 위하여 머리를 숙이고 낮은 대문에 들어섰을 때, 노인은 자리를 만들었다. 노파는 무엇을 찾는 듯이 서성거리더니 자리 위에 헝겊을 갖다 펴고 나그네에게 앉기를 권하였다. 그리고 잿더미 속에서 불기를 찾아내어 마른 나뭇잎과 나무껍질을 모아놓고 입으로 불어 불을 피웠다. 노파는 방 한구석으로 장작과 마른 나뭇가지를 가지고 와서 잘게 쪼개어 작은 가마 밑에 넣었다. 노인이 정원에서 채소를 뜯어오니 노파는 잎을 따서 잘게 썰어 냄비에 넣었다. 노인은 갈라진 막대기로 굴뚝에 걸쳐놓았던 베이컨 덩어리를 끄집어 내렸다. 그리고 그것을 한 조각 베어 채소와 함께 끓이기 위해 냄비 속에 넣고 나머지는 다음에 쓰기 위해서 남겨놓았다. 너도 밤나무로 만든 그릇에는 손님들을 위해 데운 세숫물을 떠놓았다.

노인 내외는 이런 준비를 하고 있는 동안에도 서로 여러 가지 이야기를 건네어 손님들을 지루하지 않게 했다. 손님들을 위해 준비된 의자에는 해초를 넣어 만든 쿠션이 깔려 있었는데, 그 위에 덮개도 덮여 있었다. 이 덮개는 낡고 초라한 것이었지만, 중요한 일을 치를 때 특별히 내놓는 것이었다.

앞치마 차림의 노파는 떨리는 손으로 식탁을 가져왔다. 그 식탁의 다리 하나가 다른 것보다 짧았기 때문에 얇은 나뭇조각을 괴어 뒤뚱거리지 않게 했다. 그렇게 한 후, 노파는 좋은 향취가 나는 풀로 식탁을 훔쳤다. 그리고 그 위에 순결한 처녀신 아테나의 성목인 올리브나무 열매와 식초에 절인 산딸기를 놓았다. 그 밖에 무와 치즈 그리고 재 속에 넣어 약간 익힌 달걀을 곁들였다. 접시는 다 토기였고, 그 옆에는 흙으로 만든 주전자와 나무 컵이 놓여 있었다. 모든 준비가 다 되자 김이 무럭무

럭 나는 스튜가 식탁에 올려졌다. 그리 오래된 것은 아니지만 포도주도 곁들여 나왔다. 후식은 사과와 꿀이었다. 이러한 모든 것보다도 더 좋은 것은 노인들의 호의적인 얼굴과 소박하지만 정성스러운 환대였다.

식사가 진행되는 동안에 노인들은 술을 아무리 따라도 저절로 술병 속에 술이 차는 모습을 보고 놀랐다. 두려움에 어찌할 바를 모르다가 바우키스와 필레몬은 이 손님들이 천상에서 온 신임을 알아차렸다. 그들은 무릎을 꿇고 두 손을 모아 대접이 소홀하였음을 용서해주길 바라며 빌었다.

이 집에는 한 마리의 거위가 있었는데, 늙은 부부는 그것을 집을 지키는 신처럼 기르고 있었다. 그럼에도 불구하고 늙은 부부는 거위를 잡아 손님에게 대접하려 하였다. 그러나 노인들은 거위를 잡지 못하였고, 마침내 거위는 신들 사이로 가서 몸을 피했다. 신들은 거위를 죽이지 말라고 하면서 다음과 같이 말했다.

"우리는 하늘의 신이다. 이런 야박한 마을은 그 불경스러움 때문에 벌을 받아야 마땅하다. 그러나 너희만은 그 징벌을 면하게 하리라. 이 집을 떠나 우리와 더불어 저 산꼭대기로 가자."

늙은 부부는 이 신들의 말에 따라 지팡이를 손에 들고 험한 언덕길을 올라갔다. 그리고 산꼭대기 근처에 다다랐을 때 눈을 돌려 밑을 내려다보니 그들의 집만 빼놓고는 마을이 홍수 속에 잠겨 있었다. 그들이 그 광경을 보고 놀라면서 이웃 사람들의 운명을 탄식하고 있을 때, 불현듯이 그들의 오두막이 신전으로 변했음을 발견했다. 네모진 기둥 대신에 둥근 기둥이 서고, 지붕을 이은 짚은 금빛으로 번쩍이면서 황금 지붕으로 변해 있었다. 마루는 대리석으로, 문은 조각과 황금 장식으로 아름답게 꾸며져 있었다.

이윽고 제우스는 인자한 어조로 다음과 같이 말했다.

"훌륭한 노인이여, 그리고 그 남편 못지않은 노파여. 당신들의 소원을 말하시오. 당신들에게 어떤 은총을 베풀었으면 좋겠소?"

필레몬은 바우키스와 잠시 상의한 뒤에 신들에게 두 사람의 소원을 말하였다.

"우리는 사제가 되어 당신의 신전을 지켰으면 합니다. 그리고 우리는 사랑과 화목 속에서 생애를 보냈으므로 이 세상을 떠날 때도 함께 떠날 수 있게 하여, 나 혼자 살아남아 아내의 무덤을 보거나 아내의 손으로 내 무덤을 파는 일이 없도록 해주십시오."

두 사람의 소원은 받아들여졌다. 그들은 살아 있는 동안 신전을 지켰다. 세월이 오래 지난 어느 날 그들은 신전의 계단 위에 서서 이야기를 하고 있었다. 그때 바우키스는 필레몬의 몸에서 나뭇잎이 나오는 것을 보았고, 늙은 필레몬은 바우키스의 몸에서 똑같은 변화가 일어나는 것을 보았다. 말할 수 있는 능력이 계속되는 한 서로 작별 인사를 나누고 있을 때, 나뭇잎으로 된 관이 그들 머리 위에 씌워졌다.

"잘 있어요, 여보."

그들은 말했다. 그러자 순간 동시에 나무껍질이 그들의 입을 덮었다. 튀니아 지방의 양치기는 지금도 우리를 이 선량한 노부부가 변신하여 가지런히 서 있는 그 두 그루의 나무가 있는 곳으로 안내해준다.

죽음의 세계로 끌려간 페르세포네

제우스와 그의 형제들이 티탄 신족을 내쫓아 명부로 추방해버리자, 새로운 적이 신들에게 반항하며 일어났다. 그들은 티폰, 브리아레오스, 엔켈라도스 등의 거인족이었다. 그들 가운데 어떤 자는 백 개의 팔을 가지고 있었고, 어떤 자는 불을 내뿜었다. 그러나 그들 또한 정복되어 에트나 산 밑에 생매장되었는데, 그들은 아직도 때때로 그곳에서 도망치려고 몸부림을 쳐서 섬 전체에 지진을 일으키곤 한다. 그들의 숨결은 산을 뚫고 뿜어져 나오기도 하는데, 이것이 이른바 화산의 분화구라고 불리는 것이다.

이들 괴물이 추락할 때 지구를 진동시켜 명부의 왕인 하데스를 놀라게 하였다. 그는 자기의 왕국이 백일하에 폭로되지나 않을까 근심하였다. 이런 근심을 하면서 그는 검은 말이 끄는 이륜차를 타고 피해의 정도를 확인하기 위해서 시찰을 떠났다. 시찰을 하고 있는 동안에 아프로디테는 에릭스 산 위에 앉아서 아들 에로스와 놀고 있었는데, 하데스를 발견하자 아들에게 다음과 같이 말했다.

"아들아, 제우스까지도 정복할 수 있는 너의 화살로 저기 가는 저 명부의 왕의 가슴을 향하여 쏘아라. 그자만을 놓아둘 필요가 있겠느냐? 너와 나의 영토를 넓힐 기회를 놓치지 마라. 천상에서까지도 우리의 세력을 멸시하는 자가 있는 것을 너는 아느냐. 지혜의 여신인 아테나와 수렵의 여신 아르테미스가 우리를 멸시하고 있다. 그리고 또 데메테르의 딸(새벽의 여신)도 그들의 흉내를 내려고 하는구나.

만약 네가 너 자신의 이익이나 어미의 이익에 대하여 관심이 있다면, 이 두 가지를 똑같이 보아라. 너의 이익이 나의 이익이요, 나의 이익이 곧 너의 이익이니까.”

에로스는 화살통을 풀어 가장 예리하고 잘 맞힐 수 있는 화살을 골랐다. 그리고 무릎에 대고 활을 구부려 활시위를 당겼다. 잘 겨눈 뒤에 비늘 돋친 화살을 하데스의 가슴에 정통으로 쏘았다.

엔나의 골짜기 숲 속에는 나뭇잎으로 가려진 호수가 하나 있었다. 숲은 태양의 강렬한 광선이 내리쬐는 것을 막고 습기 찬 지면은 꽃으로 덮여 있어서 그곳은 언제나 봄이었다. 이곳에서 페르세포네는 백합꽃과 오랑캐꽃을 바구니와 앞치마에 하나 가득 따놓고 친구들과 놀고 있었다.

이때 페르세포네를 보고 연정을 느낀 하데스는 그녀를 납치하였다. 어머니와 친구들에게 살려달라고 외치던 그녀는 어찌나 놀랐던지, 그만 앞치마 자락을 놓치는 바람에 꽃이 모두 땅에 떨어지고 말았다. 그녀의 애통한 마음에는 꽃을 잃은 또 하나의 새로운 슬픔까지 더해졌다.

약탈자 하데스는 마차를 끄는 말의 이름을 하나하나 부르는 동시에 고삐를 마구 당겨대며 말을 몰았다. 키아네 강에 도착하여 강이 앞길을 막자 하데스는 삼지창으로 강가를 쳤다. 순간 대지가 갈라지며 명부에 이르는 통로가 열렸다.

데메테르는 빼앗긴 딸을 찾아 온 세상을 헤맸다. 금발의 에오스가 아침 일찍 일어났을 때도, 헤스페로스(금성)가 저녁에 별들을 대동하고 나타났을 때도, 데메테르는 딸을 찾기에 여념이 없었다. 그러나 모든 것이 헛수고였다. 마침내 피곤하고 슬퍼서 데메테르는 돌 위에 주저앉았다. 그리고 햇빛과 달빛, 비를 맞아가면서 꼬박 아흐레 동안 앉아 있었다. 그곳은 지금 엘레우시스(아테네 북서 해안에 있다)라는 마을이 있는 곳으로, 그 당시는 켈레오스라는 노인의 집이 있던 곳이었다.

노인은 그때 들에 나가 도토리와 딸기를 줍고 땔감을 준비하고 있었다. 그의 어린 딸은 두 마리의 염소를 몰고 집으로 돌아오는 길이었다.

소녀는 늙은 부인으로 변신한 여신의 곁을 지나며 말을 걸었다.

"어머니, 왜 바위 위에 홀로 앉아 계십니까?"

이 '어머니'라는 말이 데메테르에게는 얼마나 감미로운 말이었던가.

돌아오던 노인도 무거운 짐을 지고 있음에도 불구하고 발을 멈추고 누추하나마 하룻밤 쉬어 가라고 청했다. 데메테르는 응하지 않았다. 그러나 노인이 여러 번 권하자 대답했다.

"제발 내버려두세요. 그리고 따님을 가지신 것을 행복하게 생각하십시오. 나는 내 딸을 잃었습니다."

이와 같이 말하고 있는 동안에도 눈물이, 아니 눈물과 같은 것이―왜냐하면 신들은 우는 일이 없으니까―양 볼에 흘러내려 가슴을 적셨다. 인정 많은 노인과 그 딸은 노파와 함께 목놓아 울었다. 노인이 말했다.

"우리와 함께 가십시다. 누추한 집이지만 탓하지는 마십시오. 집에 가면 따님이 무사히 당신 곁으로 돌아올지도 모릅니다."

"그럼 안내해주십시오. 그렇게까지 말씀하시는데 더 이상 사양할 방법이 없군요."

데메테르는 돌에서 일어나 그들을 따라갔다. 걸어가면서도 노인은 그녀에게, 자기에겐 어린 아들이 하나 있는데, 중병에 걸렸는지 열이 나고 잠을 못 잔다는 이야기를 해주었다. 그러자 데메테르는 허리를 구부려 양귀비를 땄다.

일행이 집에 들어가보니, 어린아이가 회복할 가망이 없을 것 같아 온 집안은 수심에 잠겨 있었다. 아이의 어머니인 메타네이라도 노파를 따뜻이 맞았다. 노파는 허리를 구부리고 앓는 아이에게 입맞춤을 했다. 그러자 아이의 창백한 얼굴에 화기가 돌며 원기를 되찾았다. 온 가족이 기뻐했다. 가족이라고 하지만 그것은 부모와 어린 딸이 전부였다. 이 집안에는 하인이 한 명도 없기 때문이었다.

그들은 식사를 준비했다. 식탁 위에는 요구르트와 크림과 사과와 벌집에 든 꿀이 놓여 있었다. 식사를 하면서 데메테르는 소년의 우유에다 양귀비의 즙을 섞었다. 방에 와서 온 집안이 모두 잠들었을 때, 노파는 일어나서 잠자고 있는 소년을 안고서 손으로 그의 사지를 주물렀다. 그리고 소년을 내려다보며 세 번 엄숙히 주문을 외고, 걸어가서 그를 타다 남은 재 속에 뉘었다.

이제까지 노파가 하는 행동을 보고 있던 어머니는 소리를 지르며 뛰어나와 소년을 불 속에서 끄집어냈다. 그러자 데메테르는 여신의 본체를 드러냈다. 천상의 광채가 온누리를 비추자, 그들이 놀라서 어찌할 바를 모르고 있을 때 여신이 말했다.

"아들에 대한 그대의 애정이 너무 지나쳤소. 나는 조금 전에 그대의 아들을 불사의 몸으로 만들려고 했는데 당신 때문에 모든 일을 망쳐버렸소. 그러나 그는 훌륭하고 유익한 인물이 될 것이오. 그는 백성들에게 쟁기 사용법과 농사짓는 법을 가르쳐줄 것이오."

이렇게 말하면서 여신은 구름에 몸을 감추고 이륜차를 타고 떠나버렸다.

베르니니_하데스의 페르세포네 납치

데메테르는 딸을 찾아 끊임없이 이 땅에서 저 땅으로, 또 바다와 강을 건너 헤매다가, 마침내 그녀가 출발한 시켈리아 섬으로 돌아왔다. 이곳은 하데스가 페르세포네를 납치하여 자기의 영토로 사라진 바로 그 지점이었다. 그 강의 님프는 여신에게 자기가 목격한 사실을 들려주고 싶었으나 하데스를 두려워한 나머지 감히 말을 하지 못했다.

오직 페르세포네가 도망칠 때 떨어뜨린 허리띠를 들고서 그것을 바람에 나부끼게 하여 어머니의 발 쪽으로 가게 했다. 데메테르는 그것을 보고 그녀의 딸이 죽었다고 확신했다. 그러나 아직 그 이유를 몰랐으니 죄도 없는 대지에게 누명을 씌워 원망하며 말하였다.

"배은망덕한 땅아, 나는 너를 비옥하게 하고 풀과 자양분이 많은 곡식으로 덮어주었다. 그러나 앞으로는 그러한 은총을 받지 못할 것이다."

그 후 가축은 죽어버렸고, 쟁기는 밭고랑에서 파손되고, 종자는 싹이 트지 않았다. 가뭄이 아니면 장마가 들었다. 새는 종자를 쪼았으며 자라는 것은 엉겅퀴와 가시덤불뿐이었다. 이 광경을 본 샘의 님프 아레투사가 땅을 위해 조정자로 나서며 말했다.

"여신이여, 땅을 비난하지 마십시오. 마지못해서 따님에게 통로를 열어주었을 뿐입니다. 나는 따님을 본 일이 있으므로, 그녀의 운명에 대해서 말씀드릴 수 있습니다.

이곳은 내가 태어난 고향이 아닙니다. 나는 엘레스 지방에서 왔습니다. 원래 숲의 님프로서 사냥을 즐겨했습니다. 모두 나의 아름다움을 찬양하였으나, 그런 것을 염두에 두지 않고 오직 수렵에 능한 것만을 뽐냈습니다. 어느 날 숲으로 돌아오는 길이었습니다. 사냥을 하며 뛰어다녔기 때문에 몹시 더웠습니다. 그때 어느 강가에 이르렀는데 물이 바닥의 자갈을 셀 수 있을 만큼 맑았습니다. 버들가지가 늘어져 그늘지고 풀이 무성한 강 언덕은 물가까지 경사가 완만했습니다. 나는 가까이 가서 발을 물에 담갔습니다. 물 깊이가 무릎까지 닿는 곳까지 들어갔으나 그것으로 만족하지 않고, 버들가지에 옷을 벗어 걸고 더 들어갔습니다.

물속에서 놀고 있으려니까 강바닥에서 가냘픈 소리가 들리는 것 같았습니다. 나는 깜짝 놀라 가장 가까운 강 언덕으로 도망치려고 했습니다. 그러자 그 소리가 말했습니다.

'아레투사야, 왜 달아나느냐? 나는 이 강의 신 알페이오스다.'

내가 달아나자 그가 내 뒤를 쫓아왔습니다. 그는 나보다 빠르지는 않았지만, 훨씬 강한 체력을 지니고 있어, 내가 지쳐 힘이 빠졌을 때 나를 따라잡았습니다. 나는 몹시 지쳐서 아르테미스에게 구원을 청했습니다.

'여신님, 나를 살려주십시오. 당신의 열렬한 숭배자인 나를 살려주십시오.'

여신은 이 소리를 듣고 나를 검은 구름으로 쌌습니다. 강의 신은 이곳저곳 휘둘러보았습니다. 그리고 두 번이나 내 곁까지 왔었지만 나를 발견하지는 못했습니다. '아레투사! 아레투사?' 하고 그는 부르짖었습니다. 아! 나는 얼마나 공포에 떨었는지요. 우리 밖에서 으르렁거리는 늑대의 소리를 들은 어린 양과도 같이 식은땀이 몸에 배고 머리카락은 흐르는 물이 되어 흘렀습니다. 내가 서 있는 곳에는 물이 괴기 시작했습니다. 요컨대 순식간에 하나의 샘이 된 것입니다.

이렇게 변신했어도 알페이오스는 알아보고서 자기의 물을 나의 물과 섞으려고 하였습니다. 그러자 아르테미스가 지면을 갈랐습니다. 그리고 나는 지구의 내부를 돌아서 이 시켈리아 섬에 오게 된 것입니다.

지구의 밑바닥을 통과할 때, 나는 따님 페르세포네를 보았습니다. 따님은 슬픈 안색이었으나 놀란 기색은 보이지 않았습니다. 따님은 여왕이 된 것같이 보였습니다. 에레보스(암흑)의 여왕, 사자의 나라를 지배하는 여왕이 된 것 같았습니다.”

이 말을 들은 데메테르는 한동안 얼이 빠진 사람처럼 멍하니 서있더

Joseph Gandy_엘레우시스의 데메테르 신전

니, 이륜차를 하늘로 돌리고 제우스의 옥좌 앞에 나아가려 길을 재촉하였다. 데메테르는 제우스에게 자기의 불행한 처지를 말하고 딸을 도로 찾아오는 데 협력해주길 애원하였다. 제우스는 페르세포네가 명부에 머무르는 동안에 식사를 한 번도 한 일이 없다면 그렇게 하겠노라며 허락했다. 그렇지 않을 경우에는 운명의 여신들이 그녀의 구출을 금한다는 것이었다.

사자로 뽑힌 헤르메스가 봄의 여신을 대동하고 하데스를 찾아가 페르세포네를 돌려줄 것을 요구했다. 교활한 명부의 국왕은 승낙했으나 안타깝게도 페르세포네는 이미 하데스가 준 석류를 받아 그 씨에 붙은 맛있는 과육을 먹은 후였다. 이로써 완전한 구출은 불가능하게 되었다. 결국 타협책으로 1년의 반은 어머니와 지내고 나머지 반은 남편과 지내기로 합의했다. 데메테르는 이 타협에 응하였고 땅에 이전과 같은 은총을

데메테르 신전

베풀었다.

일이 마무리된 후 데메테르는 켈레오스와 그 가족, 그리고 어린 아들 트립톨레모스에게 한 약속을 상기하였다. 데메테르는 소년이 성장하였을 때 쟁기의 사용법과 씨 뿌리는 법을 가르쳐주었다. 그녀는 또 날개 돋친 용이 끄는 자기의 이륜차에 그를 태워서 지상의 모든 나라를 돌아다니며, 인류에게 유용한 곡식과 농업의 지식을 전수하였다.

여행에서 돌아오자 트립톨레모스는 데메테르를 위해서 엘레우시스 지방에 훌륭한 신전을 세우고 '엘레우시스의 신비한 의식'이라는 이름의 데메테르 숭배의식을 창시하였다. 이 의식은 그리스인의 다른 모든 종교적 의식을 능가할 만큼 훌륭하고 장엄한 신전에서 거행되었다.

데메테르와 페르세포네의 이야기가 우화인 것은 의심의 여지가 없다. 페르세포네란 곡물의 종자를 뜻한다. 종자는 땅속에 묻으면 그곳에 그 모습을 감추고 있다가—지하의 신에게 납치되어 있다가— 거기서 다시 모습을 나타낸다. 즉 페르세포네는 그 어머니에게 돌아가는 것이 된다. 봄의 여신이 그녀를 일광으로 인도하기 때문이다.

한편 알페이오스 강은 실제로 흐르는 도중에 지하로 들어가 보이지 않게 된다. 그것은 지하의 수로를 통과하기 때문인데, 이를 통과하면 강은 다시 지상으로 나타난다. 시켈리아 섬에 있는 아레투사라는 샘은 해저를 통과한 후에 다시 시켈리아에 나타난 알페이오스 강이라고 전해지고 있다.

바위로 변해버린 스킬라

글라우코스는 어부였다. 어느 날 해변에서 그물을 끌어올렸더니, 여러 종류의 고기가 걸려 있었다. 그물을 털고 풀 위에 앉아서 고기를 가리기 시작했다. 그가 서 있던 곳은 강 한가운데 있는 아름다운 섬이었는데, 그곳은 외딴곳으로 인가는 물론 목장으로도 사용되지 않으며 글라우코스 외에는 오는 사람도 없었다.

그런데 갑자기 풀 위에 놓아둔 고기들이 살아나서 마치 물속에서 노니는 것처럼 지느러미를 움직이기 시작하였다. 놀라서 바라보고 있는 동안에 고기들은 물속으로 달아나버렸다. 그는 이것이 어떤 신의 소행인지, 아니면 풀 속에 있는 어떤 신비로운 힘의 탓인지 알 수가 없었다.

"풀이 이런 힘을 가지고 있을까?"

그는 이렇게 말하며 풀을 조금 뜯어 씹어보았다. 그런데 그 풀의 즙이 입에 닿자마자 그는 불현듯 물을 가까이하고 싶어졌다. 견딜 수가 없게 된 육지를 떠나 물속으로 뛰어들었다. 그러자 강의 신들이 그를 따뜻이 맞아주었고 동료로서 대접해주었다.

그들은 바다의 지배자인 오케아노스와 테티스(오케아노스의 아내)의

동의를 얻어 글라우코스가 가지고 있던 인간적인 성질을 다 씻어버렸다. 그러자 그가 이제까지 지니고 있던 감각은 물론 의식까지도 모두 사라져버렸다.

얼마 후 정신이 든 글라우코스는 자신의 모습은 물론 마음까지 변한 것을 알았다. 머리카락은 바닷빛으로 물 위에 길게 드리워져 있었다. 어깨는 넓어졌으며, 가랑이와 다리는 고기 꼬리처럼 되어 있었다. 바다의 신들도 그가 이렇게 변한 모습을 보고 찬탄을 보냈다. 글라우코스 자신도 만족하여 우쭐했다.

어느 날 글라우코스는 스킬라라는 아름다운 처녀의 모습을 발견하였다. 그녀는 물의 님프들이 좋아하는 해안을 산책하다가 사람들 눈에 잘 띄지 않는 조용한 장소를 발견하고는 그곳의 맑은 물에 몸을 담그고 손발을 씻기 시작했다. 글라우코스는 그녀에게 첫눈에 반하였다. 그는 물 위에 모습을 나타내고 그녀를 향해 말을 걸었다. 그리고 그녀를 잡아두기 위하여 이야기를 이것저것 늘어놓았다. 왜냐하면 스킬라는 그의 모습을 보자 바로 몸을 돌려 달아났으며, 바다가 내려다보이는 높은 절벽 위까지 도망쳤기 때문이었다. 그녀는 절벽 위에 서서 상대가 신인지 바다짐승인지를 확인하기 위하여 뒤를 돌아보았다. 그리고 글라우코스의 모습을 본 순간 그녀는 깜짝 놀랐다.

글라우코스는 신체의 일부를 물 위에 드러내 수면에 기댄 채 다음과 같이 말했다.

"아가씨. 나는 괴물도 바다짐승도 아니오. 나는 신이오. 프로테우스나 트리톤도 나보다는 높지 않소. 이전에는 나도 인간이었소. 생계를 위하여 바다에 나갔으나 지금은 완전히 바다에 속하게 되었소."

그리고 자기가 변신한 전말과 어떻게 하여 현재의 지위에 오르게 되

Jacques Dumont_글라우코스와 스킬라

었는가를 이야기하였다. 그는 다시 덧붙였다.

"하지만 당신의 마음을 움직이지 못한다면 이런 이야기가 무슨 소용이 있겠소."

그는 말을 계속 이었지만 스킬라는 돌아서서 달아나버렸다. 글라우코스는 실망한 나머지 키르케라는 마법사 여신과 상의를 해야겠다고 결정했다. 서둘러 키르케가 사는 섬으로—이곳은 뒤에 오디세우스(율리시스)가 상륙한 섬으로, 이에 대해서는 이후에 자세히 다루겠다— 갔다.

"여신이여, 제발 나를 불쌍히 여기소서. 나의 고통을 없앨 수 있는 분은 당신뿐입니다. 나의 모습이 변한 것은 약초 때문이기에, 누구보다도 그 효력을 잘 알고 있습니다.

나는 스킬라를 사랑합니다. 말씀드리기 부끄럽습니다만, 그녀에게 별별 이야기를 다하여 구애하고 맹세를 하였습니다. 그러나 그녀는 나를 비웃을 따름이었습니다. 제발 마법이든 혹은 풀이 더 효력이 있다면 풀이든 도와주십시오. 내가 바라는 것은 그것을 써서 나의 애정을 없애달라는 것이 아닙니다. 내가 사랑하는 만큼 그녀도 나를 사랑하도록 그녀의 마음에 사랑을 심어달라는 것입니다."

이에 키르케는 대답했다. 그녀는 바닷빛 신의 매력에 냉담하지 않았기 때문이다.

"당신을 따르는 애인을 구하는 것이 좋을 것이오. 당신은 구애를 받을 가치가 있어요. 당신 스스로 헛되이 구애를 할 필요는 없지 않습니까? 당신 자신의 가치를 아십시오. 나는 여신이고, 식물과 주문의 효력에도 통달하고 있습니다. 그러나 이런 나조차도 당신의 구애를 받으면 거절하지 못할 것 같습니다. 그녀가 당신을 비웃는다면 당신도 그녀를 비웃고 당신의 사랑을 기꺼이 받아들이는 이를 사랑하십시오. 그렇게 하면 스킬라나 그 사람에 대해서 온당한 보답이 될 것입니다."

이 말에 글라우코스는 이렇게 대답했다.

"바닷속에 나무가 자라고 산꼭대기에 물이 찰 때가 올지라도 스킬라를 사랑하는 나의 마음은 변함이 없을 것이오."

여신 키르케는 분개하였으나, 글라우코스를 벌할 수 없었고 또 벌하기를 원치도 않았다. 그러기에는 여신도 그를 너무 좋아하였기 때문이다.

여신은 자신의 모든 분노를 연적인 가엾은 스킬라에게 돌렸다. 여신은 독이 있는 약초를 여러 종류 뜯어 주문을 외면서 섞었다. 그러고는 자기 마술에 희생되어 뛰노는 많은 짐승들 사이를 지나서 스킬라가 살고 있는 시켈리아 해안으로 갔다. 그 해안에는 스킬라가 더운 날이면 바닷바람을 쐬거나 목욕을 하기 위해서 자주 들르는 조그만 만이 있었다. 여신은 이 바닷물에 유독한 혼합물을 풀고 강력한 마력을 가진 주문을 외었다.

스킬라는 여느 때와 같이 이곳에서 물속에 몸을 담그고 있었다. 이때 그녀는 한 떼의 뱀과 소리 높이 짖어대는 괴물을 보았다. 순간 그녀는 엄청난 공포를 느꼈다. 처음에 스킬라는 그들이 자기 자신의 일부인 줄은 꿈에도 생각지 못하고, 그들로부터 달아나려고 했지만 여전히 그들도 함께 붙어왔다. 그녀는 자기의 손을 대어보았다. 그녀가 자기 다리를 만져보니 손에 닿는 것은 다리가 아니라 괴물들의 크게 벌린 입이었다.

스킬라는 뿌리박힌 듯 그곳에서 꼼짝하지 않고 남아 있게 되었다. 성질도 외모와 다름이 없이 추악하게 되어 불행한 뱃사공들을 닥치는 대로 잡아먹는 것을 즐겼다.

이와 같이 하여 스킬라는 여섯 명의 오디세우스의 동료들을 잡아 먹었고 아이네이아스의 배를 난파시키려고도 했다. 그 후 스킬라는 하나

Neer, Eglon van der_질투심으로 스킬라를 머리 여섯 달린 괴물로 만들어 버린 키르케

의 바위로 변했는데, 지금도 역시 배를 난파시키는 암초로서 선원들의
공포의 대상이 되고 있다.

조각상을 사랑한 피그말리온

피그말리온은 여자의 결점을 너무나 많이 보았기 때문에 마침내 여성을 혐오하게 되어 한평생 독신으로 지내기로 결심하였다. 그는 상아로 여자의 입상을 정성을 다해 조각했는데, 살아 있는 어떤 여자도 비견할 수 없을 정도로 아름다웠다. 입상은 한 군데도 나무랄 데가 없는 처녀의 모습이었기 때문에, 마치 살아 있는 것처럼 보였다. 그의 기술이 너무도 완벽했으므로 사람의 손으로 만든 것이 아니라 자연의 창조물 같았다.

피그말리온은 자기 자신의 작품에 감탄한 나머지 자연의 창조물처럼 보이는 이 작품과 사랑에 빠졌다. 그는 그것이 살아 있는 것인지 아닌지를 확인하려는 듯이 몇 번이고 조각을 만져보았다. 손을 대보았으나 그것이 단순한 상아에 불과하다고는 믿어지지 않았다.

그는 그것을 끌어안았다. 그리고 소녀가 좋아할 만한 것들, 예컨대 반짝이는 조개껍데기라든지 반들반들한 돌 또는 조그만 새, 갖가지 꽃이라든지 구슬과 호박 등을 선물로 주었다. 그는 입상에 옷을 입히고, 손가락에 보석을 끼우고, 목에는 목걸이를 걸어주었다. 귀엔 귀걸이를 달아주고, 가슴에는 진주를 단 끈을 달아주었다. 옷은 잘 어울렸으며, 옷

Jean-Léon Gérome_피그말리온과 그의 조각

을 입은 맵시는 입지 않았을 때나 다름없이 매력적이었다.

그는 그녀를 티로스 지방에서 나는 염료로 물들인 천을 깐 소파 위에 눕히기도 하며, 그녀를 자기의 아내라고 불렀다. 그러고는 그녀의 머리를 가장 보들보들한 깃털을 넣어 만든 베개 위에 뉘었다. 깃털의 보드라움을 그녀가 마음껏 즐길 수 있기라도 하는 듯이.

아프로디테의 제전이 가까워졌다. 이 제전은 키프로스 섬에서 무척이나 호화스럽게 거행되었다. 희생의 연기가 오르고 향기가 공중에 가득했다.

피그말리온은 이 제전에서 자기의 임무를 끝내고 난 뒤에, 제단 앞에 서서 머뭇거리며 말했다.

"신들이여, 원컨대 나에게 나의 조각품인 상아 처녀와 같은 여인을— 나의 상아 처녀라는 말은 감히 하지 못했다— 아내로 선택해주십시오."

제전에 참석했던 아프로디테는 그의 말을 듣고 본래 뜻을 알았다. 그리고 그의 소원을 들어주겠다는 표시로 제단에서 타오르던 불꽃을 세 번 공중으로 세차게 오르게 했다.

집으로 돌아온 피그말리온은 그의 조각을 보러 갔다. 그가 소파에 기대어 조각을 살펴보는 그 순간 조각의 입술에 온기가 도는 것 같았다. 그는 다시 조각의 입술에 키스하고 그 팔다리에 자기의 손을 대어보았다. 그러자 그 상아는 부드럽게 느껴졌으며 손가락으로 눌러보니 히메토스 산 밀초처럼 들어갔다.

피그말리온은 기뻐하였으나 한편으로는 어떤 착각이 아닐까 걱정하면서 사랑의 열정을 가지고 여러 번 그의 희망의 대상인 조각상을 어루만졌다. 그것은 정말 살아 있었다. 손가락으로 누르면 혈관이 들어가나, 손을 떼면 다시 원상태로 돌아왔다. 이때 비로소 아프로디테의 숭배자인 피그말리온은 여신에게 감사를 드렸다.

그리고 자기의 입술처럼 살아 있는 처녀의 입술에 입술을 갖다 댔다. 처녀는 입맞춤을 하자 얼굴을 붉혔다. 그리고 수줍은 듯 눈을 뜨고 애인을 응시했다. 아프로디테는 자기가 맺어준 두 사람의 결혼을 축복해주었다. 이 결혼으로부터 아들 파포스가 탄생했는데, 아프로디테에게 바쳐진 파포스라는 마을은 그의 이름을 딴 것이다.

나무가 된 드리오페

드리오페와 이올레는 자매 사이였다. 드리오페는 안드라이몬의 아내였다. 그녀는 첫 아이를 낳고 남편의 사랑을 받으며 행복하게 살고 있었다. 어느 날 자매는 시냇가 둑을 거닐고 있었다. 이 둑은 물 가까이까지 경사가 완만했는데, 둑 위에는 도금양 나무가 우거져 있었다.

그들은 님프들의 제단에 올릴 화관을 만들기 위해서 꽃을 따러 나온 길이었다. 드리오페는 귀중한 아들을 가슴에 안고 걸어가며 젖을 먹이고 있었다. 물가에는 진홍색 연꽃이 만발해 있었다. 드리오페는 그 꽃을 몇 개 꺾어 아기에게 주었다. 이올레도 꽃을 따려고 손을 뻗자 언니가 연꽃을 딴 곳에서 피가 흐르고 있는 것을 보았다.

사실 이 연꽃은 보기 싫은 추적자를 피해 달아나다가 변신한 님프 로티스였던 것이다. 그들은 이 사실을 나중에 마을 사람들을 통해 알게 되었다. 그러나 이미 때는 늦었으니, 드리오페는 자기가 무슨 짓을 했는지를 깨닫자 공포를 느끼고 그곳에서 속히 달아나려고 했다. 그러나 발에 뿌리라도 난 듯 땅에 붙어서 꼼짝할 수 없었다. 발을 빼려고 애를 썼으나 위쪽만 움직일 뿐 드리오페의 몸은 점점 나무로 변해갔다. 괴로운 나머

나무가 된 드리오페

지 머리를 쥐어뜯으려고 했으나 이미 손 안에는 잎이 가득 들어 있었다.

아기는 어머니의 가슴이 굳어지며 젖이 나오지 않는 것을 느꼈다. 이올레는 언니의 슬픈 운명을 바라볼 뿐 어떻게 해야 좋을지 몰랐다. 이올레는 언니의 몸이 식물로 바뀌는 것을 막으려는 듯 줄기를 껴안았다. 이를 막지 못할 바에는 자기도 함께 나무껍질에 싸이기를 바랐던 것이다.

이때 드리오페의 남편인 안드라이몬이 장인과 함께 달려왔다. 드리오페가 어디 있느냐는 질문에 이올레는 새로 생긴 나무를 가리켰다. 그들은 아직 온기가 남아있는 나무의 줄기를 포옹하면서 그 잎에 수없이 키스를 퍼부었다. 드리오페의 몸은 완전히 변하여 오직 얼굴만이 남아 있었다. 눈물이 흘러 잎 위에 떨어졌다. 그때까지는 아직 말을 할 수 있었던 드리오페는 다음과 같이 말했다.

"저는 죄가 없어요. 이런 운명을 받아야 할 이유가 없어요. 누구에게도 해를 끼친 일이 없어요. 제 말이 거짓이라면 제 잎이 말라버리고 줄기가 잘려서 불 속에 들어가도 좋아요. 이 아기를 데리고 가서 유모에게 맡기세요. 아기를 종종 데리고 와서 제 가지 밑에서 젖을 먹이고, 제 그늘 속에서 놀게 해주세요. 그리고 아기가 자라서 말을 할 수 있게 되거든 저를 어머니라고 부르도록 가르쳐 주세요. 그리고 '나의 어머니는 이 나무 안에 숨어 있다'라는 말을 슬퍼하면서 말하도록 해주세요. 강변을 둘러보고, 관목덤불을 보거든 여신이 변신한 것이 아닌가 경계하여 꽃을 꺾지 않도록 주의하라고 일러 주세요.

자, 그러면 사랑하는 여보, 이올레, 아버지, 안녕히 계세요. 아직도 저를 사랑해주신다면 도끼가 제 몸을 다치게 하거나 새나 짐승들이 제 가지를 물어뜯는 일이 없도록 해주세요. 저는 이제는 몸을 구부릴 수가 없으니, 당신들이 이곳으로 올라와 입맞춤해주세요. 그리고 제 입술이 감각을 지니고 있는 동안에는 입맞춤을 하게끔 아기를 들어주세요. 이제는 더 말할 수 없게 되었어요. 이미 껍질이 목까지 올라와 전신을 싸고 있으니까요. 저의 눈을 감겨주실 필요는 없어요. 저절로 눈이 감길 테니까요."

말을 마치자 이윽고 입술은 움직이지 않고 생명은 끊어지고 말았다. 그러나 가지에는 얼마 동안 체온이 남아 있었다.

아프로디테가 사랑한 아도니스

어느 날 아프로디테는 아들 에로스와 놀다가 아들이 가지고 있던 화살에 상처를 입었다. 순간 그녀는 재빨리 아들을 밀어냈으나 상처는 생각보다 깊었다. 상처를 입은 아프로디테는 아도니스를 보자 한눈에 매혹되었다. 그녀는 이제까지 잘 다니던 파포스 마을도, 크니도스 섬도, 게다가 광물이 풍부한 아마토스에도 아무런 흥미를 느끼지 않게 되었다. 그녀는 천상에 오를 수도 없게 되었다. 천상보다도 아도니스가 중요하기 때문이었다.

그녀는 아도니스의 뒤를 따라다녔다. 전에는 자기의 용모를 치장하는 데에만 관심을 가지고 그늘 밑에서 휴식을 즐기던 아프로디테였으나, 이제는 수렵의 여신인 아르테미스와 같은 옷차림을 하고 숲 속을 뛰어다니거나 산을 넘으며 이리저리 돌아다녔다. 그리고 자기의 개를 불러 토끼나 사슴이나 기타 위험이 없는 동물만을 사냥하고, 사냥꾼에게 덤벼드는 늑대나 곰은 피했다. 아프로디테는 아도니스에게도 자신처럼 사나운 동물들을 경계하도록 일렀다. 아프로디테는 아도니스에게 이러한 주의를 주고선, 백조가 끄는 이륜차를 타고 하늘을 날아갔다.

그러나 아도니스가 그 충고를 지키기에는 너무도 혈기왕성했다. 개들이 산돼지를 굴에서 몰아내자 그는 창을 들고 야수의 옆구리를 찔렀다. 그러자 산돼지는 그 창을 빼내기가 무섭게 아도니스에게 달려들었다. 아도니스는 재빨리 도망쳤지만 산돼지는 쫓아와서 옆구리를 물어뜯었다. 아도니스는 치명적인 상처를 입고 들판에 쓰러졌다.

Ferdinand BOL_비너스와 아도니스

아프로디테는 백조가 끄는 이륜차를 타고 하늘을 날고 있었으나 아직 키프로스 섬에는 닿지 않았다. 그때 사랑하는 사람이 신음하는 소리가 공기를 타고 들려왔다. 그녀는 다시 백조를 지상으로 향하게 했다. 공중에서 피투성이가 된 아도니스의 시체를 발견하자 급히 지상에 내려 시체 위에 엎드려 가슴을 치며 머리를 쥐어뜯었다. 그녀는 운명의 여신을 원망하며 이렇게 말했다.

"오냐, 나는 무엇이든 운명의 여신의 승리로 돌리지 않겠다. 나의 슬픔만이 언제까지나 남을 것이다. 나의 아도니스여, 당신의 죽음과 나의 애통함이 매년 새로워지도록 노력하겠어요. 당신이 흘린 피를 꽃으로 변하게 하리다. 아무도 이를 말릴 수 없을 겁니다."

이렇게 말하면서 그녀는 아도니스의 피 위에 신주를 뿌렸다. 피와 신주가 섞이자 마치 연못 위에 빗물이 떨어졌을 때처럼 거품이 일었다. 그리고 한 시간쯤 지나자, 석류꽃 같은 핏빛 꽃 한 송이가 피었다. 그러나 그것은 단명하였다. 전하는 바에 의하면 바람이 불어서 꽃을 피게 하고, 다시 또 불어서 꽃을 지게 한다는 것이다. 따라서 그것을 아네모네, 즉 '바람꽃'이라 부르는데, 그 꽃이 피고 지는 원인이 다 바람이기 때문이다.

아폴론의 사랑을 받은 소년 히아킨토스

아폴론은 히아킨토스라는 소년을 몹시 귀여워했다. 그래서 그는 여러 경기에 소년을 데리고 나갔고, 고기를 잡으러 갈 때도 그물을 들어주었고, 사냥을 갈 때도 개를 끌어주었으며, 소풍을 갈 때에도 시중을 들어주었다. 소년에게 열중한 나머지 아폴론은 자기의 소중한 리라나 화살을 돌보지도 않았다.

어느 날 아폴론은 원반던지기를 하고 있었다. 재주와 힘을 겸비하고 있었으므로 원반을 높이 던졌다. 히아킨토스는 원반이 날아가는 것을 쳐다보았다. 경기에 열중한 나머지 자신도 어서 던지고 싶은 마음에 원반을 잡으려고 달려갔다. 그때 원반이 땅에서 튀는 바람에 히아킨토스의 이마에 맞았다. 그는 기절하며 쓰러졌다. 창백해진 아폴론은 안아 일으켜서 상처의 출혈을 막고 꺼져가는 생명을 붙잡으려고 전력을 다했다. 그러나 모두 허사였으며 히아킨토스의 부상은 약으로는 고칠 수가 없었다.

뜰 안에 있는 백합꽃의 줄기를 꺾으면 머리가 수그러지고 꽃이 땅을 향하는 것과 같이 죽어가는 히아킨토스의 머리는 목에 붙어 있는 것이

Jean Broc_히아킨토스의 죽음

무거운 듯 어깨 위로 축 늘어졌다. 아폴론은 비통해하며 말했다.

"너는 나 때문에 청춘을 빼앗기고 죽어가는구나. 네가 얻은 것은 고통이요, 내가 얻은 것은 죄로다. 마음대로 할 수만 있다면 너 대신 내가 죽었으면 좋겠다. 그러나 그럴 수도 없으므로 너를 기억하면서 노래 속에서 나와 함께 살게 하리라. 나의 리라는 너를 칭송할 것이며, 나의 노래는 너의 운명을 노래할 것이다. 그리고 너를 나의 애통한 마음이 담긴 꽃으로 태어나게 할 것이다."

아폴론이 이렇게 말하고 있는 동안에 신기하게도 이제까지 땅에 흘러 풀을 물들이고 있던 피가 변하여, 티로스 산 염료보다도 더 아름다운 빛깔의 꽃이 되었다. 그 꽃은 백합과 같았는데, 백합은 은백색인 반면에 그것은 진홍색이었다. 이것만으론 부족하여 더 큰 명예를 수여하기 위해 아폴론은 그 꽃잎 위에 '아! 아!(Ah! ah!)'라는 글자의 모양을 새겨 그의 슬픔을 표시했는데, 지금도 우리는 그 모양을 볼 수 있다. 이 꽃은 히아킨토스(히아신스)라고 부르게 되었고, 매년 봄이 되면 피어나 히아킨토스의 운명의 기억을 새롭게 하고 있다.

죽음을 함께한 케익스와 알키오네

케익스는 테살리아의 왕이었다. 그는 나라를 폭력에 의하지 않고 평화로운 가운데 통치하고 있었다. 그는 금성 헤스페로스의 아들이었는데, 빛나는 아름다움은 그 부친이 누구인가를 쉽게 짐작케 하였다. 그의 아내는 아이올로스의 딸 알키오네였는데, 그를 끔찍이 사랑했다.

그런데 케익스는 그의 형을 잃고 고뇌에 잠겨 있었다. 그리고 형의 죽음에 뒤따라 일어난 여러 가지 무섭고 괴상한 일들은 그로 하여 신들이 적의를 품고 있지나 않은가 의심케 했다.

그는 이오니아 지방에 있는 클라로스로 건너가서 아폴론의 신탁을 받는 것이 상책이라고 생각하고 아내 알키오네에게 고백했다.

그녀는 몸을 부르르 떨며 안색이 창백해졌다.

"제가 무슨 잘못을 저질렀기에 당신의 애정이 제게서 떠나게 되었나요? 그렇게도 열렬했던 저에 대한 당신의 사랑은 어디로 갔나요. 저와 떨어져 있어도 마음이 태연할 수 있을 만한 수양을 하셨나요? 저와 이별하시려는 거죠?"

그녀는 어떻게 해서든지 남편의 여행을 막기 위하여 자신이 부친의 집에 있을 때 몸소 체험한 무서운 바람의 위력을 이야기하였다. 그녀의 부친 아이올로스는 바람의 신이었으므로, 바람에 대하여 잘 알고 있었다.

"바람은 굉장한 위력을 갖고 있어서 서로 부딪칠 때에는 불꽃을 튀길 정도랍니다. 당신이 정히 가시겠다면…… 제발 저를 데리고 가주세요. 그렇지 않으면 당신이 실제로 당하실 재난뿐만 아니라 제가 상상하는 재난까지도 당할 것입니다."

알키오네의 말은 케익스 왕의 마음을 강하게 압박하였다. 아내와 같이 가고 싶은 마음이 간절하였으나 아내가 바다의 위험을 당할 것을 생각하니 마음이 허락지 않았다. 그는 아내를 달랜 끝에 다음과 같이 말했다.

"나는 나의 아버지 금성을 두고 약속하겠소. 운명이 허용한다면 달이 궤도를 두 번 돌기 전에 돌아오리다."

이렇게 말하고 왕은 창고에서 배를 꺼내어 노와 돛을 달도록 명령했다. 알키오네는 이와 같은 모든 준비가 진행된 것을 보고 재난을 예감이나 한 듯이 몸을 떨었다. 그녀는 흐느끼며 이별을 고하고는 정신을 잃고 땅 위에 쓰러졌다.

케익스는 배에 오르기는 했지만 출발을 늦추려 했다. 그러나 젊은이들은 이미 노를 질서정연하게 저으며 힘차게 물을 헤치고 나아갔다. 알키오네는 남편이 갑판 위에 서서 자기를 향해 손을 흔드는 것을 눈물을 흘리며 보았다. 그녀도 남편의 모습이 사라질 때까지 손을 흔들었다. 배의 모습이 점점 사라지자 그녀는 돛대가 반짝이는 것이나마 보려고 눈을 크게 떴으나, 마침내 그것마저도 보이지 않게 되었다. 그녀는 방으로 돌아가 침대에 몸을 던졌다.

한편 배가 미끄러지듯이 항구를 빠져나가자, 미풍이 돛 사이에서 노닐었다. 선원들은 노를 치우고 돛을 올렸다. 목적지까지 반 정도 왔을 때였다. 날이 저물자 바다에는 파도가 일기 시작하더니 바람도 점차 강하게 불었다. 선장이 돛을 내리도록 명령했으나 폭풍 때문에 그것조차 내릴 수 없었으며, 바람과 파도 소리가 요란해서 그의 명령도 들리지 않았다. 선원들은 저마다 노를 단단히 쥐고 배를 보강하고 돛을 줄이기에 바빴다. 그동안에 폭풍은 점점 심해졌다. 배는 마치 사냥꾼들의 칼끝에 찔려 돌진하는 야수처럼 보이기 시작했다. 몇몇 선원들은 공포에 사로잡혀 정신을 잃었다. 저마다 집에 남겨 두고 온 가족들을 떠올렸다. 케익스는 알키오네를 생각했다. 그녀의 이름을 입술에 올리며 그녀를 그리워하면서도, 그녀가 이곳에 없는 것을 다행으로 여겼다.

얼마 지나지 않아 돛대는 벼락을 맞아 산산조각이 났고 키도 부서졌다. 이윽고 의기양양한 파도가 소용돌이치면서 난파선을 덮쳐 배를 산산조각내버렸다. 이 충격으로 일부 선원들은 정신을 잃고 그대로 가라앉아 다시는 떠오르지 않았으며, 또 다른 선원들은 부서진 배 조각에 매달렸다.

케익스는 홀을 잡았던 손으로 배의 널빤지를 꽉 쥐고 아버지와 장인을 향해 구원을 청했다. 그러나 그의 입에 가장 자주 오른 것은 오로지 알키오네의 이름이었다. 자기 시체가 그녀가 있는 곳으로 떠내려가서 그녀의 손에 의해 묻히기를 기원했다.

마침내 파도가 그를 삼켜버리자 바다 밑으로 가라앉았다. 금성도 그밤에는 흐릿하게 보였다. 그 별은 하늘을 떠날 수 없었기 때문에 슬픈 얼굴을 구름으로 가릴 수밖에 없었다.

한편 알키오네는 이러한 무서운 사건이 일어난 줄도 모르고 날을 헤아리며 남편이 돌아올 날을 손꼽아 기다렸다. 어느 때에는 그가 돌아와서 입을 옷을 준비하고, 어느 때에는 자기가 입을 옷을 준비하고 있었다. 그녀는 모든 신들에게 자주 분향을 했다. 특히 헤라(이 여신은 부부애의 수호신이기도 했다)에 대해 그러했다. 그녀는 이미 이 세상 사람이 아닌 남편을 위해 끊임없이 기도했다. 남편이 무사히 귀가하도록, 객지에서 자기 이외의 여인을 보는 일이 없기를 기원했다.

헤라는 이미 죽은 사람을 위한 탄원을 더 이상 들을 수 없었으며, 장례를 거행해야 할 손이 자기의 제단에 대고 간절히 기원하는 것에 견딜 수 없었다. 그래서 이리스(무지개의 여신)를 불러 다음과 같이 말했다.

"나의 충실한 사자 이리스야. 히프노스가 있는 잠의 집으로 가서 알키오네에게 꿈을 보내거라. 그리고 그 꿈속에 케익스가 나타나게 하여 사건의 전말을 그녀에게 알리도록 해라."

이리스는 일곱 색깔 무늬의 옷을 몸에 걸치고는 공중을 무지개로 물들이면서 잠의 신 히프노스가 있는 궁전을 찾아갔다. 키메리오스인이 사는 나라 근방의 산에 동굴이 있었는데, 그곳에 태만한 히프노스의 거처가 있었다. 해의 신 아폴론은 일출 시에도, 대낮에도, 일몰 시에도 이곳에는 오려 하지 않았다. 이곳은 구름과 그림자가 지면을 덮고 있었으며 희미한 광선이 어렴풋이 빛날 뿐이었다.

그곳에서는 머리에 볏이 달린 새벽의 새(닭)나 에오스(아침의 여신)도 소리 높여 울부짖는 일이 없었고, 또한 경계심이 많은 개나 그보다 더 영리한 거위도 적막을 깨뜨리는 일이 없었으며, 가축이나 짐승이 한 마리도 없었다. 바람에 나부끼는 나뭇가지 하나 없었고, 사람의 말소리 하나 들리지 않았다. 오직 침묵만이 그곳을 지배하고 있었다. 오로지 바위 밑에서 그 속삭이는 소리를 들으면 저절로 잠이 오는 레테(망각의 강)만이 흐르고 있었다. 동굴 입구에는 양귀비와 약초들이 무성하게 자라고 있었다. 이 약초로 만든 즙에서 밤의 여신은 수면을 모아 어두워진 지상에 뿌리는 것이었다.

히프노스의 거처에는 문도 문지기도 없었다. 돌쩌귀의 삐걱거리는 소리가 들려선 안 되기 때문이다. 오직 집 가운데에 흑단으로 만든 긴 의자가 하나 있었고, 검은 깃털이불이 펼쳐져 있었으며, 검은 장막이 드리워져 있을 뿐이었다. 그 위에 잠의 신은 몸을 누이고 사지를 편 채 잠들어 있었다. 그의 주위에는 형형색색의 꿈들이 가로놓여 있었는데 그 수가 추수할 때 거둬들인 곡식의 줄기만큼, 혹은 숲 속의 나뭇잎만큼, 혹은 바닷가의 모래알만큼이나 많았다.

이리스가 들어가 자기 주위에 배회하고 있는 꿈들을 쓸어내자 곧바로 그녀의 광휘가 동굴 전체에 빛났다. 잠의 신은 겨우 눈을 뜨고서도 턱수염을 가슴 위로 늘어뜨리고 때때로 졸더니, 마침내 정신을 차리고 팔에 몸을 기대며 그녀가 왜 왔는지를 물었다. 당연히 그녀가 누구인지를 알고 있었다. 이리스는 대답했다.

"신들 중에서도 가장 점잖으면서, 마음을 안정시키고 고뇌에 지친 가슴을 위로해주는 히프노스여, 헤라께서 알키오네에게 꿈을 보내어, 그녀의 죽은 남편과 난파선의 모든 사정을 알리라는 분부십니다."

그러자 히프노스는 그의 많은 아들 중에 모르페우스(꿈의 신으로 조형자를 뜻한다)를 불렀다. 모르페우스는 어떤 사람이든 그 사람의 형태, 걸음걸이, 용모, 말솜씨뿐만 아니라 옷맵시, 태도 등을 똑같이 흉내 내는 것에 능숙했다. 오직 인간의 흉내만 냈고 새나 짐승이나 뱀의 역할을 하는 것은 다른 형제에게 맡겼다. 이 역할을 담당한 자를 이켈로스(베틀이라고도 하며 위협자라는 뜻이 있다)라고 불렀다. 판타소스가 세 번째였는데 바위, 물, 나무, 기타 무생물로 변신하는 역을 맡았다. 이들은 왕이나 귀족이 잠자고 있는 동안 그 베갯머리에서 시중을 들었으며 다른

Reynolds-Stephens _In the Arms of Morpheus(1894)

자들은 보통 인간들 사이에서 움직였다.

히프노스는 모든 아들들 중에서 모르페우스를 선택하여 이리스가 전한 헤라의 명령을 이행하도록 했다. 그리고 베개를 베고 즐거운 휴식에 빠져들었다.

모르페우스는 얼마 지나지 않아서 하이모니아 마을(테살리아의 옛 이름)에 이르렀다. 그곳에서 그는 날개를 떼어놓고 케익스의 모습으로 똑같이 변신했다. 그러나 얼굴은 죽은 사람처럼 창백하였고 몸은 발가벗은 채였다. 그는 가련한 아내의 침대 앞에 섰다. 수염은 물에 젖은 것같이 보였고, 물에 빠진 머리카락에서 물방울이 뚝뚝 떨어지고 있었다. 그는 침대에 몸을 기대고 눈물을 흘리며 말하였다.

"가엾은 아내여, 그대는 이 케익스를 알아보겠는가, 아니면 죽었기 때문에 나의 모습이 너무도 변하였는가? 나를 보라. 그리고 나를—이것은 그대의 남편이 아니라, 그림자다— 알아보라. 알키오네여! 그대의 기도는 아무 소용도 없소. 나는 죽었소. 내가 돌아오리라는 희망을 버리시오. 에게 해에서 폭풍이 일어나 배는 침몰되고 그대의 이름을 소리 높이 부르고 있을 때 파도가 나의 입을 막아버렸소. 이 말을 전하는 것은 믿지 못할 사자도 아니고 막연한 풍문도 아니오. 난파당한 나 자신이 그대에게 나의 운명을 전하러 온 것이오. 일어나서 나에게 눈물을 흘려주오. 아무도 슬퍼해주는 사람 없이 지옥으로 가게 하지 말아주오."

모르페우스는 그녀의 남편 목소리와 똑같은 목소리로 말했으며, 진정으로 눈물을 흘리는 것 같았고 손짓 또한 케익스 그대로였다.

알키오네는 꿈속에서 눈물을 흘리며 신음했다. 그녀는 팔을 내밀어 남편의 몸을 포옹하려고 했으나 잡히는 것은 허공뿐이었다. 그녀는 정신없이 울부짖었다.

"기다려줘요. 당신은 어디로 가려고 하십니까? 저하고 함께 가요."

그녀는 자신의 목소리에 놀라 잠이 깨어 일어나자마자 남편을 찾으려고 주위를 둘러보았다. 하인들이 그녀의 울부짖음에 놀라 그녀에게 달려왔기 때문이었다. 남편을 발견하지 못하자 그녀는 가슴을 마구 치며 옷을 찢었다. 머리가 풀어졌으나 개의치 않고 마구 쥐어뜯었다. 유모가 왜 이렇게 슬퍼하느냐고 묻자 그녀가 대답했다.

"나는 이미 이 세상 사람이 아닙니다. 남편 케익스와 함께 사라져버렸어요. 아무런 위로의 말도 말아요. 그는 난파를 당해 죽었어요. 그를 보았어요. 나는 그를 붙잡으려고 손을 내밀었지만 그 순간 그의 망령은 사라졌어요. 그것은 내 남편의 망령이었어요. 그러나 그전과 같은 아름다운 모습이 아니었어요. 발가벗고는 창백한 얼굴에 바닷물이 머리카락에서 흘러내리고 있었어요. 바로 이곳에 비탄에 찬 그의 환영이 서 있었어요."

이렇게 말하면서 알키오네는 그의 발자취를 찾아보며 말을 이었다.

"제가 당신께 뱃길을 떠나지 말라고 간청했을 때, 이런 일을 예감했던 거예요. 그래도 당신은 듣지 않고 떠나셨지요. 차라리 저를 데리고 가시는 편이 제게도 좋았을 거예요. 그러면 당신과 이별하고 홀로 여생을 보내는 일도 없을 테고 또 저 홀로 죽는 일도 없었을 거예요.

이제 모든 것을 체념하고 살아나갈 수 있다 하더라도, 그것은 저 자신에 대해 가혹한 짓일 거예요. 바다가 저에 대해 가혹했던 것보다 더 가혹한 짓일 것입니다. 그러나 불행한 남편이시여, 저는 체념하지 않겠어요. 당신과 떨어지지 않겠어요. 이번만은 당신의 뒤를 따르렵니다. 비록 한 무덤에 들어가지는 못할지라도 묘비에는 우리 두 사람이 같이 기록될 것입니다. 저의 유골과 당신의 유골이 같은 곳에 묻히지는 못할지라

Herbert Draper_Halcyone

125

도, 적어도 저의 이름만은 당신의 이름과 떨어지지 않을 거예요."

그녀는 너무나 슬퍼서 더 이상 말을 잇지 못했으며, 이제까지 했던 말도 눈물과 흐느낌으로 사이사이 중단되곤 했다. 이윽고 아침이 되었다.

알키오네는 바닷가로 나가서 마지막으로 남편을 전송한 장소를 찾았다.

"이곳에서 그이는 머뭇거렸고, 손에 든 밧줄을 던지며 내게 마지막 입맞춤을 했지."

알키오네는 하염없이 바다를 내려다보면서 그때 일어났던 일을 모두 기억해내려고 애를 썼다. 이때 그녀의 눈에 저 멀리 넘실대는 파도 위에 무엇인지 분명치 않지만 떠 있는 것이 보였다. 처음에는 무엇인지 몰랐으나 물결을 따라 점점 가까이 오자 사람의 시체라는 것을 알았다. 누구의 시체인지는 알 수 없으나 난파당한 사람임이 틀림없으므로, 알키오네는 깊은 슬픔에 젖어 그를 위해 눈물을 흘리며 말했다.

"아! 불행한 사람이여. 당신에게 아내가 있다면 그녀도 불행한 사람이군요."

시체는 물결에 밀려 점점 가까이 왔다. 물체가 가까이 올수록, 알키오네는 점점 세차게 몸을 떨었다. 마침내 그것이 해안에 접근했을 때 드디어 누군지 알아볼 수 있게 되었다. 바로 그녀의 남편이었다. 알키오네는 떨리는 손을 그 시체에 내밀고 울부짖었다.

"사랑하는 당신이여, 어째서 이런 모습으로 돌아오시나요?"

해안에는 바다의 거센 파도를 막기 위하여 방파제가 있었다. 알키오네는 그 제방 위로 뛰어올랐다. 그녀가 그러한 일을 할 수 있었다는 것은 실로 놀라운 일이었다. 그녀는 순식간에 생긴 날개로 허공을 헤치며 새가 되어 바다 위로 날아갔다. 새는 날아가면서 슬픔에 찬 소리를 냈는데, 그 소리는 꼭 슬퍼하는 사람의 목소리와 같았다.

그녀는 핏기가 사라진 시체에 접근하여 사랑하는 이의 손발을 새로 생긴 자기의 날개로 감쌌다. 그리고 뿔과 같이 딱딱해진 부리로 입을 맞추려고 애썼다. 그러자 케익스가 그것을 느꼈는지, 혹은 물결의 작용이 있었는지 모르지만 머리를 드는 것처럼 보였다.

실제로 시체는 입맞춤을 느꼈으며, 그들을 불쌍히 여긴 신들에 의해서 그들은 둘 다 새로 변했다. 그들은 다시 부부가 되어 새끼도 낳았다. 겨울철 날씨가 좋을 때면 이레 동안 알키오네는 바다 위에 뜬 보금자리에서 알을 품는다. 그동안은 선원들이 무사히 항해할 수가 있다. 왜냐하면 아이올로스가 바람을 억제하여 바다를 교란시키지 못하게 하기 때문이다. 바다도 그 기간 동안은 얌전하게 아이올로스 손자들의 놀이터가 되어주는 것이다.

베르툼누스의 구애

하마드리아데스는 숲의 님프들이었다. 포모나는 이 님프들 가운데 하나로 정원을 사랑하고 과실을 가꾸는 데서 그녀를 따를 자가 없었다. 그녀는 숲이나 시내에는 흥미가 없었고 오로지 토지와 맛있는 과일이 열리는 과일나무만을 좋아했다. 그녀의 오른손에는 투창 대신에 가지를 자르는 칼이 들려 있었다. 그녀는 이 칼로 지나치게 자란 나무를 자르고, 보기 싫게 뻗은 가지를 잘라냈으며, 가지를 쪼개 그 사이에 접붙일 가지를 삽입하는 등 분주하게 지냈다. 또 애지중지하는 나무들이 가뭄을 탈까봐 물을 주어서 뿌리가 그것을 마실 수 있도록 해주었다.

정원을 가꾸는 것은 그녀의 바람이며, 끊이지 않는 정열이었다. 그녀는 아프로디테가 빠져 있는 연애 따위는 염두에도 두지 않았다. 그녀는 그곳 사람들을 경계하여 자기 과수원에 언제나 자물쇠를 채우고 아무도 들어오지 못하게 했다.

여러 파우누스나 사티로스들도 포모나를 수중에 넣기 위해라면 그들이 가지고 있는 모든 것을 바쳐도 아깝지 않았을 것이다. 나이에 비해서 젊어 보이는 실바누스 노인이나 솔잎관을 쓴 판도 그랬을 것이다.

그중에서도 베르툼누스(계절의 신)가 누구보다도 그녀를 사랑했지만, 다른 신과 마찬가지로 성공하지 못하고 있었다. 그는 추수하는 농부의 모습으로 변신하여 포모나에게 곡식을 담은 바구니를 갖다준 일도 많았다. 그럴 때 그의 모습은 영락없는 농부였다. 건초 띠를 두른 모습은 방금까지 풀을 뒤적이다 온 사람으로밖에는 보이지 않았다. 때로는 소를 모는 막대기를 손에 쥐고 있었다. 그것은 마치 피곤한 소의 멍에를 방금 벗기고 온 사람같이 보였다.

때로는 전지가위를 가지고 다니며 포도밭지기의 흉내를 내기도 했다. 또 사다리를 어깨에 메고 있어 마치 사과를 따러 가는 사람 같았다. 또는 제대병처럼 걸어가는가 하면 때로는 고기를 잡으러 가는 것처럼 낚싯대를 들고 있었다. 베르툼누스는 이런 방법으로 여러 차례 포모나에게 접근했으며, 그녀를 바라보면서 정열을 불태웠다.

어느 날 그는 한 노파로 변장하여 나타났는데, 회색 머리에는 모자를 쓰고 손에는 지팡이를 짚은 모습으로, 과수원에 들어가서 말했다.

"참, 훌륭한 과일이군요, 아가씨."

그리고 포모나에게 키스하였다. 그의 입맞춤은 노파로 변장한 것을 잊은 듯 어울리지 않게 강렬했다. 노파는 둑 위에 앉아 머리 위에 과실이 주렁주렁 달린 가지를 보았다. 맞은편에는 느릅나무가 하나 있었는데, 알이 굵은 포도송이가 달린 포도덩굴이 엉켜 있었다. 노파는 느릅나무와 그 위에 엉킨 포도나무를 쳐다보며 칭찬했다.

"느릅나무가 혼자 서 있고, 그 위에 저 모습과 같이 포도나무가 엉켜 있지 않았다면 느릅나무는 아무런 매력도 없으며 쓸데없는 잎밖에는 우리에게 제공할 것이 없었을 것입니다. 마찬가지로 포도덩굴도 느릅나무가 없었다면 땅 위에 혼자 엎드려 있을 것입니다.

Abraham Bloemaert_베르툼누스와 포모나

　당신은 이 느릅나무와 포도나무로부터 교훈을 얻고 있겠지요? 배필을 얻을 생각은 없으십니까? 그렇게 하시는 것이 좋겠는데요. 헬레네에게도, 영리한 오디세우스의 아내 페넬로페에게도 당신처럼 많은 구혼자는 없습니다. 당신이 그들을 차버리더라도 그들은 당신을 사모한답니다. 전원의 신들도 그러하며, 저 산에 자주 나타나는 여러 신들이 다 그렇습니다.

　그러나 신중을 기해 좋은 배필을 구하시려거든, 이 노파의 말을 따라 다른 자들은 다 물리치고 제 말만 믿고 베르툼누스를 받아들이십시오. 나도 그 사람을 잘 알고 그 사람도 나를 잘 압니다. 그는 여기저기 떠돌아다니는 신이 아니고, 저 산에 살고 있습니다. 또 그는 요즘 사람들같이 아무나 닥치는 대로 사랑하지는 않습니다. 그는 오직 당신만을 사랑한답니다. 뿐만 아니라 젊고 미남인데다 어떤 형태든 원하는 대로 취할 수 있는 기술을 가지고 있으므로, 당신이 명령하는 대로 그 자신을 만들 수 있습니다. 게다가 그는 당신이 사랑하는 것과 같은 것을 사랑하고 원예를 좋아하며 당신의 사과나무를 깜짝 놀랄 정도로 훌륭하게 손질할 줄 안답니다.

그러나 현재는 과실이나 꽃 등 아무런 것도 염두에 없고, 오직 당신을 생각하고 있답니다. 그를 불쌍히 여기십시오. 그리고 그가 지금 나의 입을 빌려 말하고 있다고 상상하십시오. 신들은 잔인을 벌하고 아프로디테는 무정을 미워하므로 조만간에 그런 자에게는 벌이 내릴 것입니다.

그 증거로 키프로스 섬에서 실제로 일어난 유명한 이야기를 할 것이니 들어보십시오. 원컨대 그 이야기를 듣고 인정을 베푸시기 바랍니다.

이피스는 가난한 집안에서 태어난 젊은이였는데, 테우크로스라는 유서 깊은 집안의 아낙사레테라는 귀부인을 보고 반했습니다. 젊은이는 자기의 열정을 오랫동안 감추려고 했으나, 체념할 수 없는 자신을 깨닫고 부인의 저택에 나타나 애원했습니다. 그러나 그녀는 그를 조롱하고 비웃었으며, 쌀쌀한 말투로 섭섭한 말까지 덧붙였고, 조금의 희망도 주지 않았습니다. 이피스는 희망 없는 사랑의 괴로움을 더 이상 참아낼 수 없어서 그녀의 방문 앞에 서서 최후의 말을 했습니다.

'아낙사레테여! 당신이 이겼습니다. 이제부터는 내가 당신을 귀찮게 하는 일은 없을 겁니다. 당신의 승리를 기뻐하십시오. 기쁨의 노래를 부르십시오. 그리고 이마에 월계수를 감으십시오. 당신이 이겼으니까요. 나는 죽습니다. 돌처럼 비정한 여심이여, 기뻐하십시오. 당신을 기쁘게 하기 위하여 적어도 그것만은 할 수 있습니다. 죽기라도 하면 나를 칭찬하시지 않을 수 없겠지요. 목숨이 붙어 있는 한 당신을 사랑하였다는 것을 풍문으로 들으시게 하지는 않으렵니다. 당신의 눈앞에서 죽으렵니다. 그리하여 그 광경을 보시는 당신의 눈을 즐겁게 하렵니다. 인간의 비애를 내려다보시는 신들이여, 저의 운명을 지켜봐주십시오. 저의 유일한 소원을 말씀드리겠습니다. 후세에라도 저에 대한 기억이 남게 해주십시오. 명대로 살지 못하고 죽는 몸이니, 죽은 후에 이름이라도 길이 남도록 해주십시오.'

이같이 말한 이피스는 창백한 얼굴과 눈물 어린 눈으로 부인의 저택을 바라보며, 종종 화환을 걸었던 문기둥에 끈을 맸습니다. 그러고는 그 끈에다 목을 매고 중얼거렸습니다. '적어도 이 화환만은 당신의 마음에 들 것이오. 무정한 여인이여.' 그리고 발판에서 발을 떼자, 목뼈가 부러지면서 젊은이는 죽었습니다. 그가 쓰러질 때에 문에 부딪치는 소리가 났는데, 마치 신음소리와 같았습니다.

하인들은 문을 열고 그가 죽은 것을 발견했고 그를 동정하며 시신을 일으켜 어머니가 있는 집으로 운반하였습니다. 그의 아버지는 이미 죽고 없었습니다. 어머니는 아들의 차디찬 시체를 가슴에 꼭 껴안고 아들을 잃은 비통함에 절규했습니다. 슬픈 장례식의 행렬은 거리를 지나 창백한 시신을 화장터로 운반하였습니다.

아낙사레테의 집은 장례행렬이 지나가는 거리에 있었습니다. 복수의 신이 예정한 벌을 주려고 그녀의 귀에 문상객들의 탄성이 들리게 하였습니다. 그녀는 탑 위로 올라가 열린 창을 통해 장례행렬을 내려다보았습니다. 그녀의 시선이 상여 위에 가로놓인 이피스의 시신에 닿은 순간, 그녀의 눈은 굳어졌고 몸 안에 흐르는 따뜻한 피가 식기 시작했습니다. 뒤로 물러서려 했으나 발을 움직일 수 없었으며, 얼굴을 돌리려고 했지

MELZI, Francesco_파모나와 베르툼누스

만 그것도 뜻대로 되지 않았습니다. 그리고 점차 온몸은 그녀의 마음과 다름없이 돌처럼 굳어갔습니다.

이야기가 믿어지지 않거든, 살라미스에 있는 아프로디테의 신전에 아낙사레테 부인의 석상이 아직도 생전의 모습대로 서 있으니 가보십시오. 이런 옛일을 생각하시어 사랑을 비웃고 주저하는 마음을 버리고 사랑하는 사람을 받아들이십시오. 그렇게 하시면 당신의 덜 익은 열매가 서리에 떨어지게 하는 일도 없을 것이며, 사나운 바람이 당신의 꽃을 떨어뜨리는 일도 없을 겁니다."

베르툼누스는 이렇게 말하며 노파의 변장을 벗고 본래의 자신으로 돌아가 아름다운 청년의 모습으로 포모나 앞에 섰다. 그 자태는 구름을 뚫고 나온 빛나는 태양처럼 보였다. 그는 다시 한 번 애원하려 했다.

그러나 그럴 필요가 없었다. 그의 이야기와 그 아름다운 본래 모습이 그녀를 순식간에 사로잡았기 때문이었다. 이 님프는 더 이상 저항하지 않았으며, 그녀의 가슴에도 드디어 사랑의 불길이 타올랐다.

에로스와 프시케의 사랑

　어느 나라에 세 딸을 둔 왕과 왕비가 살고 있었다. 두 언니도 보통 이상으로 아름다웠으나, 특히 막내딸 프시케의 아름다움은 말로 형용할 수 없을 정도였다. 그 소문은 이웃 나라에까지 퍼져 그녀를 보려고 많은 사람들이 떼를 지어 이 나라로 모여들었다.

　그녀의 모습을 보고 경탄한 그들은 이제까지 아프로디테에게만 바치던 경의를 그녀에게 바쳤다. 사람들의 정성이 이 젊은 처녀에게로만 쏠리자, 아프로디테의 제단을 돌보는 사람은 하나도 없게 되어 황폐해지고 말았다. 처녀가 지나가면 사람들은 그녀를 칭송하는 노래를 불렀고, 그 발밑에 화관이나 꽃을 뿌렸다. 불사의 신들에게나 바쳐야 할 이런 경의가 언젠가는 죽을 수 있는 인간에게 향하는 걸 본 아프로디테는 몹시 노했다. 그녀는 노한 나머지 향기로운 머리타래를 흔들며 이렇게 부르짖었다.

　"나의 명예를 보잘것없는 한 인간의 딸에게 넘겨야 하는가? 제우스까지도 신임했던 양치기 왕(트로이 왕자 파리스)의 판정은 엉터리였단 말인가? 양치기 왕은 나의 경쟁자인 아테나와 헤라보다 내가 훨씬 아름답다고 판정을 내렸건만 이제 소용없게 되었다. 그러나 그녀가 내 명예를 그렇게 쉽사리 빼앗지는 못할 것이다. 그녀는 자기의 그토록 넘치는 아름다움을 후회할 때가 오고야 말 것이다."

그녀는 날개 달린 아들 에로스를 불렀다. 에로스는 천성적으로 장난을 좋아하는데 어머니의 불평을 듣자 더욱 장난기가 발동했다. 그녀는 아들에게 프시케를 가리키며 말했다.

"나의 사랑하는 아들아, 저 교만한 미녀를 혼내다오. 그녀가 받는 벌이 심하면 심할수록 내게는 더할 수 없이 좋은 복수가 된단다. 저 교만한 계집애의 가슴속에 미천한 자에 대한 연정을 불어넣어라. 그렇게 되면 저 계집애가 누리고 있는 현재의 환희와 영광이 큰 만큼, 장차 받게 될 굴욕도 또한 크리라."

에로스는 어머니의 명령을 따르기 위해 준비를 했다. 아프로디테의 정원에는 샘이 두 개 있었는데 하나는 물맛이 달고 다른 한곳에서는 쓴 맛이 났다. 그는 두 개의 호박 병에다 각각 맛이 다른 두 샘물을 담아 화살통 끝에 매달고, 급히 프시케의 방으로 갔다.

프시케는 잠들어 있었다. 잠든 그녀의 모습을 본 에로스는 잠깐 측은한 마음이 들었으나 쓴맛이 나는 샘물 두어 방울을 그녀의 입술 위에 떨어뜨렸다. 그런 다음 그녀의 옆구리에다 화살 끝을 댔다.

그러자 그녀는 잠을 깨고 에로스를 바라보았다(물론 에로스는 보이지 않았다). 에로스는 몹시 놀란 나머지 당황하여 자신이 들고 있던 화살에 부상을 입었다. 부상을 조금도 개의치 않고 그는 자기가 저지른 장난을 취소하기에 열중하여, 그녀의 비단 같은 머리 위에 기쁨의 향기로운 물방울을 뿌렸다.

아프로디테의 미움을 받은 프시케는 그 후부터는 자신의 아름다움부터 아무런 이득을 얻을 수 없었다. 모든 사람의 시선이 그녀에게 집중되고 모두가 그녀를 칭찬하였으나, 왕도 귀족의 젊은이도 또 평민도 누구 하나 그녀에게 청혼하는 자가 나타나지 않았다.

보통 정도의 아름다움을 가지고 있었던 그녀의 두 언니들은 이미 오래전에 왕자들과 결혼했다. 그러나 프시케는 독수공방의 외로움을 한탄하며, 많은 사람들로부터 칭찬을 받았으나 사랑을 불러일으키지 못하는 자기의 아름다움에 싫증을 느꼈다.

그녀의 부모는 자기들도 모르는 사이에 신들의 노여움을 사지나 않았을까 두려워한 나머지 아폴론의 신탁에 문의했다. 그러자 다음과 같은 답변을 얻었다.

"그 처녀는 인간에게 시집을 갈 팔자가 아니다. 그녀의 장래의 남편이 산꼭대기에서 그녀를 기다리고 있다. 그는 괴물이며, 신이나 인간도 그에게는 반항할 수 없다."

이 무서운 신탁에 모두들 놀랐다. 부모가 슬픔에 잠긴 것을 본 프시케가 말했다.

"아버님, 어머님. 왜 이제 와서 저의 신세를 슬퍼하세요? 도리어 사람들이 저에게 부당한 명예를 씌워 하나같이 저를 아프로디테라고 불렀을 때 슬퍼하셨어야지요. 그런 칭호를 들은 벌이 제게 내린 것임을 이제 알겠어요. 저는 운명에 순종하겠어요. 저의 불행한 운명이 지시한 저 산꼭대기로 저를 데려다 주세요."

이리하여 모든 준비를 끝내자 프시케를 보내는 행렬이 출발했다. 그러나 그것은 혼례행렬이라기보다 장례행렬에 가까운 것이었다. 프시케는 사람들의 비탄 속에서 부모와 더불어 산으로 올라갔다. 산꼭대기에 이르자 사람들은 그녀만 혼자 남겨놓고 슬픈 마음으로 집으로 돌아갔다.

프시케는 공포에 떨며 눈물에 흠뻑 젖어 있었다. 이때 친절한 제피로스(서풍)가 그녀를 꽃이 함빡 피어 있는 골짜기로 실어다주었고 그러는 동안 프시케의 마음도 진정되었다. 그녀는 꽃이 무성한 둑에 누워 잠이 들었다.

정신을 차리고 상쾌한 마음으로 눈을 뜨자 커다란 나무가 우뚝 솟은 아름다운 숲이 보였다. 프시케는 그 속으로 들어갔다. 그녀는 숲 한가운데서 샘을 발견하였는데, 수정같이 맑은 물이 솟아나고 있었다. 그리고 샘 곁에는 굉장히 큰 궁전이 있었다. 그 장엄함은 보는 사람에게 사람의 손에 의하여 만들어진 것이 아니라 어떤 행복한 신의 은신처라는 느낌을 주었다.

감탄과 경이감에 이끌린 프시케는 그 건물에 접근하여 용기를 내어 안으로 들어갔다. 보이는 물건마다 그녀에게 즐거움과 놀라움을 안겨주었다. 황금 기둥이 반원형 지붕을 떠받치고 있었다. 벽은 짐승이나 전원 풍경을 그린 조각과 그림으로 장식되어 보는 사람의 눈을 즐겁게 해주었다. 더 안으로 들어가보니, 의식용 큰방 외에 여러 가지 보물과, 자연과 예술이 빚은 아름답고 값비싼 제품이 가득 찬 방이 여러 개 있었다.

그녀가 취한 듯 바라보고 있을 때, 사람은 하나도 보이지 않았는데 공중에서 한 목소리가 그녀에게 다음과 같이 말했다.

"여왕이시여, 당신이 지금 보고 계신 것은 모두 당신 것입니다. 당신이 듣고 계신 이 목소리는 당신의 하인인 우리의 목소리랍니다. 우리는 당신에게 전력을 다해 복종하겠습니다. 당신의 방으로 가셔서 털 침대 위에서 편히 쉬십시오. 또한 목욕을 하시려거든 하십시오. 저녁 진지는 옆에 있는 정자에서 드시는 것이 어떨까요?"

프시케는 소리만 나는 그 시종의 말에 귀를 기울였다. 그녀는 포근한 털 침대 위에서 푹 쉬고 목욕을 하고는 정자로 들어가 앉았다. 그곳에서 급사나 하인들이 일하는 것이 보이지 않았지만, 식탁이 마련되고 그 위에는 맛좋은 음식과 감미로운 술이 놓여 있었다. 그리고 보이지 않는 연주자의 음악이 그녀의 귀를 즐겁게 해주었다. 그중 한 사람은 노래를 부르고 한 사람은 류트를 탔는데, 더할 나위 없이 조화로웠다.

프시케는 아직 남편 될 사람을 보지 못했다. 그는 밤이 어두워야만 왔고 날이 밝기 전에 집을 나갔다. 그러나 그의 음성은 사랑이 가득하였고, 그녀의 마음에도 같은 애정을 불러일으켰다. 그녀는 떠나지 말고 얼굴을 보여달라고 청하였으나 그는 듣지 않았다. 도리어 그는 정당한 이유가 있어 얼굴을 보이고 싶지 않으니, 자기를 볼 생각은 추호도 말라고 부탁했다.

"왜 나를 보고 싶어하오? 나의 사랑에 대하여 조금이라도 의심을 가지고 있소? 무슨 불만이 있소? 그대가 나를 본다면 두려워할지도 모르고 숭배할지도 모르나, 중요한 것은 나를 사랑하는 것이고, 나는 그대에게 그것만을 원하오. 그대가 나를 신으로서 숭배하는 것보다 같은 인간으로 사랑하기를 바라오."

이러한 말을 들으면 프시케는 마음이 안정되고, 신기한 기분이 계속될 동안에는 행복을 느낄 수 있었다. 그러나 자기의 운명도 모르고 계실 부모님 생각, 자기의 지위에 대한 기쁨을 같이 나눌 수 없는 언니들 생각이 프시케의 마음을 괴롭혔고, 궁전은 오직 훌륭한 감옥에 불과한 것으로만 느껴졌다.

어느 날 밤 남편이 왔을 때, 프시케는 자기의 고민을 털어놓았다. 그리하여 마침내 언니들을 만나보아도 좋다는 승낙을 얻어냈다. 그녀는 곧바로 제피로스를 불러 남편의 명령을 전달했다. 제피로스는 명령에 복종하여 얼마 지나지 않아 언니들을 프시케가 있는 골짜기로 데리고 왔다. 프시케는 언니들과 서로 끌어안고 반가움을 나눈 후, 이렇게 말했다.

"이리 오셔서 저의 집으로 들어가요. 시장하실 텐데 뭘 좀 드셔야죠."

그녀는 언니들의 손을 잡고 금으로 만든 자기의 궁전으로 안내했다. 그리고 목소리만 들리는 수많은 시종들로 하여금 언니들의 시중을 들게 하여 목욕도 시키고 음식도 대접했으며, 여러 가지 보물도 자랑하였다.

동생이 자기들보다 월등한 생활을 하고 있는 것을 보자 언니들의 가슴에는 질투심이 일었다. 그녀들은 프시케에게 많은 질문을 하였는데, 특히 그녀의 남편이 어떤 사람인지를 물었다. 프시케는 그가 아름다운 청년이요, 낮에는 보통 산에 사냥을 나간다고 답변했다. 언니들은 답변에 만족하지 않고 프시케가 아직껏 한 번도 남편을 본 일이 없었음을 알아냈다. 그러자 그녀들은 그녀의 가슴에 의심이 가득 차도록 다음과 같이 말했다.

"저 피티아의 신탁(아폴론의 신탁)이 네가 무서운 괴물과 결혼할 팔자라고 한 것을 잊지 말아라. 이 골짜기에 사는 주민들 말에 의하면, 너의 남편은 무섭고 괴상한 뱀으로 한동안 너에게 맛있는 음식을 먹여 기른 뒤에 삼켜버린다는 것이다.

우리의 말대로 하여라. 등잔과 예리한 칼을 준비하여라. 남편에게 들키지 않도록 그것을 숨겨놓았다가 그가 깊이 잠들거든 침대에서 빠져나와 등잔불을 켜고 이곳 주민들이 말하는 것이 사실인가 네 눈으로 보아라. 사실이라면 주저하지 말고 괴물의 머리를 베어 너의 자유를 되찾아라."

프시케는 이런 말에 마음을 쓰지 않으려 했으나, 그녀의 마음 한 곳에 자리 잡는 것은 어찌할 수가 없었다. 언니들이 떠난 후 그들의 말과 프시케 자신의 호기심이 그녀를 더 이상 참을 수 없게 충동질했다. 프시케

Francois-Pascal-Simon Gerard_프시케와 에로스(1798)

는 등불과 예리한 칼을 준비하여 남편이 보지 못하도록 덮개를 덮어 감춰두었다.

그가 첫잠이 들었을 때 프시케가 살짝 일어나서 등잔불의 덮개를 벗기고 보니 눈앞에 보이는 것은 무서운 괴물이 아니고 신들 중에서도 가장 아름답고 매력 있는 신이었다. 그의 금빛 고수머리는 눈빛같이 흰 목과 진홍색 볼 위에서 물결치고, 어깨에는 이슬에 젖은 두 날개가 눈보다도 희었으며, 그 털은 보들보들한 봄꽃과 같이 빛나고 있었다.

남편의 얼굴을 더 가까이 보기 위해서 등불을 기울였을 때, 불붙은 기름 한 방울이 그의 어깨에 떨어졌다. 그는 깜짝 놀라 눈을 떴고 프시케를 응시하였다. 그러고 나서 말 한마디 없이 흰 날개를 펴고 창문 밖으로 날아갔다. 프시케는 그를 따라가려고 노력했으나, 창틀에서 땅으로 떨어졌다. 에로스는 프시케가 땅바닥에 엎어져 있는 것을 보고 잠깐 멈추더니 말을 했다.

"오! 어리석은 프시케여. 이것이 나의 사랑에 보답하는 일이란 말인가? 나는 어머니의 명령에도 복종하지 않고 그대를 아내로 맞았는데, 나를 괴물로 여기고 머리를 베려고 생각히였단 말이냐. 가거라, 언니들에게 돌아가거라. 나의 말보다 그들의 말을 들었으니까.

너에게 다른 벌을 가하지 않겠다. 오직 영원히 너와 이별할 따름이다. 사랑은 의심과 동거할 수 없는 것이다."

이렇게 말하고는 울부짖으며 땅에 엎드려 있는 가여운 프시케를 버리고 가버렸다. 그녀가 어느 정도 마음의 평정을 되찾고 주위를 둘러보았을 때는 이미 궁전도 정원도 없어졌다. 또한 자기가 언니들이 살고 있는 도시로부터 얼마 떨어지지 않은 벌판에 있는 것을 깨달았다.

프시케는 언니들이 있는 곳으로 가서 자신의 슬픔을 다 이야기했다.

심술궂은 언니들은 내심 기뻐하면서도 슬퍼하는 척했다. 그들은 겉으로 나타내지는 않았으나, 이번에는 그 신이 자기 둘 중에 하나를 선택할 것이라 생각하고서 아침 일찍 일어나 산에 올랐다. 그리고 산꼭대기에 이르자 제피로스를 불러 자기를 받아들고 그의 주인에게 데려다달라고 청하였다. 그러고는 뛰어내렸으나 제피로스가 받아주지 않았기 때문에 몸은 절벽 아래로 떨어져 산산조각으로 부서져버렸다.

그동안 프시케는 남편을 찾아 식음을 전폐하며 밤낮없이 방황하였다. 높은 산꼭대기에 훌륭한 신전이 있는 곳을 보고 그녀는 혼자 중얼거렸다.

"나의 사랑, 나의 주인은 아마 저곳에 살고 계실 거야."

그녀는 그곳으로 발을 옮겼다. 그곳에 들어가자마자 밀낟가리가 눈에 들어왔는데, 묶은 것도 있고 묶지 않은 것도 있었으며, 간혹 보리 이삭이 섞여 있기도 했다. 낫과 갈퀴 및 그 밖의 추수할 때 쓰는 여러 기구가 무더위에 지쳐버린 농부가 함부로 던진 것처럼 여기저기 흩어져 있었다.

경건한 프시케는 이들을 모두 가려서 적당한 장소에 종류별로 갈라서 깨끗이 정돈해놓았다. 그것은 어떤 신이라도 소홀히 해서는 안 되고 모든 신을 경건한 마음으로 대하여 자신의 편으로 만들어야 한다는 생각에서였다. 그곳은 여신 케레스(데메테르)의 신전이었는데, 여신은 프시케가 신을 위하여 일하는 것을 보고 다음과 같이 말했다.

"오! 가엾은 프시케야. 비록 나는 너를 아프로디테의 미움으로부터 수호할 수는 없으나, 그녀의 기분을 완화시킬 수 있는 최선의 방법을 가르쳐 줄 수는 있다. 너의 여왕 아프로디테에게 가서 무릎을 꿇고 겸손과 순종으로써 용서를 빌어라. 그러면 아마 네게 은총을 베풀어 너의 남편을 다시 찾도록 해줄 것이다."

프시케는 케레스의 말을 따라 마음을 단단히 먹고, 아프로디테의 신전으로 갔다. 무슨 말을 해야 여신의 노여움을 풀 수 있을까 하고 생각했으나, 아무래도 결과가 좋지 않을 것 같은 예감이 들었다.

아프로디테는 프시케를 노한 안색으로 대했다.

"하인들 중에서도 가장 불성실한 여인이여, 너는 주인을 섬기는 몸이라는 것을 이제야 깨달았느냐? 아니면 네가 이곳에 온 것은 사랑하는 아내에게서 받은 상처 때문에 아직도 병석에 누워 있는 너의 남편을 보기 위해서냐? 나는 네가 밉고 비위에 거슬린다. 그러므로 네가 남편을 섬길 수 있는 유일한 길은 부지런히 일하는 것밖에 없다. 나는 너의 가정부로서의 솜씨를 시험해보련다."

이렇게 말하고 나서 아프로디테는 프시케를 자기의 신전의 창고로 가기를 명령했다. 그곳에는 아프로디테가 총애하는 비둘기의 모이로 많은 밀, 보리, 기장, 완두, 불콩이 쌓여 있었다.

"저녁이 되기 전까지 이 곡식들을 같은 종류별로 모두 가려놓도록 하여라."

이렇게 말하고는 아프로디테는 떠났다. 홀로 남은 프시케는 일거리가 너무 많은 데 놀라서 멍하니 곡식더미를 바라보고 있었다. 프시케가 어찌할 바를 모르고 앉아 있자 에로스는 들판의 주민인 조그만 개미를 선동하여 프시케를 도와주도록 하였다. 개미 무리의 지도자는 여섯 개의 다리가 달린 모든 졸개들을 거느리고 곡식더미에 접근하여 전력을 다하여 부지런히 곡식을 한 알 한 알 날라 종류별로 가려내어 구분해주었다. 그 일이 끝나자 개미들은 순식간에 그곳에서 사라져버렸다.

아프로디테는 황혼이 가까워지자 머리에는 장미 화관을 쓰고 향기로운 냄새를 풍기며 신들의 향연에서 돌아왔다. 그녀는 프시케에게 명령한 일이 마무리된 것을 보고 소리쳤다.

"못된 계집 같으니, 이것은 네가 한 것이 아니고 남편을 꾀어서 시킨 것이지? 어디 두고보아라. 너도 네 남편도 뒤가 좋지 못할 것이니."

이렇게 말하면서 프시케에게 저녁식사로 검은 빵 한 조각을 던져주고 가버렸다.

이튿날 아침 아프로디테는 하인에게 명하여 프시케를 불러오게 하고 그녀에게 이렇게 말했다.

"보아라, 저쪽 물가에 나무들이 늘어서 있지. 그곳에 가면 양들이 양치기도 없이 풀을 뜯어먹고 있는데, 모두 금빛 모피를 몸에 걸치고 있다. 그곳에 가서 양이 걸치고 있는 모피에서 값진 양모의 견본을 모아 가지고 오너라."

프시케는 이 명령을 최선을 다해서 수행하리라 마음먹고 냇가로 갔다. 그러나 강의 신은 갈대로 하여금 노래를 부르듯이 속삭이게 하였다.

"가혹한 시련을 받고 있는 아가씨야, 위험한 냇물을 건너려고 하지도 말고 건너편에 있는 무서운 숫양 속에 들어가지도 말아라. 왜냐하면 해가 떠오를 무렵에는 그 영향을 받아 양들은 그 날카로운 뿔과 사나운 이빨을 가지고 사람을 죽이려 하기 때문이다. 그러나 대낮이 되어 양떼들이 그늘을 찾아가고 냇물의 청명한 정기가 그들을 달래서 재울 때에는 냇물을 건너도 안전하다. 건너가면 덤불이나 나무줄기에 붙어 있는 금빛 양모를 발견할 것이다."

이렇게 인자한 강의 신은 프시케에게 여러 가지로 그 임무를 수행하는 방법을 가르쳐주었다. 그가 일러준 대로 하여 프시케는 얼마 지나지 않아 아프로디테가 있는 곳으로 금빛 양모를 한가득 안고 돌아왔다.

그러나 아프로디테는 집념이 강한 여주인으로서 만족하지 못했다. 여주인은 도리어 다음과 같이 말하는 것이었다.

145

"나는 이번에도 네가 이 일에 성공한 것이 너 자신의 힘이 아니라는 사실을 알고 있다. 나는 네가 일을 잘한다는 것을 믿지 못하겠다. 다른 일을 시키겠다. 이곳에 있는 상자를 가지고 에레보스(명부의 세계)로 가서 페르세포네에게 전달하고 다음과 같이 말하여라. '나의 여주인 아프로디테가 당신의 아름다움을 조금 나눠주시기를 원하십니다. 병석에 있는 아들을 간호하시느라고 자신의 아름다움을 약간 잃었기 때문입니다.' 그러나 다녀오는 데 너무 지체해서는 안 된다. 오늘 저녁에 얻어온 아름다움을 몸에 바르고 신들과 여신들의 파티에 참석해야 하니까."

프시케는 이제야말로 죽음이 가까이 왔다고 믿었다. 제발로 직접 에레보스에 내려가야 했기 때문이었다. 피할 수 없는 일인 바에야 지체 없이 해치우는 방법이 낫다고 판단한 프시케는 높은 탑 꼭대기로 올라갔다. 그리고 거기에서 뛰어내려 명부로 가는 빠른 길을 택하려 했다. 그때 탑 속에서 어떤 소리가 들려왔다.

"가엾고 불행한 여인아, 왜 그렇게 무서운 방법으로 목숨을 끊으려 하느냐. 이제까지도 여러 번 위험한 경우에는 신령의 가호를 받았거늘 왜 최후의 위험에 처하여 겁을 내고 풀이 죽었는가?"

그리고 나서 그 소리는 어떤 동굴을 지나면 하데스의 나라에 도착할 수 있는가, 어떻게 하면 도중의 위험을 피할 수 있는가, 머리가 셋 달린 개 케르베로스(명부의 입구에 있는 보초 개)의 곁을 지날 때에는 어떻게 하면 되는가, 혹하를 건너가고 다시 돌아오기 위해서는 어떻게 하면 뱃사공을 설득시킬 수 있는가를 가르쳐주었다. 그리고 다음과 같이 말을 덧붙였다.

"페르세포네가 그녀의 미로 가득 찬 상자를 주거든 가장 조심해야 할 것은 그것을 한 번이라도 열거나 그 속을 들여다보지 말아야 한다는 것이다. 또 호기심으로 여신들의 미의 비보를 탐색하려고 하지 말아야 할 것이다."

프시케는 이 조언에 힘을 얻어 모든 것을 일러준 대로 했다. 그리하여 무사히 명부에 도착한 프시케는 페르세포네 궁전으로 들어갔다. 그곳에서 아름다운 의자와 맛있는 음식이 제공되었으나 모두 사양하고, 거친 빵으로 만족하며 식사를 한 뒤에 바로 아프로디테로부터의 전언을 전달했다. 이윽고 값진 물건으로 꽉 찬 상자가 프시케에게 들려졌다. 상자를 받은 프시케는 온 길을 다시 돌아왔으며, 다시 햇빛을 보게 된 것에 한없이 기뻐하였다.

그러나 위험한 임무를 이와 같이 무사히 달성하자 상자 안에 무엇이 들었는지 보고 싶은 마음이 일어났다. 그녀는 혼잣말로 중얼거렸다.

"어째서 신의 미를 나르는 내가 이것을 좀 가져서는 안 된단 말인가? 나도 얼굴에 발라 사랑하는 남편의 눈에 좀 더 예쁘게 보이고 싶구나."

그러고는 그녀는 조심스럽게 상자를 열어보았다. 그러나 그 속에는 아름다움은 하나도 없고 죽음의 수면만이 있었다. 그것은 해방되자마자 프시케에게 덤벼들었다. 그녀는 길 한가운데 쓰러져 잠자는 시체가 되었고, 지각도 움직임도 없는 존재가 되었다.

한편 에로스는 이미 상처도 치유되고 사랑하는 프시케를 보고 싶은 마음이 간절하여, 마침 자기 방 창문이 열려 있었기 때문에 그 틈으로 빠져나와 프시케가 누워 있는 곳으로 날아갔다. 그리고 그녀의 몸에서 잠을 끌어모아 다시 상자 안에 가두고, 그의 화살로 가볍게 그녀를 찔러 깨우며 말했다.

"너는 또 전과 같은 호기심 때문에 하마터면 죽을 뻔했구나. 자, 너는 이제 어머니가 분부하신 임무를 완수하여라. 그밖의 일은 내가 하겠다."

에로스는 높은 하늘을 단번에 꿰뚫는 번갯불과 같이 재빠르게 제우스

앞에 나아가 애원했다. 제우스는 호의를 가지고 들어주었다. 그리고 두 연인을 위해서 간곡히 아프로디테를 설득하여 마침내 그녀도 승낙하였다. 제우스는 헤르메스를 보내 프시케를 신의 회의에 참석하게 명하였다. 그녀가 도착하자 제우스는 불로불사의 음식이라고 하는 암브로시아를 손수 한 잔 권하며 이렇게 말했다.

"프시케야, 이걸 마시고 불사의 신이 되어라. 에로스는 이 맺어진 인연을 끊지 못할 것이며, 이 결혼은 영원히 변함없을 것이다."

이리하여 프시케는 마침내 에로스와 결합했다. 그리하여 두 사람 사이에서 딸이 하나 탄생했는데, 그 아이는 '쾌락'이라고 불렸다.

에로스와 프시케의 전설은 보통 우화로 생각되고 있다. 그리스어의 '프시케'는 '나비'라는 의미와 '영혼'이라는 의미를 가지고 있다. 영혼 불멸의 예시로서 나비만큼 인상적이고 아름다운 것은 없다. 나비는 느릿느릿 배로 기어다니던 모충의 생활을 마친 뒤, 자기가 지금까지 누워 있던 무덤 속에서 아름다운 날개를 파닥거리며 뛰쳐나온다. 그 후 밝은 대낮에 훨훨 날아다니며 더없이 향기롭고 감미로운 봄의 생산물을 먹는다. 그러므로 프시케는 온갖 고난에 의해서 정화된 후에 진정하고 순수한 행복을 누릴 수 있는 인간의 영혼인 것이다.

예술 작품 속에서의 프시케는 나비의 날개를 단 처녀로 묘사되어 있다. 그 곁에는 에로스가 있으며, 두 사람은 여러 가지 모습으로 사랑을 나타내고 있다.

뱀이 되어버린 카드모스 왕

어느 날 제우스는 황소로 변신하여 페니키아의 왕 아게노르의 딸인 에우로페를 납치해갔다. 아게노르는 아들 카드모스에게 그의 누이를 찾아오도록 명령하고, 만약 찾지 못하면 들이지 않겠다고 덧붙였다. 카드모스는 사방으로 오랫동안 그의 누이를 찾아보았으나 찾을 수 없었다. 임무를 달성하지 못하고 돌아갈 수도 없고 해서 어디로 가야 좋을지 아폴론의 신탁에 상의했다. 신탁은 그에게 "들에서 암소를 한 마리 발견하거든 어디든지 그 소가 가는 곳으로 따라가라. 그리고 소가 발을 멈춘 곳에 마을을 세워 테베라 명명하라." 하고 일러주었다.

카드모스가 신탁을 받은 카스탈리아의 동굴에서 나오자, 자기 앞을 천천히 걸어가는 암소가 눈에 들어왔다. 카드모스는 그 뒤를 바짝 쫓는 동시에 아폴론에게 감사의 기도를 올렸다. 암소는 계속 전진하여 케피소스의 얕은 수로를 지나 파노페 평야로 갔다. 그곳에서 암소는 발을 멈추고는 공중을 향하여 넓은 이마를 들고 크게 울었다.

카드모스는 암소에게 고마움을 표하고 몸을 굽히고는 낯선 대지 위에 입맞춤했다. 그리고 눈을 들어 주위의 산에 인사하고는 제우스에게 제물을 올리려고 부하들을 시켜 제주로 사용할 깨끗한 물을 구해오도록 하였다. 그 근처에는 오래된 숲이 있었는데, 아직 한 번도 도끼를 사용해본 적이 없는 신성한 곳이었다.

그 가운데는 무성한 판목에 두껍게 뒤덮인 동굴이 하나 있었다. 동굴의 지붕은 아치형을 띠고, 밑에서는 깨끗한 샘물이 솟아 나오고 있었다. 동굴 속에는 무서운 뱀 한 마리가 있었는데, 볏이 돋친 머리와 금빛으로 빛나는 비늘을 지니고 있었다. 눈은 불처럼 빛나고, 몸은 독액으로 부풀고, 세 개의 혀를 끊임없이 날름거렸으며, 세 줄로 된 이빨이 있었다. 때마침 물을 길러 온 사람들이 샘에 물병을 담가 병 속으로 물이 들어가는 소리가 나자, 온몸에 광채가 찬란한 뱀은 동굴 속에서 머리를 내밀고 무서운 소리를 냈다. 사람들은 손에서 물병을 떨어뜨리고 얼굴이 창백해지며 벌벌 떨었다. 뱀은 비늘 돋친 몸뚱이를 도사리고는 가장 키가 큰 나무보다도 높이 머리를 쳐들었다. 사람들은 공포에 떨며 싸우지도, 달아나지도 못하고 있었다. 뱀은 느닷없이 어떤 자는 그의 독이빨로 물어 뜯어 죽이고, 어떤 자는 몸으로 감아 죽이고, 어떤 자는 독을 품은 숨을 뿜어 죽였다.

카드모스는 정오까지 부하들을 기다렸으나 돌아오지 않자 그들을 찾아 나섰다. 그가 입은 겉옷은 사자 가죽으로 만들어져 있었으며, 손에는 투창 외에 또 하나의 긴 창을 가지고 있었다. 가슴 속에는 창보다 더 좋은 무기인 대담한 심장을 지니고 있었다. 그가 숲 속으로 들어가니 부하들의 시체가 즐비했고 뱀은 턱에서 피를 묻히고 있었다. 그는 부르짖었다.

"오! 충실한 나의 부하들! 나는 너희의 원수를 갚든지, 나 자신도 너희의 뒤를 따라 죽든지 하겠다."

카드모스는 큰 돌을 들어 뱀을 향해서 던졌다. 요새의 성벽을 진동시

Cornelis van Haarlem_용에게 죽임을 당하는 카드모스의 두 부하

킬 만큼 큰 돌을 던졌으나 뱀은 조금도 움직이지 않았다. 그래서 카드모
스는 투창을 던졌다. 이번에는 먼젓번보다 효과를 나타냈다. 창이 뱀의
비늘을 뚫고 내장까지 관통하였기 때문이었다.

뱀은 아픔을 견디지 못하고 날뛰면서 상처를 보기 위해 머리를 뒤로
돌렸다. 그리고 입으로 창을 뽑아내려고 하였으나, 창이 부러지며 살 속
을 쑤셨다. 목이 노여움에 부풀고 피거품이 턱을 덮고 콧구멍에서 내뿜
는 독기가 공중에 퍼졌다.

뱀은 몸을 원형으로 비틀기도 하고 자빠진 나무둥치같이 지면에 몸을
쭉 펴기도 했다.

뱀이 카드모스에게 다가오자, 뒷걸음질을 치며 뱀의 크게 벌린 턱을 향

하여 창을 겨눴다. 뱀은 창을 향하여 달려들어 창끝을 물어뜯으려 덤볐다. 카드모스는 기회를 보다가 뱀이 머리를 뒤에 있는 나무둥치 쪽으로 젖히는 순간 창을 던지니 뱀의 몸뚱이는 창에 꿰여 나무에 매달렸다. 뱀이 단말마의 고통 속에서 날뛰면서 육중한 몸무게로 나무를 휘어뜨렸다.

카드모스가 그의 원수를 쓰러뜨리고, 그 곁에서 굉장히 큰 몸뚱이를 바라보고 있을 때 한 소리가 들려왔는데—어디서 들려오는지는 알 수 없었으나, 그는 확실하게 그 소리를 들었다— 뱀의 이빨을 빼서 대지에다 뿌리라고 말했다.

그는 그 말대로 하여 땅에다 고랑을 파고, 이빨을 뿌렸다. 이빨을 다 뿌리자마자 흙덩이가 움직이기 시작하며 여러 가지가 지면에 나타나기 시작했다. 다음엔 깃털을 퍼덕거리면서 투구가 나타났다. 그다음에는 사람의 어깨와 가슴과 무기를 든 사지가 나타나고, 마침내 무장을 한 무사들이 나타났다.

카드모스는 깜짝 놀라며 새로운 적에 대비하려고 했다. 그러자 그중 한 사람이 "우리의 싸움에 간섭하지 마십시오" 하고 말했다. 그 무사는 땅에서 태어난 그의 형제 가운데 한 사람을 칼로 찔러 죽였다. 그러는 그 자신도 또 다른 무사의 화살에 맞아 쓰러졌다. 다른 무사도 세 번째 무사의 손에 의해 죽었다. 이같이 온 무리가 서로 싸워 부상을 입고 쓰러져 남은 사람은 다섯 명뿐이었다. 이들 중 한 사람이 무기를 내던지며 말했다.

"형제들아, 우리 모두 평화롭게 살자꾸나."

이들 다섯 명은 카드모스와 협력하여 마을을 세우고 그 이름을 테베라고 명명했다.

카드모스는 아프로디테의 딸 하르모니아(조화)를 아내로 맞아들였다.

신들이 결혼을 축하하기 위해 올림포스를 떠나 그들의 결혼식에 참석했다. 헤파이스토스는 자기가 만든 아름다운 목걸이를 신부에게 선사했다.

그러나 불행한 운명이 카드모스 일가를 기다리고 있었다. 카드모스가 죽인 뱀은 실은 아레스에게 바쳐진 것이었기 때문이었다. 그 때문에 딸 세멜레와 이노 및 손자 악타이온과 펜테우스는 다 불행한 죽음을 당하였다. 카드모스와 하르모니아는 테베가 싫어져 그곳을 떠나 엔켈리아인의 나라로 이주하였는데, 이 나라 사람들은 그들을 환대하고 카드모스를 그들의 왕으로 삼았다. 그러나 자손들의 불행은 아직도 그들의 마음을 침통하게 하였다.

어느 날 카드모스는 부르짖었다.

"뱀의 생명이 그렇게도 신들에게 귀중한 것이라면, 나도 뱀이었더라면 좋았을걸."

이 말이 끝나자마자 그의 모습이 변해갔다. 하르모니아는 그것을 보고 자기도 남편과 같은 운명이 되게 해달라고 신들에게 기도하였다. 그러자 둘은 모두 뱀의 모습을 하였다. 그들은 숲 속에서 살게 되었다. 그러나 자기들의 전신을 생각하고서 사람을 피하지도 않고 해치지도 않았다. 전설에 의하면 카드모스는 페니키아인이 발명한 알파벳 문자를 처음으로 그리스에 들여왔다고 전해지고 있다.

케팔로스의 군대

아테네의 왕 케팔로스는 옛 친구요 동맹자이기도 한 아이아코스 왕의 조력을 얻고자 아이기나 섬을 찾아왔다. 크레타의 왕 미노스와 전쟁을 하고 있을 무렵이었다. 케팔로스는 환대를 받고 원군의 청탁도 쉽사리 승낙받았다. 아이아코스는 말했다.

"나는 많은 백성을 가지고 있으므로 우리 국토를 지키는 데 충분할 뿐만 아니라, 당신이 필요로 하는 인원을 나누어드릴 여력이 있소."

케팔로스는 대답했다.

"대단히 기쁩니다만 솔직히 말씀드리면, 같은 연배의 청년들이 이렇게 많은 것을 보니 이상하게 생각됩니다. 게다가 전에 제가 만나본 일이 있던 사람들은 보이지 않으니 어찌 된 일입니까?"

아이아코스는 긴 한숨을 내쉬며, 슬픔이 어린 음성으로 대답했다.

"그 말씀을 드리려고 하던 차입니다. 이야기를 들려드리겠습니다.

이야기를 들으시면 처음에는 가장 슬펐던 일이 때로는 행복한 결과로 이어진다는 사실을 알게 되실 것입니다. 당신이 전에 알고 있던 사람들은 지금 티끌과 재가 되었습니다. 노한 헤라가 내린 역병이 이 나라를 폐

허로 만들었습니다. 헤라가 이 나라를 미워한 것은 이름이 자기 남편의 여러 애인 중의 한 사람의 이름과 같았기 때문이었습니다. 병이 자연의 원인에 의하여 일어난 것으로 생각되었을 때에는 우리는 전력을 다하여 약으로써 저항하였습니다. 그러나 얼마 가지 않아 우리의 힘으로는 치료할 수 없는 병이라는 것이 명백해져, 모든 노력을 포기하였습니다.

처음에는 하늘이 지상에 내려앉는 것 같았고, 두꺼운 구름이 뜨거운 공기를 둘러싸고 있었습니다. 4개월 동안 남쪽에서 불어오는 지독한 바람이 그치지 않았습니다. 질병이 우물과 샘까지 감염시켰습니다. 수천 마리의 뱀이 지상을 기었고, 샘에다 독을 뿜었습니다.

질병은 처음에는 개, 소, 양, 새들에게 위세를 부렸습니다. 한 불행한 농부는 소가 일하는 도중에 쓰러지고 밭고랑을 갈다가 죽어 넘어지는 것을 보고 놀랐습니다. '메에' 하고 울부짖는 양들은 털이 빠지고 몸은 날로 야위어 갔습니다. 전에는 경주에서 제일가던 말도 이제는 승리를 다투지 않고 마구간에서 신음하였고, 처참한 죽음을 맞이하였습니다. 산돼지는 광포한 성질을 잃었고, 사슴은 민첩함을 잃었으며, 곰도 이제는 소떼를 습격하지 않았습니다.

모든 것이 생기를 잃었습니다. 길에도 들에도 숲에도 시체가 가득했습니다. 공기는 시체의 독기로 가득 들어찼습니다. 믿을 수 없을지도 모르겠습니다만 개도, 새도, 굶주린 이리도 시체에는 손을 대려고 하지 않았습니다. 이들 시체가 부패하니 질병은 더욱 만연했습니다.

다음으로 병은 시골사람들을 엄습하고 점차 도시의 주민들에게도 만연하였습니다. 이 병에 걸리면 처음에는 양 볼이 붉어지고 호흡이 힘들어집니다. 혀도 거칠어져 붓고, 건조한 입은 혈관이 확대되어 벌어지고, 공기를 갈망하게 됩니다.

환자들은 입고 있는 옷이나 누워 있던 침대의 열을 견딜 수 없어 땅바닥에 누우려고 했습니다. 그러나 지면은 그들을 식혀주기는커녕 오히려 누워 있는 곳을 더욱 뜨겁게 바꿔버렸습니다. 의사들도 속수무책이었습니다. 질병이 의사들까지도 휩쓸었기 때문입니다. 그리고 환자에게 접근하면 곧바로 감염되었기 때문에 충실한 의사일수록 빨리 희생되었습니다.

마침내 모든 구제의 희망은 사라지고, 질병의 유일한 해방은 죽음밖에 없다고 생각하였습니다. 그리고 신성한 사물을 존경하는 마음이 사라졌습니다. 시체는 묻지 않은 채로 방치되었고, 화장하는 데 사용되는 나무도 부족하여 쟁탈전이 벌어질 지경이었습니다. 더 이상 울어줄 사람조차도 남지 않게 되었습니다. 아들과 남편, 늙은이와 젊은이 할 것 없이 그들을 애도하는 사람도 없이 죽어갔습니다.

나는 제단 앞에서 하늘을 우러러 울부짖었습니다.

'제우스여! 당신이 정녕 저의 아버지시거든, 그리고 저와 같은 아들을 가엾게 여기신다면 백성을 돌려보내주십시오. 아니면 제 목숨도 앗아가십시오.'

이런 말을 하자 하늘에서 소리가 들려왔습니다.

'저건 필시 무슨 징조로구나. 제발 신이 나를 버리지 않으시겠다는 좋은 징조이기를!'

마침 내가 서 있던 곳 근처에 가지가 크게 벌어진 참나무가 서 있었는데, 그것은 제우스에게 바쳐진 것이었습니다. 그때 언뜻 보니 한 떼의 개미들이 분주히 일을 하고 있었습니다. 조그만 곡식을 입에 물고 서로 앞서거니 뒤서거니 하면서 일렬로 나무에 기어오르고 있었습니다. 나는 그 많은 수에 놀라면서 말했습니다.

'오! 아버지시여. 저에게 이와 같이 많은 국민을 주셔서 텅 빈 도시를 다시 채울 수 있도록 해주십시오.'

그러자 그 나무는 바람도 불지 않았는데도 가지를 흔들며 소리를 냈습니다. 나는 사지가 떨렸으나 땅과 나무에 입맞춤을 하였습니다. 확실하게 알아차리지는 못했으나, 무엇인가 바라는 것이 이루어 질 것이라 느꼈습니다.

이윽고 밤이 왔고, 여러 가지로 고민에 지친 나는 바로 잠이 들었습니다. 꿈속에서도 참나무가 나의 앞에 나타났습니다. 무수한 가지는 다 살아서 움직이는 생물로 덮여 있었습니다. 나무는 가지를 흔들며, 부지런하게 곡식을 모으는 개미떼들을 지상으로 던지고 있었습니다. 지상에 떨어진 개미들은 점점 커져 얼마 지나지 않아 똑바로 서기 시작했고, 쓸모없는 여분의 두 다리와 검은 빛깔의 껍질을 벗고 마침내 인간의 모습으로 변신했습니다.

그때 비로소 나는 잠에서 깼습니다. 그리고 나는 나에게서 아름다운 꿈을 빼앗고 그 대신 실제로는 아무것도 주는 것이 없는 신들을 원망하고자 하는 충동에 사로잡혔습니다. 그런데 신전 안에 조용히 앉아 있으려니까, 밖에서 많은 사람의 음성이 들렸습니다. 그 소리는 최근에 들어본 적이 없던 것으로 내 주의를 끌었습니다. 아직도 꿈을 꾸고 있는 것인가 생각하고 있는데, 아들 텔라몬이 신전의 문을 열면서 부르짖었습니다.

'아버지, 여기 오셔서 보십시오. 아버지의 희망, 그 이상이 이뤄진 것을 보십시오.'

나는 신전 밖으로 나갔습니다. 꿈에서 본 것과 같이 무수히 많은 인간이 같은 모양으로 행렬을 지어 지나가고 있었습니다. 내가 놀라며 기쁜 마음으로 바라보고 있자니, 그들은 가까이 와서 무릎을 꿇고 나를 그들의 왕이라 부르며 맞아들였습니다.

나는 제우스에게 서약을 하고 텅 비었던 도시를 이 새로이 탄생한 종족에 배당하며, 논과 밭을 분배하는 일에 착수하였습니다.

나는 그들이 개미(미르메크스)로부터 나왔기 때문에 미르미돈이라고 불렀습니다. 당신은 그 사람들을 보셨지요. 그들의 성질은 그 전신인 개미의 성질과 같습니다. 그들은 부지런한 종족으로서 모으기에 열중하고, 일단 모은 것은 헛되이 쓰지 않습니다. 그들 가운데서 당신이 필요로 하는 병력을 보충하십시오. 당신을 따라 기꺼이 전쟁터에 나갈 것입니다."

아버지를 배신한 스킬라

크레타의 왕 미노스는 메가라와 전쟁을 하였다. 당시 니소스는 메가라의 왕이었고 스킬라는 그의 딸이었다. 포위전이 6개월이나 지속되었으나 아직도 메가라는 유지되고 있었다. 왜냐하면 니소스 왕의 머리카락 속에서 빛나고 있는 자줏빛 털이 그의 머리 위에 남아 있는 한 절대로 메가라가 점령되지 않도록 운명의 신이 정해놓았기 때문이었다.

그 도시의 성벽에는 탑이 하나 있었는데, 거기에서 미노스와 그의 군대가 진을 치고 있는 곳이 내려다보였다. 스킬라는 탑 위에 자주 올라가서 적군의 진영을 내려다보았다.

오랜 시간 포위전을 겪은 스킬라는 지휘관급 사람들의 인물을 식별할수 있었다. 특히 미노스의 매력적인 풍채는 그녀를 감탄시켰다. 그가 투창을 던지는 것을 보면 재능과 힘을 겸비한 것 같았다. 활을 쏠 때의 우아한 자태는 아폴론 이상이었다. 더구나 투구를 벗고, 자줏빛 옷을 입고, 화려하게 장식한 백마를 타고, 고삐를 쥐고서 거품을 뿜는 말의 입을 제어하고 있을 때면 스킬라는 정신을 잃을 정도였다.

그녀는 미노스에게 반한 나머지 미칠 지경이 되었다. 그녀는 손에 들린 무기와 고삐가 부러웠다. 그녀는 가능하다면 적진 속의 그에게로 달려가고 싶었다. 탑 위에서 그의 진영 가운데로 몸을 던지거나 성문을 열어주거나, 그 외에 그를 기쁘게 하는 일이라면 무엇이든지 하고 싶은 욕망을 느꼈다. 탑 안에 앉아 있을 때 그녀는 홀로 중얼거렸다.

"이 전쟁을 기뻐해야 할지 슬퍼해야 할지 모르겠구나. 미노스가 우리의 적인 것을 슬퍼하지만 그러면서도 그이를 보게 된 것이 기쁘구나. 아마 그이는 우리가 평화를 청한다면 들어주고, 나를 인질로 받아들이겠지. 가능하다면 훨훨 날아서 그이의 진영에 내려앉아 '항복하겠으니 처분을 바랍니다'라고 말하고 싶구나. 그러나 그리하면 아버지를 배반하는 것이 된다.

아니야, 차라리 미노스를 다시 안보는 편이 좋을 것이다. 그러나 정복자가 인자하고 관대할 경우에는 정복당하는 것도 때로는 한 도시를 위하여 더욱 좋은 일일 수도 있지. 정의는 확실히 미노스 편에 있기에 우리는 결국 정복당할 수밖에 없을 것인데, 그렇게 될 바엔 전쟁에 의해서 성문을 여는 대신에 사랑으로써 그에게 성문을 열어주면 되지 않을까.

될 수만 있다면 전쟁을 오래 끌지 않게 하고 살육을 적게 하는 것이 좋을 것이다. 만약 누군가가 미노스에게 부상을 입히거나 죽인다면 어찌할까. 누구도 그럴 용기는 없을 것이다. 그러나 그이인 줄 모르고 그럴 수도 있지 않은가.

내 나라를 지참금으로 하여 나 자신을 그이에게 맡겨 전쟁을 끝내고 싶구나. 하지만 어떻게 하면 좋을까? 문에는 문지기가 있고 열쇠는 아버지가 가지고 계시니. 나의 길을 막는 것은 아버지뿐이다. 신들이 아버지를 처치해주었으면. 그러나 신들에게 청할 필요가 없지 않은가. 다른 여자라면, 그리고 나처럼 사랑에 불탄다면 자신의 손으로 사랑의 장애

물을 제거할 것이 분명해. 그런데 나는 어느 누구보다도 용감히 감행할 자신이 있다. 불이나 칼 어떤 것으로도 목적을 달성할 자신이 있다. 그러나 이것에는 불이나 칼도 필요 없다. 오직 아버지의 자줏빛 머리털이 필요할 뿐이다. 그것은 나에게는 금보다 더 귀중한 것이며, 내가 원하는 모든 것을 나에게 가져다줄 물건이야."

그녀가 이런 생각을 하고 있을 동안에 밤이 되어 성안에 있는 모든 사람은 잠이 들었다. 그녀는 아버지의 침실로 몰래 들어가 운명의 머리털을 베었다. 그리고 몰래 빠져나와 적진에 들어갔다. 그녀는 왕의 앞으로 나아가 다음과 같이 말했다.

"나는 니소스의 딸인 스킬라입니다. 당신에게 이 나라와 아버지의 집을 바칩니다. 그 대가로 당신 이외에는 아무것도 바라지 않습니다. 나는 당신을 사랑하기 때문에 이런 일을 했습니다. 이 자줏빛 머리털을 보십시오. 이 머리털과 함께 아버지와 그 왕국을 당신에게 드리겠습니다."

그녀는 운명의 약탈품을 내밀었다. 그러나 미노스는 뒤로 물러서서 손도 대지 않으며 이렇게 부르짖었다.

"고약한 계집 같으니, 천벌을 받으리라. 우리 시대의 치욕이다! 대지도 바다도 너에게 안식처를 주지 않기를 바랄 뿐이다! 제우스의 요람지인 나의 크레타가 너와 같은 괴물로 더럽혀져서는 안 될 것이다."

그 후 미노스는 정복된 도시도 공정하게 통치하라고 부하들에게 당부하고 함대로 돌아가 곧바로 출범하도록 명령했다.

스킬라는 미쳐가며 슬피 부르짖었다.

"이 배은망덕한 자여! 그대가 이렇게 나를 버리고 갈 수 있단 말인가? 승리를 얻게 한 바로 나를, 당신을 위해 어버이도 나라도 희생한 나를 버린단 말인가! 내가 죽을죄를 진 것은 사실이다. 마땅히 죽어야 하지.

하지만 네 손에 죽고 싶지는 않다.”

함대가 해안을 떠나려고 하자 그녀는 바닷속으로 뛰어들었다. 그리고 미노스를 태운 배의 키를 잡고 환영받지 못하는 동반자가 되어 배를 따랐다.

그때 하늘 높이 날고 있던 물수리 한 마리가—그것은 새의 모습으로 변신한 그녀의 부친이었다— 그녀를 발견하고 덤벼들어 부리와 발톱으로 쪼아댔다. 겁에 질린 그녀는 배에서 손을 놓치고, 하마터면 물에 빠져 죽을 뻔했으나 어떤 인자한 신의 도움으로 새(백로)가 되었다.

물수리는 아직도 옛날의 원한을 품고 있다. 그래서 하늘 높이 날다가 백로를 발견할 때면 부리와 발톱으로 공격하여 지난날의 원한을 풀려고 덤벼드는 것을 볼 수 있다.

26

에코와 나르키소스

　에코는 숲 속과 언덕을 즐기며 사냥과 숲 놀이에 열중하던 아름다운 님프였다. 아르테미스의 총애를 받아 그녀의 사냥에 동행했다. 그런데 이 에코에게는 하나의 결점이 있었는데, 그것은 말하기를 좋아하여 잡담을 할 때나 논의를 할 때나 가리지 않고 끝까지 지껄이는 것이었다.

　어느 날 헤라가 남편인 제우스를 찾고 있었는데, 혹시 님프들과 희롱하고 있지나 않나 하고 의심하였기 때문이었다. 그것은 사실이었다. 에코는 님프들이 달아날 때까지 헤라를 붙들어놓으려고 계속 지껄였다. 이 계략을 알아차린 헤라는 에코에게 다음과 같이 저주하였다.

　"나를 속인 네 혀를 마음대로 사용하지 못하게 할 것이다. 네가 그렇게도 즐기는 말 중에서 오직 답변하기 위한 말 외에는 하지 못할 것이다. 남이 말한 뒤에 말할 수는 있으나, 남보다 먼저 말할 수는 없을 것이다."

　이러한 벌을 받은 에코는 어느 날 나르키소스라는 이름의 아름다운 청년을 보았다. 그가 산에서 사냥을 하고 있을 때였다. 이 청년을 사랑하게 된 에코는 그의 뒤를 따라갔다. 자신의 아름다운 목소리로 얼마나 그와 이야기하고 싶었던지! 하지만 그럴 능력이 없었다. 그래서 그녀는 그가 먼저 말을 걸어주기를 초조하게 기다리며 답변까지 준비해두었다.

어느 날, 사냥 도중 동료를 잃어버린 나르키소스는 큰소리로 외쳤다.

"누가 이 근처에 있느냐?"

에코가 소리 높이 외쳤다.

"있어요."

나르키소스는 사방을 둘러보았으나 아무도 발견하지 못했으므로 다시 외쳤다.

"이리 나오게!"

에코는 또 "나와요!" 하고 대답했다.

아무리 기다려도 오지 않자 나르키소스는 "왜 너는 나를 피하느냐?" 라고 외쳤다. 에코도 그 말을 되풀이했다. 그러자 이번에는 나르키소스가 이렇게 외쳤다.

"우리 같이 가자."

이 말을 들은 에코는 기쁜 마음에 같은 말을 하고 그 장소로 급히 달려가서 그를 껴안으려 했다. 그는 깜짝 놀라 뒤로 물러서면서 외쳤다.

"놓아라! 네가 나를 붙잡는다면 차라리 나는 죽겠다."

"나를 안아줘요."

에코는 이렇게 말했지만 아무 보람도 없었다.

그는 떠나버렸고, 그녀는 부끄러워 붉어진 얼굴을 감추기 위해 숲 속으로 숨었다. 그때부터 그녀는 동굴 속이나 깊은 산속 절벽 가운데서 살게 되었다. 그녀의 형체는 슬픔 때문에 여위고, 마침내 모든 살이 없어졌다. 그녀의 뼈는 바위로 변하고, 그녀의 몸에서 남은 것이라고는 목소리밖에 없었다. 이 목소리(메아리)는 지금도 그녀를 부르는 어떤 사람에게도 대답할 준비를 하고 있으며, 끝까지 말하는 옛 습관을 간직하고 있다.

나르키소스의 잔인함은 이뿐만이 아니었다. 그가 싫어한 것은 가엾은 에코만이 아니었고, 다른 모든 님프에 대해서도 마찬가지였다.

어느 날 또 한 님프가 그의 마음을 끌어 보려고 노력했으나, 끝내 소망을 성취하지 못했다. 그러자 그녀는 사랑이 무엇인지, 또 애정에 대한 보답을 받지 못하는 것이 어떠한 것인지를 깨닫게 해달라고 신들에게 기도를 올렸다. 복수의 여신 네메시스가 그 님프의 기도를 들어주었다.

어떤 곳에 맑은 샘이 있었는데, 그 물은 은처럼 빛나고 있었다. 양치기들도 그곳으로는 양떼를 몰지 않았고, 산양이나 다른 숲 속에 사는 짐승들도 가까이 가지 않았다. 나뭇잎이나 가지가 떨어져 수면이 더러워질 일도 없었고, 신선한 풀이 나고 바위는 햇빛을 가려주었다.

어느 날 나르키소스는 사냥과 더위와 갈증으로 지쳐 이 샘에 왔다. 그가 몸을 굽히고 물을 마시려 했을 때, 물속에 자기 그림자가 비친 것을 보았다. 그는 그것이 이 샘에 살고 있는 어떤 아름다운 물의 요정인 줄 알았다. 빛나는 두 눈, 디오니소스나 아폴론의 머리카락같이 곱슬곱슬한 머리, 둥그스름한 두 볼, 상아 같은 목, 갈라진 입술, 그리고 이 모든 것 위에 빛나는 건강하고 단련된 모습을 정신없이 바라보았다.

나르키소스는 그 모습이 못 견디게 좋아졌다. 그림자에 입맞춤을 하려고 입술을 대었다. 그리고 안기 위해 팔을 물속으로 집어넣었다. 그러자마자 상대는 곧바로 달아나 사라졌고, 잠시 후 다시 돌아와 그 매력을 더했다. 그는 그곳을 떠날 수가 없었다.

그는 먹는 것도 잠자는 것도 잊고 언제까지나 샘 곁에서 서성거리며 자신의 그림자를 바라보았다. 그는 물의 요정이라고 생각하고 있는 자기의 그림자에게 말을 걸었다.

"아름다운 자여, 그대는 왜 나를 피하는가? 나의 얼굴이 그대가 싫어할

john William Waterhouse_에코와 나르키소스

167

정도로 못생기지는 않았을 텐데요. 님프들은 나를 사랑하고, 그대도 나에 대하여 무관심하지는 않은 것 같은데요. 내가 팔을 내밀면 그대도 내밀고 나에게 미소를 짓고, 내가 손짓을 하면 그대도 손짓을 하지 않는가?"

나르키소스의 눈물이 물속에 떨어져서 그림자를 흔들었다. 그는 물속의 상대가 떠나는 것을 보고 외쳤다.

"제발 부탁이니 기다려주오. 손을 대서 안 된다면 바라보게만이라도 해주오."

그의 가슴에서 타오르는 불꽃이 그의 몸을 태웠고, 얼굴은 날이 갈수록 초췌해졌다. 기력마저 쇠진해져, 에코를 그토록 매료시켰던 아름다움은 사라지고 말았다. 하지만 에코는 여전히 그의 주위를 맴돌며 그가 "아, 아!" 하고 외치면 그녀도 같은 말로 대답하는 것이었다.

그는 혼자 애태우다 세상을 떠났다. 그리고 그의 망령이 지옥의 강을 건너려 할 때도 배 위에서 몸을 굽혀, 물속에 비친 자기 모습을 찾으려 했다고 한다.

님프들은 슬퍼했다. 특히 물의 님프들이 그러하였다. 그들이 가슴을 두드리며 슬퍼하니, 에코도 자기의 가슴을 두드렸다. 그들은 나뭇더미를 준비하고 화장하려고 했으나, 시체를 발견할 수 없었다. 그 대신 한 송이 꽃을 발견했는데, 속은 자줏빛이고 흰 잎으로 둘러싸여 있었다. 오늘날까지 사람들은 그것을 나르키소스(수선화를 말한다)라 부르며 그의 추억을 영원히 간직하고 있다.

해바라기가 된 클리티에의 비애

클리티에는 물의 님프였다. 그녀는 아폴론을 사랑하였으나 아폴론은 조금도 응해주지 않았다. 그녀는 흐트러진 머리카락을 어깨 위에 늘어 뜨리고 온종일 찬 땅 위에 앉아서 날로 창백해져갔다. 6일 동안이나 그 대로 앉아서, 아무것도 먹고 마시지 않았다. 그녀 자신의 눈물과 찬 이 슬이 유일한 음식이었다.

그녀는 해가 떠서 하루의 행로를 마치고 지는 것을 바라보고 있었다. 다른 것은 보지 않고 언제나 해에게만 얼굴을 돌리고 있었다. 마침내는 그녀의 다리가 땅속에서 뿌리가 되고 얼굴은 꽃(해바라기)이 되었다. 이 꽃은 태양이 동쪽에서 서쪽으로 움직임에 따라 얼굴을 움직여 늘 태양 을 바라보고 있다. 왜냐하면 그 꽃은 지금도 여전히 아폴론을 사랑하고 있기 때문이다.

해바라기는 지금까지도 변치 않는 마음의 징표로 사용된다.

Louise Welden Hawkins_클리티에

비운의 젊은 연인 헤로와 레안드로스

레안드로스는 아비도스의 청년이었다. 아비도스는 아시아와 유럽 사이에 있는 해협(헬레스폰토스. 현재의 다다넬즈)의 아시아 쪽에 있는 도시다. 반대편 해안에 있는 세스토스라는 도시에는 아프로디테의 여사제인 헤로라는 처녀가 살고 있었는데, 레안드로스는 그녀를 사랑했다.

그는 밤마다 이 해협을 헤엄쳐 건너서 애인과 만났다. 그럴 때면 그녀는 그를 위해 탑에다 횃불을 밝혀 길을 인도했다. 그러던 어느 날 밤, 폭풍우가 일어 바다가 거칠어졌다. 해협을 건너던 레안드로스는 힘이 빠져 그만 익사하고 말았다. 파도가 그의 시체를 유럽 쪽 해안으로 운반했기 때문에 헤로는 그의 죽음을 알게 되었고 절망한 나머지 그녀도 뒤따라 바다에 몸을 던졌다.

레안드로스가 헬레스폰토스 해협을 헤엄쳐 건너간 이야기는 모두가 만든 이야기로 그런 아슬아슬한 묘기는 불가능하다고 지적하는 사람들도 있다. 그러나 바이런은 그것을 직접 해보임으로써 그 가능성을 입증했다. 그 거리는 해협의 가장 가까운 곳에서도 약 1마일이나 된다. 게다가 끊임없는 조수의 흐름이 마르마라 해에서 다도 해(에게 해)로 흐르고 있다.

Domenico Fetti_헤로와 레안드로스

바이런 이래 몇몇 사람이 이곳을 헤엄쳐 건넜으며 그들은 수영술에서
세계적인 명성을 아직까지도 떨치고 있다. 독자들 중에서 누군가가 시
도해보고 그 명성을 획득하는 것도 좋으리라 생각한다.

아테나에게 도전한 아라크네

지혜의 여신 아테나는 제우스의 딸이었다. 그녀는 제우스의 머리에서 어른의 모습으로, 그것도 완전히 무장한 모습으로 뛰어나왔다고 전해지고 있다. 그녀는 실용적인 기술이나 장식적인 기술을 관장하였다. 즉 남자의 기술로는 농업과 항해술 등을, 여자의 기술로는 제사, 방직, 재봉 등을 관장했다. 아테나는 또 전쟁의 신이기도 했다. 그러나 그녀가 지원하는 것은 방위적인 전쟁이었고, 폭력이나 유혈을 좋아하는 아레스의 야만적인 방식에는 반대했다.

아테네는 그녀가 선정한 땅으로 그녀 자신의 도시였다. 그것은 그녀와 마찬가지로 이 도시를 원하고 있던 포세이돈과의 경쟁에서 승리한 몫으로 그녀에게 주어진 것이었다. 이때의 이야기는 이렇게 전해지고 있다.

아테네 최초의 왕 케크로프스가 다스릴 때 아테나와 포세이돈 두 신이 그 도시를 각기 자기 것으로 만들려고 싸웠다. 그러자 다른 신들은 두 신 가운데 인간들에게 가장 유익한 선물을 준 자가 그 도시를 차지하도록 하였다. 포세이돈은 인간에게 말을 주었고, 아테나는 올리브나무를 주었다. 신들은 올리브나무가 좀 더 유익하다고 판정하고 이 도시를 아테나에게 주었다. 그래서 그 도시는 그녀의 이름을 따라서 아테네(아테나이)라고 불리어졌다.

아테나에게는 또 다른 경쟁도 있었는데, 그것은 바로 용감한 인간과의 대결이었다. 그 인간은 아라크네라는 처녀였다. 그녀는 길쌈과 자수의 명수여서 님프들까지도 그들이 살고 있는 숲 속이나 샘에서 벗어나 그녀의 솜씨를 보러 오곤 했다.

완성된 옷이나 자수가 아름다울 뿐만 아니라, 일을 하고 있는 모습 역시 아름다웠다. 그녀가 헝클어진 털실을 손에 들고 타래를 만들거나, 손가락으로 가르면서 구름과 같이 가볍고 부드럽게 보일 때까지 빗질을 하거나, 북을 재치 있게 돌리거나, 직물을 짜거나, 짠 뒤에 자수를 놓는 모습을 본 사람은 아테나가 그녀를 가르쳤을 것이라고 말할 정도였다. 그러나 아라크네는 이를 부정하였다. 그리고 스승이 설령 여신일지라도 다른 사람의 제자로 간주되는 것은 참을 수 없었다.

"아테나와 나의 솜씨를 경쟁시켜보세요. 만약 내가 지면 벌을 받겠어요."

아테나는 이 말을 듣고 불쾌했다. 아테나는 노파로 변장하고 아라크네가 있는 곳으로 가서 다음과 같이 친절한 충고를 하였다.

"나는 많은 경험을 했어요. 당신이 나의 충고를 경멸하지 않기를 바랍니다. 같은 인간끼리라면 얼마든지 경쟁을 해도 좋아요. 하지만 여신과는 경쟁하지 마십시오. 도리어 당신이 말한 것에 대하여 여신에게 용서를 빌기를 충고합니다. 여신은 인자하신 분이므로 당신을 용서할 것입니다."

아라크네는 베를 짜던 손을 멈추고 성난 얼굴로 노파를 노려보며 말했다.

"그런 충고라면 당신의 딸이나 하녀에게 하세요. 나는 내가 한 말을 취소하지 않겠어요. 나는 여신도 두려워하지 않아요. 그럴 의사가 있으면 나하고 솜씨를 견주어보라지요."

아테나는 변장을 벗어버리고 여신의 정체를 드러냈다. 님프들과 주변에 있던 모든 사람들은 여신에게 경의를 표했다. 오직 아라크네만이 두려워하지 않았다. 그녀의 양 볼이 갑자기 붉어졌다가 창백해졌다. 그러나 아라크네는 결심을 바꾸지 않은 채 어리석게도 자신의 기술을 자부하면서 파멸을 향해 돌진했다. 아테나도 더 이상 참지 않았다.

둘의 경쟁은 시작되었다. 각자 그 자리에 앉아 말코에 날을 걸었다. 가느다란 북이 실 사이를 드나들었다. 가느다란 이를 가진 바디는 날실을 치고, 피륙의 짜임을 촘촘하게 하였다. 두 사람 다 빨리 일을 했다. 그들은 익숙한 손을 재빨리 움직였고 경쟁의 흥분이 이 힘든 일을 경쾌하게 만들었다.

티로스에서 나오는 염료로 물들인 자줏빛 실이 다른 여러 빛깔의 실과 대조되었는데, 각 빛깔이 점점 변해 교묘한 다른 빛깔로 나타나 두 빛깔의 경계가 어딘지 분간하지 못할 정도였다. 그것은 소나기에서 반사되는 광선에 의해 형성되어 긴 활 모양으로 하늘을 물들이는 무지개와 같았다. 무지개의 각 빛깔은 서로 접하는 곳에선 하나로 보이고, 접한 곳에서 조금 떨어져서 보면 전혀 다른 빛깔들로 보인다.

아테나는 자기의 직물에다 포세이돈과 경쟁했을 때의 광경을 짰다. 천상의 열두 명의 신이 그려졌고, 제우스가 위엄을 과시하며 그 중앙에 자리하고 있었다. 바다의 지배자인 포세이돈은 그의 삼지창을 손에 들고 있었는데, 방금 땅을 치고 온 모양이었고, 땅으로부터는 한 마리의 말이 뛰어나왔다. 아테나 자신은 머리에 투구를 쓰고 가슴은 방패로 가

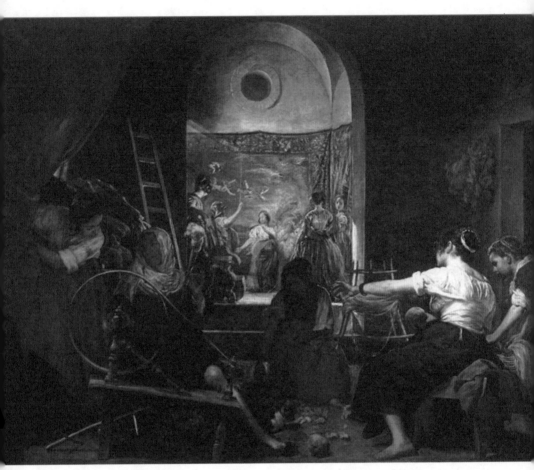

Velazquez_아라크네의 우화

려진 모양으로 그려져 있었다. 이러한 모습이 한가운데 있었고, 네 가장
자리에는 신들에게 대항하여 감히 경쟁하려고 대드는 외람된 인간들에
대한 신들의 노여움을 그림으로 예시하는 사건들이 그려져 있었다. 이
것은 더 늦기 전에 아라크네가 경쟁을 포기하도록 깨우쳐주기 위한 것

이었다.

한편 아라크네의 직물에는 신들의 실패와 과오를 말해주는 소재들로 가득했다. 어떤 장면에는 백조로 변신한 제우스를 포옹하고 있는 레다가 그려져 있었고, 다른 장면에는 아버지에 의해 놋쇠로 만든 탑 속에 갇힌 다나에와 금빛 소나기로 둔갑하여 탑 안으로 숨어들어가는 제우스의 모습이 그려져 있기도 했다. 또 다른 장면에는 황소로 변장한 제우스에게 속아넘어가는 에우로페가 그려져 있었다. 그것은 더할 나위 없이 순해 보이는 소를 보고 용기를 내어 등에 올라타는 에우로페를 제우스가 등에 태운 채 바닷속으로 들어가 크레타 섬으로 헤엄쳐간 이야기를 그린 그림이었다. 그 장면을 보는 사람이면 누구나 진짜 황소로 생각할 만큼 생생하게 그려져 있었다. 황소가 헤엄치고 있는 바다도 잘 묘사돼 있었는데, 에우로페의 시선은 떠나온 해안을 뒤돌아보며 친구들에게 구원을 호소하는 것처럼 보였다. 또한 물결치는 파도를 보고 겁에 질려 물에 닿지 않도록 발을 오므리는 것처럼 보이기도 했다.

아라크네는 그녀의 직물을 이와 비슷한 소재들로 채웠는데, 그것은 놀랄 만큼 훌륭했으나, 그녀의 오만스럽고 불경스러운 마음을 보여주고 있었다. 아테나는 아라크네의 솜씨에 감탄을 금할 수 없었으나 모욕을 느끼고 분한 마음을 참을 수 없었다. 그래서 북으로 에우로페의 직물을 쳐서 찢어버렸다. 그러고는 아라크네의 이마에 손을 얹고 그녀로 하여금 자기의 죄와 치욕을 느끼게 하였다. 아라크네는 자신의 죄의 부끄러움을 참을 수 없어 목을 맸다. 아테나는 그녀가 끈에 매달려 있는 것을 보고 불쌍히 여기며 이렇게 말했다.

"죄 많은 여인아, 살아나거라. 그리하여 이 교훈을 기억하고 잊지 마라. 앞으로도 영원히 너의 자손은 계속하여 목을 매고 있거라."

아테나는 아라크네의 몸에 아코니틴(바곳의 뿌리나 잎에서 뽑아낸 진통제)즙을 뿌렸다. 그러자 바로 아라크네의 모발도, 코도, 귀도 빠져버렸다. 그녀의 몸은 오그라들고 머리는 더욱 작아졌다. 손가락은 옆구리에 붙어버려 다리의 역할을 했다. 그외에는 다 몸뚱이가 되었고, 그 몸뚱이로부터 실을 뽑아 이따금 실에 몸을 걸고 있었다. 이것이 아테나가 그녀에게 손을 대어 거미로 만들었을 때의 모습이다.

니오베의 교만이 부른 비극

아라크네의 운명은 널리 방방곡곡에 구전되었다. 그리고 모든 불손한 인간들에게 신들과 겨루어서는 안 된다는 교훈이 되었다. 그러나 테베의 여왕인 니오베만은 겸손의 교훈을 배우지 못했다. 그녀는 뽐낼 만한 많은 것을 가지고 있었다. 그런데 그녀를 득의양양하게 한 것은 남편의 명성도 아니었고, 그녀 자신의 아름다움도 아니었으며, 그들의 가계도 아니었고, 그들 나라의 세력도 아니었다. 그것은 바로 그녀의 아이들이었다. 그리고 사실 니오베는 어머니들 중에서 가장 행복한 어머니였을 것이다. 적어도 그녀가 다음과 같이 주장하지만 않았더라면 말이다.

매년 개최되는 레토와 그녀의 아들과 딸인 아폴론과 아르테미스를 기념하는 축제에서였다. 축제가 되면 테베의 사람들은 이마에 월계관을 쓰고, 제단에 유향을 바치고 기원을 했다. 그때 군중 속에 금과 보석으로 찬란하게 치장한 의상을 입은 니오베가 나타났다. 그 얼굴은 노여움에 차 있었으나 그마저도 아름답게 보였다. 그녀는 발을 멈추고 거만한 태도로 사람들을 내려다보고 말했다.

"어리석은 백성들아, 눈앞에 보이는 사람을 무시하고 본 일도 없는 자를 택하다니, 어째서 레토를 숭배하면서도 나는 숭배하지 않는단 말인가. 나의 아버지는 탄탈로스로 신들의 식탁에 초청을 받을 정도였고, 어머니는 여신이었다. 나의 남편은 이 테베 시를 건설하였고, 이 나라의 왕이 되었다. 그리고 프리기아 시는 내가 아버지로부터 물려받은 것이다. 그렇기에 어디로 눈을 돌려도 나의 영토가 보인다.

또 나의 모습이나 풍채도 여신답지 않은가. 게다가 나에게는 일곱 딸과 아들이 있어 우리와 혼인해도 좋을 만한 명문가에서 그들의 배필을 구하고 있는 중이다. 이만하면 자랑할 만하지 않은가? 그래도 너희는 티탄의 딸이고 자식이 둘밖에 없는 레토를 나보다 더 훌륭하게 여긴단 말이냐?

내게는 그 일곱 배의 자녀가 있다. 나는 행복한 여인이요, 장래에도 그럴 것이다. 그리고 그것을 누가 부정할 것인가? 하도 복을 많이 받았기 때문에 그중 한둘을 잃는다 하더라도 염려하지 않는다. 운명의 여신도 나를 어찌할 수 없을 것이다. 나의 행운을 빼앗는다 하여도 아직 남은 것이 많을 테니까. 아이들을 두서넛 잃는 일이 있다 할지라도, 단지 자식이라고는 둘밖에 없는 레토 같은 빈약한 처지가 되지는 않을 것이다. 이런 축제는 집어치우고 이마에 쓴 월계관도 벗어버리고, 레토에 대한 숭배도 그만두어라."

백성들은 니오베의 명령에 복종하여 제전을 중지해버렸다. 이에 레토는 분개하여 자기가 살고 있는 킨토스 산꼭대기에서 아들과 딸에게 이렇게 말했다.

"애들아, 너희 둘을 자랑으로 삼고, 헤라 이외에는 어느 여신한테도 뒤지지 않는다고 생각하던 내가 지금은 여신인지 아닌지도 의심받게 되었다. 너희들이 보호해주지 않는다면 나는 숭배도 받지 못할 것이다."

같은 어조로 계속 말하려 하자 아폴론이 막았다.

"더 말씀하지 마십시오. 말을 길게 하시면 형벌이 지연될 뿐이니까요."

딸 아르테미스도 같은 말을 했다. 그리고 두 신들은 공중을 쏜살같이 구름의 베일을 쓰고 테베 시의 탑 위에 내렸다. 성문 앞에는 넓은 들이 펼쳐져 있었고, 그곳에서는 테베 시의 젊은이들이 전쟁놀이를 하고 있었다. 그중에는 니오베의 아들들도 섞여 있었다.

어떤 아들은 니오베의 자식답게 성장한 준마를 타고 있었고, 어떤 아들은 화려한 이륜차를 몰고 있었다. 장남 이스메노스가 거품을 품은 말을 달리고 있을 때 갑자기 천상에서 날아오는 화살을 맞고 '악!' 하고 부르짖으며, 고삐를 놓치고는 땅 위에 떨어져 절명했다. 다른 아들은 활소리를 듣자 마치 폭풍우가 닥쳐오는 것을 보고 선원이 돛을 활짝 펴고 항구로 돌진하는 것과 같이 말의 고삐를 풀어주고 도망치려고 했다. 피할 수 없는 화살은 도망치는 그들을 뒤따라잡았다.

그보다 어린 두 아들은 방금 공부를 마치고 씨름을 하러 운동장으로 가는 길이었다. 가슴을 서로 맞대고 있었을 때 한 개의 화살이 두 사람을 관통하였다. 두 사람은 작별을 고하는 듯 주위를 돌아보고 함께 마지막 숨을 거두었다.

그들의 형인 알페노르는 동생들이 쓰러진 것을 보고, 살리기 위하여 그곳으로 달려갔으나 자신도 화살에 맞아 쓰러졌다.

이제 일리오네우스 하나만이 남게 되었다. 그는 기도를 올리면 효험이 있지 않을까 하고 하늘을 향하여 팔을 올리고 "신들이여, 나를 도와주옵소서." 하고 모든 신들에게 애원했다. 아폴론은 그를 살려주고 싶었다. 그러나 화살은 이미 활시위를 떠난 후였다.

사람들의 공포와 시종들의 비판하는 소리를 듣고 니오베는 어떤 사건이 일어났는가를 알게 되었다. 그녀는 그런 일이 가능하리라고는 생각

CAMASSEI, Andrea_Niobe의 학살

하지도 못했다. 신들이 그런 일을 감행한 데 대해서 분노하였고, 그들의 능력에 또 놀랐다. 그녀의 남편인 암피온은 충격을 이기지 못해 자살하였다.

아, 최근까지만 해도 군중을 제전에서 추방하고 위풍당당하게 활보하고, 친구들에게 선망의 적이었던 니오베와 지금 적에게도 동정의 대상이 된 니오베와는 얼마나 차이가 있는가. 그녀는 아들들의 시체 앞에 무릎을 꿇고 죽은 아들 하나하나에게 입맞춤했다. 그리고 창백한 두 팔을 하늘을 향하여 올리고 말했다.

"잔인한 레토여, 당신의 노여움을 나의 고통으로써 실컷 만족하십시오. 나도 나의 아들들을 따라 묘지로 갈 것입니다. 그러나 어디에 당신의 승리가 있습니까? 이렇게 아들과 남편을 잃었으나 아직도 나는 승리자인 당신보다 부유합니다."

니오베가 말을 끝내자 활시위를 당기는 소리가 났고, 니오베 외의 모든 사람들은 공포에 떨고 있었다. 니오베는 너무 슬펐기에 도리어 용감해졌다.

딸들은 상복을 입고 죽은 오빠들의 관 앞에 서 있었다. 딸 하나가 화살에 맞아 그녀가 곡하고 있던 시체 위에 쓰러졌다. 둘째 딸은 어머니를 위로하려고 하다가 갑자기 말을 그치더니 땅 위에 쓰러졌다. 셋째 딸은 도망치려 하고 넷째 딸은 숨으려 했으며 다른 딸들은 어찌할 바를 모르고 벌벌 떨고 있었다. 드디어 여섯이 죽고 딸 하나만이 남았다. 어머니는 이 딸을 두 팔로 끌어안고 부르짖었다.

"하나만, 그것도 제일 어린 딸 하나만 살려주십시오. 많은 자식 중에서 오직 하나만 살려주십시오."

이렇게 말하고 있는 동안에 그 마지막 딸마저 죽어 쓰러졌다. 니오베는 죽은 아들, 딸들과 남편 가운데 홀로 쓸쓸히 앉아 있었다. 그녀는 슬픔 때문에 정신을 잃은 것 같았으며 미풍에도 그녀의 머리카락은 흩날리지 않았다. 그녀는 멍하게 한곳만을 응시하고 있었다. 살아 있는 기색이라곤 조금도 없었다. 혀는 입천장에 붙어버렸고, 혈관은 생명의 흐름을 멈추었다. 목은 굽혀지지 않았고 팔 또한 아무런 거동도 하지 않았으며, 발 한 발자국도 움직여지지 않았다.

니오베의 마음과 몸이 모두 돌로 변해버린 것이다. 그러나 눈물은 계속하여 흐르고 있었다. 그녀의 몸은 회오리바람에 실려 고향 산에 운반되었다. 지금도 니오베의 몸은 하나의 바윗덩어리로 남아 있는데, 그 바위로부터 물이 졸졸 흐르고 있다. 마치 니오베의 애통한 마음을 말해주고 있는 듯이 보인다.

괴물 그라이아이와 고르고들

　그라이아이는 세 자매인데, 태어날 때부터 백발이었다. 그라이아이라는 이름도 이에서 유래한 것이다.

　고르고들은 이는 산돼지의 이빨처럼 강하고 억세었으며, 손은 놋쇠처럼 강했고, 뱀의 머리털을 한 괴물 같은 여인들이었다. 이 괴물 중에서 신화에서 두각을 나타내는 것은 메두사뿐이다. 그래서 고르고라면 보통 메두사를 지칭하게 되었는데, 이제 그 이야기를 해보려고 한다.

　현대의 저작가들에 의하면 다음에 내가 설명하려는 고르고들과 그라이아이는 바다의 공포를 의인화한 것에 불과하다고 한다. 즉 전자는 넓은 바다의 '거센 파도'를 의미하고, 후자는 해안의 바위에 부딪히는 '흰 물결'을 의미한다는 것이다. 그리스어로 고르고는 '굳세다'는 의미이고, 그라이아이는 '희다'는 의미이다.

페르세우스와 메두사

페르세우스는 제우스와 다나에 사이에서 태어난 아들이다. 그의 할아버지인 아크리시오스는 외손자 때문에 죽게 되리라는 신탁을 받고 놀라 다나에와 그 아들을 궤짝에 넣어 바다에 버렸다. 궤짝이 세리포스 섬에까지 떠내려갔을 때, 한 어부가 발견하고 두 모자를 그 나라의 왕 폴리덱테스에게 바쳤다. 왕은 그들을 친절히 대하였다.

페르세우스가 장성하자 폴리덱테스는 메두사를 물리치기 위하여 그를 보냈다. 메두사는 그 나라를 황폐하게 만든 무서운 괴물이었다. 메두사는 전에는 아름다운 처녀였다. 특히 그녀의 머리털은 그녀의 가장 중요한 자랑거리였다. 그러나 감히 아테나와 그 미를 다투려 했기 때문에 여신은 그녀의 미를 박탈하고 아름다운 머리카락을 '슈웃 슈웃' 소리내는 여러 마리의 뱀 모양으로 만들어버렸다.

메두사는 무서운 모습을 한 잔인한 괴물로 변했는데 그녀를 한번 본 사람은 누구나 돌로 굳어졌다. 이 때문에 그녀가 살고 있는 동굴의 주위에는 그녀를 보고 돌로 변한 많은 사람이나 동물의 석상을 볼 수 있었다.

페르세우스는 아테나와 헤르메스의 총애를 받아 전자가 빌려준 방패와 후자가 빌려준 날개 돋친 신발을 몸에 지니고 메두사가 잠들어 있을 때 접근하였다. 그리고 그녀를 직접 바라보지 않도록 가지고 간 휘황찬란한 방패 속에 비치는 그녀의 모습을 보면서 달려들어 머리를 베어버렸다. 그 머리를 아테나에게 주었더니 아테나는 그것을 자기의 아이기스(방패) 한가운데에 두었다.

페르세우스와 메두사

페르세우스와 아틀라스

　메두사를 퇴치한 후에 페르세우스는 그 머리를 들고서 멀리 육지와 바다를 건너 날아갔다. 그리고 밤이 가까워질 무렵에 해가 지는 서쪽 끝에 도달하였고 그곳에서 휴식을 취하기로 하였다.

　그곳은 거인으로 이름난 아틀라스 왕의 나라였다. 아틀라스의 나라에는 양, 소, 돼지 떼가 많았으며, 서로 영토를 다툴 인접 국가나 적국도 없었다. 그리고 아틀라스의 무엇보다도 중요한 자랑거리는 황금 사과가 열리는 나무였다. 그 나무의 가지는 금으로 되어 있었고, 그 가지에는 역시 금으로 된 잎에 반은 가려진 황금의 사과가 늘어져 있었다.

　페르세우스는 왕에게 말했다.

　"나는 손님으로 여기에 왔습니다. 당신도 명문 출신이지만, 나도 당신에 못지않은 명문 출신으로서 제우스는 나의 아버지입니다. 당신이 위업을 달성하였다면 나도 메두사를 정복하는 위업을 달성했지요. 나는 지금 휴식과 음식이 필요합니다."

　그러나 아틀라스는 제우스의 아들이 어느 날 자기의 황금 사과를 탈취해가리라고 했던 예전의 예언을 기억하고는 이렇게 대답했다.

"가주시오. 당신의 그 거짓 위엄이나 가문에 쉽사리 움직일 내가 아니오."

아틀라스는 페르세우스를 추방하려고 했다. 페르세우스는 아틀라스가 직접 상대하기엔 너무도 굳센 거인임을 깨닫고 이렇게 말했다.

"그대가 나의 우정을 너무도 과소평가하기 때문에 선물을 하나 주려고 합니다."

그러고는 자기의 얼굴은 옆으로 돌리면서 메두사의 머리를 내밀었다. 거대한 몸집의

페르세우스와 아틀라스

아틀라스는 곧바로 바위로 변했다. 그의 수염과 머리털은 숲이 되었고, 팔과 어깨는 절벽이 되었고, 머리는 산봉우리가 되었고, 뼈는 바위가 되었다. 각 부분은 부피가 점점 커져서 마침내 거대한 산이 되었다. 그리고 신들도 좋아했는데, 하늘은 모든 별들과 더불어 그의 어깨에 의지하게 되었다.

페르세우스와 안드로메다

안드로메다를 구한 페르세우스

비행을 계속하던 페르세우스는 에티오피아인들이 사는 나라에 도착했다. 그 나라의 왕은 케페우스였다. 그의 아내 카시오페이아는 자신의 아름다움을 자만하여 감히 바다의 님프들과 미모를 비교한 일이 있었다. 이에 대단히 노한 바다 님프들은 거대한 괴물을 보내 해안을 황폐하게 만들었다. 케페우스는 신들의 노여움을 풀기 위해서는 그의 딸 안드로메다를 괴물에게 제물로 바쳐야 한다는 신탁을 받았다.

페르세우스가 공중에서 내려다보니 안드로메다가 쇠사슬로 바위에 묶인 채 뱀 형상을 한 바다 괴물을 기다리고 있었다. 그녀의 얼굴은 너무도 창백했으며, 몸은 꼼짝도 할 수 없었기 때문에 흐르는 눈물과 미풍에 움직이는 머리카락이 없었다면 페르세우스는 그녀를 대리석상으로 생각했을 것이다. 그는 이 광경을 보고 놀란 나머지 날개를 흔드는 일을 잊을 정도였다. 그는 그녀의 위를 날며 말했다.

"오! 처녀여. 사랑하는 애인들을 결합시키는 사슬에 묶여야 할 그대가 이런 쇠사슬에 묶여 있다니! 원컨대 나에게 그대의 이름과 그대가 사는 나라와 그리고 왜 그대가 이와 같이 결박되어 있는가를 가르쳐주시오."

처음에 그녀는 수줍어 아무 말도 못했다. 그리고 할 수만 있었다면, 얼굴을 손으로 가렸을 것이다. 그러나 그가 질문을 되풀이했을 때, 잠자코 있으면 무슨 죄를 지었기 때문에 이 지경이 되었나 하고 의심받을까봐 자기 이름과 나라 이름을 밝혔다. 그리고 자기의 어머니가 그 아름다움을 자랑한 일을 이야기했다.

그녀가 미처 말을 끝내기도 전에 바다 저쪽에서 소리가 나더니, 바다 괴물이 나타나 머리를 수면 위로 드러내고 파도를 헤치며 다가왔다. 처녀는 비명을 질렀다. 막 이곳에 도착하여 이 광경을 목격한 부모는 비통해했으며, 특히 어머니는 슬픔에 몸부림쳤다. 그러나 부모는 아무런 대책도 취할 수 없었다. 다만 탄식하면서 제물이 될 딸을 끌어안고 있을 뿐이었다. 그때 페르세우스가 말했다.

"눈물이라면 나중에라도 얼마든지 흘릴 수 있을 것 아니오. 지금은 따님을 어서 구해야 합니다. 나는 제우스의 아들이자 고르고의 정복자로서 구혼자의 자격은 충분하다고 생각합니다. 신들이 허용한다면 다시 훈공을 쌓아 따님을 얻고자 하니, 만약 내가 따님을 구한다면 그 대가로 그녀를 저에게 주십시오."

양친은 즉시 승낙하고(어찌 주저할 수 있었겠는가!) 딸과 함께 이 왕국을 지참금으로 줄 것을 약속했다.

투석의 명인이라면 그가 던진 돌이 닿을 곳까지 바다 괴물이 접근해왔다. 페르세우스는 갑자기 대지를 박차고 하늘 높이 치솟았다. 마치 뱀을 본 독수리가 덤벼들어 그 목을 잡아 머리를 돌려 독이빨을 무용지물로 만들어버리는 것처럼, 괴물의 등에 돌진하여 칼로 어깨를 찔렀다. 부

루벤스_페르세우스와 안드로메다

상을 입고 분노한 괴물은 공중으로 몸을 일으켰다가 바닷속으로 들어갔다. 그리고 짖어대는 한 무리의 개에게 둘러싸인 산돼지와 같이 재빠르게 좌우로 몸을 날리며 돌진해왔다.

그러나 페르세우스는 날아다니며 괴물의 공격을 피했다. 그리고 비늘 사이에 칼이 들어갈 곳만 발견하기만 하면 이곳저곳을 찔러 상처를 냈다. 괴물은 콧구멍으로 피가 섞인 바닷물을 내뿜었다. 페르세우스의 날개가 그 핏물에 젖어 더 이상 날개에 의지할 수 없었다. 대신 물 위에 솟아 있는 바위에 내려와서 그곳에 몸을 의지하고 괴물이 가까이 다가왔을 때 최후의 일격을 가했다.

해안에 모여 있던 군중의 환성으로 산이 울렸다. 부모는 기뻐서 어쩔 줄 몰라하며 그들의 장래 사위를 포옹하면서 구세주라고 불렀다. 그리고 이 투쟁의 원인이자 대가인 처녀는 바위에서 구출되어 내려왔다.

카시오페아는 에티오피아 사람이었다. 그러므로 그 자랑스러운 아름다움에도 불구하고 그녀는 흑인이었다. 적어도 밀턴은 그렇게 생각하고 있었던 것 같다.

여기서 카시오페이아가 '별로 변한 에티오피아의 여왕'이라 불리는 것은 그녀가 죽은 뒤에 같은 이름의 별자리가 되었기 때문이다. 그녀는 이러한 명예를 얻었지만, 그녀의 옛 적인 바다 님프들은 여전히 노여움을 풀지 못하고 그녀를 북극에 가까운 하늘에 배치시켰다. 매일 밤의 반은 머리를 숙이게 함으로써 겸손을 가르치기 위해서였다.

페르세우스와 안드로메다의 결혼

기쁨에 넘치는 부모는 페르세우스와 안드로메다를 데리고 궁전으로 돌아왔다. 그들은 잔치를 열고 축제의 기쁨으로 나눴다. 그런데 갑자기 떠들썩한 소리가 나더니 안드로메다의 약혼자였던 피네우스가 그 부하 일당과 뛰어들어와서 처녀를 자신에게 달라고 요구했다.

케페우스는 이렇게 말했다.

"자네는 내 딸이 괴물의 제물로 바위에 결박되었을 때 요구했어야 했다. 신들이 내 딸에게 그런 운명을 점지하셨을 때 우리의 약속은 무효가 된 것이다. 죽음이 모든 약속을 무효화하듯이."

피네우스는 아무 말도 하지 않더니 갑자기 페르세우스를 향해 창을 던졌다. 그러나 창은 빗나가 땅에 떨어졌다. 페르세우스도 자기의 창을 던지려 했다. 그러나 비겁한 공격자는 급히 도망쳐서 제단 뒤에 숨었다. 이런 그의 행동을 신호로 하여 부하들은 손님들을 공격하기 시작했고, 손님들은 저마다 자신을 지키기 위해 무기를 들었다. 마침내 불꽃 튀는 난투극이 시작되었다. 늙은 왕은 말렸으나 효과가 없자 현장으로부터 물러나와 이렇게 된 것은 자신의 책임이 아님을 굽어살피시라고 신들에게 호소하였다.

페르세우스와 그 일당은 얼마 동안 싸움을 계속했다. 무엇보다 적의 수가 압도적으로 많아 패배가 불가피하게 여겨졌다. 그때 갑자기 페르세우스의 뇌리에 어떤 생각이 떠올랐다.

'형세를 역전케 하리라!'

그래서 큰소리로 이렇게 외쳤다.

"이중에 나의 적이 아닌 자는 얼굴을 돌려라."

그러면서 동시에 메두사의 머리를 높이 들었다.

"그런 요술로 누구를 위협하려 하느냐?"

테스켈로스는 이렇게 외치며 창을 던지려고 쳐들었다. 순간 그는 그 자세 그대로 돌로 변해버렸디. 암픽스는 엎드린 적의 몸을 칼로 찌르려고 하였다. 그러나 그의 팔은 굳어버려 앞으로 더 내밀거나 들이밀 수가 없었다. 또 다른 사람은 큰소리를 지르며 달려드는 순간 걸음을 멈추고 입을 연 채 소리는 한마디도 내지 못하고 돌이 되었고, 페르세우스의 한 친구 아콘테우스도 메두사를 바라보는 순간 다른 사람과 다름없이 굳어버렸다. 아스티아게스는 페르세우스를 칼로 쳤으나, 칼은 쨍하고 소리를 내며 튀어올랐다.

피네우스는 자신의 부당한 시비로 인해 벌어진 이 무서운 결과를 보고 당황했다. 그는 친구들을 소리 높이 불렀으나 아무도 대답하는 사람이 없었다. 그들에게 손을 대보았으나 모두 돌이 되어 있었다. 그는 얼굴을 돌린 채 무릎을 꿇고 페르세우스에게 용서를 빌었다.

"모든 것을 다 빼앗아도 좋습니다. 그러나 나의 생명만은 남겨 주십시오."

페르세우스는 대답했다.

"비겁한 자여, 나는 너를 무기로 죽이지는 않겠다. 뿐만 아니라 너는 이 사건의 기념으로 나의 집에 보관될 것이다."

이렇게 말하면서 그는 메두사의 머리를 피네우스가 바라보고 있는 쪽으로 돌렸다. 그러자 피네우스는 무릎을 꿇고 손을 뻗은 채 얼굴을 돌린 모습의 석상이 되었다.

거인족 기간테스

신화의 말을 빌려 말하자면, 괴물이란 부자연한 체구 및 부분을 가진 생물을 말하며 보통 굉장한 힘과 잔인성을 가지고 사람들을 괴롭히는 것으로서 공포의 대상이 되었다. 그들 중의 어떤 것은 상이한 몇 가지 동물들의 신체 부분을 결합하고 있었다. 스핑크스와 키마이라가 그러하였다. 이들은 야수의 무서운 성질과 인간의 지혜와 재능을 겸비하고 있었다. 다른 괴물들은 주로 몸의 크기가 인간과 다를 뿐이었는데, 기간테스(거인)가 그러했다.

그러나 기간테스는 몸의 크기에 따라서 큰 차이가 있었다. 인간적인 기간테스—그런 말을 쓸 수 있다면— 예컨대, 키클로프스, 안타이오스, 오리온 그리고 기타의 기간테스는 인간과 전혀 다르지는 않았다. 그들은 인간과 사랑을 하거나 싸우기도 했다.

하지만 신들과 전쟁을 치른 초인간적인 기간테스는 굉장한 체구를 지니고 있었다. 전하는 바에 의하면 티티오스가 몸을 초원에 펴면 9에이커(3만 6,423평방미터)를 덮고, 엔켈라도스를 억누르기 위해서는 전 이집트나 산을 그 위에 올려놓아야만 했다.

우리는 기간테스가 신들을 상대로 한 전쟁이나 그 결과에 대해서 이미 이야기하였다. 이 전투가 계속되는 동안 기간테스는 만만치 않은 적이었다. 그들 중 브리아레오스는 100개의 팔을 가지고 있었다. 그리고 티폰처럼 불을 내뿜는 자도 있었다.

이러한 기간테스를 두려워한 신들이 이집트로 도망하여 여러 가지 형태로 변신하여 몸을 감춘 일도 있었다. 제우스는 숫양의 형태로 모습을 바꾸었다. 그래서 그

Guiseppe Cesari_바위를 쌓아 올림포스를
무너뜨리려는 기간테스들

후 이집트에서는 그를 구부러진 뿔을 가진 암몬신으로 숭배하였다. 아폴론은 까마귀가 되었고 디오니소스는 산양이 되었으며, 아르테미스는 고양이가 되었고, 헤라는 암소가 되었고, 아프로디테는 물고기가 되었고, 헤르메스는 새가 되었다.

어떤 때에는 기간테스가 하늘로 올라가려고 오사 산을 들어 펠리온 산 위에 포개 올린 일도 있었다. 결국 그들은 번개에 의하여 진압되었는데, 이 번개는 아테나가 발명한 것이었다. 여신은 제우스를 위하여 번개를 헤파이스토스와 그의 키클로프스들에게 가르쳐 만들게 한 것이었다.

스핑크스

테베의 왕 라이오스는 새로 태어난 아들이 성장하면 자신의 왕위와 생명에 위협이 되리라는 신탁을 받았다. 그래서 왕은 아들을 어느 양치기에게 맡겨서 죽이라고 명령하였다. 그러나 양치기는 가여워서 죽일 수 없어 다만 어린애의 발을 묶어 나뭇가지에 매달아두었다. 한 농부가 어린애를 발견하고는 지주 부부에게 갖다주었다. 그들은 아이를 양자로 삼고 오이디푸스라고 이름을 지어주었는데, 그것은 '부푼 발'이라는 뜻이다.

몇 년 후 라이오스는 시종 하나만을 대동하고 델포이로 가는 도중 길에서 이륜차를 몰고 있는 한 청년과 마주쳤다. 왕은 비켜나라 명령했으나 청년이 길을 물러서기를 거부하자 왕의 시종은 청년의 말 한 마리를 죽였다. 청년은 분노하여 라이오스와 그의 시종을 죽여버렸다. 이 청년이 바로 오이디푸스였다. 자기도 모르는 사이에 친아버지를 살해하고만 것이다.

이 사건이 있은 지 얼마 지나지 않아 테베 시에는 어떤 괴물이 나타나 사람들을 괴롭혔다. 그것은 스핑크스라고 하는 괴물로 사자의 몸뚱이에 상반신은 여자였다. 바위 위에 웅크리고 앉아 길 가는 사람을 막아 세우

Gustave Moreau_오이디푸스와 스핑크스

고 그들에게 수수께끼를 내며 그것을 푸는 자만이 무사히 통과할 수 있을 것이라고 위협했다. 그런데 그것을 푼 사람은 아직 한 사람도 없었으므로 모든 통행인은 피살되었다.

오이디푸스는 이 놀랄 만한 이야기를 듣고도 조금도 겁내지 않고 대담하게 시험해보려고 나갔다. 스핑크스는 그에게 물었다.

"아침에는 네 발로 걷고, 낮에는 두 발로 걷고, 저녁에는 세 발로 걷는 동물은 무엇인가?"

오이디푸스는 대답했다.

"그것은 인간이다. 인간은 어릴 때 손과 무릎으로 기어다니고, 커서는 두 발로 서고, 늙으면 지팡이를 짚고 다니기 때문이다."

스핑크스는 자기가 낸 수수께끼가 풀린 것에 굴욕을 느끼고 바위 밑으로 몸을 던져 죽었다.

테베 시 사람들은 오이디푸스에 의하여 구출된 것을 대단히 감사하며 그를 그들의 왕으로 모시고 여왕인 이오카스테와 결혼하게 했다.

오이디푸스는 이미 자기의 아버지인지도 모르는 채 아버지를 살해하였고, 이번에는 여왕과 결혼함으로써 자기 어머니의 남편이 된 것이다.

이런 무서운 사실이 밝혀지지 않은 채 오랜 세월이 흘렀다. 그러다 테베에 기근과 역병의 재난이 일어나자 사람들은 신탁을 통해 그 이유를 알아보았다. 그 결과 오이디푸스의 범행이 백일하에 드러나고 말았다.

이에 이오카스테는 자살하고 오이디푸스는 미쳐서 제 눈을 후벼 판 뒤 테베를 떠나 방랑길에 올랐다.

그는 모든 사람의 공포의 대상이 되는 동시에 버림을 받았으나 그의 딸만은 그를 충실히 보살폈다. 마침내 비참한 방랑생활을 계속하다가 불행한 생애의 종말을 고했다.

페가수스와 키마이라

페르세우스가 메두사의 목을 베었을 때, 그 피가 땅속에 스며들어 날 개 돋친 말, 페가수스가 탄생하였다. 아테나는 그 말을 잡아 길들인 후 에 뮤즈의 여신들에게 선사했다. 그 여신들이 거주하는 헬리콘 산 위에 있는 히포크레네라는 샘은 페가수스의 발굽에 채어서 생겨난 것이다.

키마이라는 불을 뿜는 무서운 괴물이었다. 몸의 앞부분은 사자와 염 소의 결합물이었고, 뒷부분은 용이었다. 이 괴물이 리키아의 마을에서 크게 날뛰어 이오바테스 왕은 괴물을 퇴치할 용사를 찾고 있었다. 때마 침 그의 궁정에 벨레로폰이라는 한 용감한 젊은 무사가 왔다. 젊은이는 이오바테스의 사위인 프로이토스의 편지를 가지고 왔다.

프로이토스는 편지에서 벨레로폰을 진심으로 추천하였고 용감무쌍한 영웅이라고까지 써놨다. 그러나 놀랍게도 편지 끝에는 그를 죽여달라는 부탁이 첨부되어 있었다. 그것은 벨레로폰에 대한 질투에 의한 것으로 그의 아내 안티아가 그 젊은 무사를 지나치게 감탄 어린 눈으로 바라보 았기 때문이었다.

자기도 모르는 사이에 자기의 사형 집행 영장을 가지고 온 벨레로폰

Nordisk familjebok_키마이라

의 이 고사에서 '벨레로
폰의 편지'란 말이 유래
하였는데, 어떠한 종류
의 편지이든 그 자신을
지참인으로 하고, 그것
이 그 사람에게 있어서는
불리한 내용을 담은 편
지를 가리키게 되었다.

　이오바테스는 이 편지를 읽고서 당황했다. 손님을 환대하지 않을 수
도 없고 사위의 청을 들어주지 않을 수도 없었다. 마침 좋은 생각이 떠
올랐는데, 벨레로폰을 보내어 키마이라를 퇴치시키는 일이었다. 벨레로
폰은 이 제안을 받아들였다. 그가 키마이라를 퇴치하러 가기 전에 예언
자 폴리이도스에게 상의하니, 될 수만 있으면 페가수스를 얻어 가지고
가는 것이 좋을 것이라 하였다. 그러기 위해서는 아테나의 신전에서 밤
을 새워야 했다.

　그가 그 지시에 따라 자고 있는데, 아테나가 꿈에 나타나 그에게 황금
고삐를 주었다. 잠을 깨었을 때, 고삐는 아직 그의 손에 남아 있었다. 또
한 아테나는 페가수스가 페이레네 샘에서 물을 마시고 있다는 것도 가
르쳐주었다. 날개 돋친 페가수스는 황금 고삐를 보자 자진해서 잡혔다.
벨레로폰은 그 말을 타고 공중으로 올라가 바로 키마이라를 발견하고
쉽게 그 괴물을 퇴치했다.

　벨레로폰은 키마이라를 퇴치한 후에도 적의를 품은 그의 주인에 의해
많은 시련과 어려운 일을 강요당했으나, 페가수스 덕분에 모두 성공했
다. 마침내 이오바테스는 벨레로폰이 신들의 특별한 총애를 받는 것이

라 생각하여 그의 딸과 결혼시켰다. 그리고 왕위의 계승자로 정했다.

그러나 후에 벨레로폰은 자부와 오만이 지나쳐 신들의 노여움을 사게 되었다. 전하는 바에 의하면 그는 페가수스를 타고 하늘에까지 오르려 하였다. 그러나 제우스는 한 마리의 등에를 보내어 페가수스

Pearson Scott Foresman_페가수스

를 찌르게 하였고 기수를 떨어뜨리게 만들었다. 이 때문에 벨레로폰은 절름발이가 되고 눈이 멀었다. 그 후 벨레로폰은 사람의 눈을 피하여 알레이안 들을 외로이 방황하다가 비참한 최후를 마쳤다.

페가수스는 뮤즈의 여신들의 말이었으므로 언제나 시인들에게 봉사해왔다. 실러는 페가수스가 어떤 가난한 시인에 의해 팔려 짐마차와 쟁기를 끄는 이야기를 쓰고 있다. 이 말은 그러한 봉사에 적당치 않았으므로, 무지한 주인은 그 말을 이용할 수가 없었다. 그러던 중 한 젊은이가 앞으로 나서며 그 말을 타보겠다며 청했다. 그리고 그가 말 등에 앉아 처음에는 다루기가 어려웠으나 나중엔 쉽게 다루었다. 그러자 이 말이 당당히 정령처럼 일어서서 빛나는 날개를 펴고 하늘로 날아 올라갔다고 한다.

반신반인 켄타우로스

이 괴물은 머리에서 허리까지는 인간이고, 나머지는 말의 몸을 하고 있었다. 고대인들은 말을 대단히 좋아했기 때문에 말과 인간의 결합체를 천한 것으로 생각하지는 않았다. 따라서 켄타우로스는 고대의 공상적인 괴물 중 가장 훌륭한 특성을 부여받은 유일한 괴물이었다. 이 켄타우로스는 인간과의 교제가 허용돼 있었기 때문에 페이리토오스와 히포다메이아가 결혼할 때도 다른 손님과 함께 초대되었다. 그 잔치 때 켄타우로스족의 한 사람인 에우리티온이 술에 만취되어 신부를 폭행하려 하자 다른 켄타우로스들도 그의 행동을 뒤따르려 했다. 그 결과 무서운 싸움이 일어났고 그들 중의 몇 사람이 피살되었다. 이것이 저 유명한 '라피타이족과 켄타우로스족의 싸움'으로 고대의 조각가와 시인들이 즐겨 다룬 제재가 되었다.

그러나 모든 켄타우로스는 페이리토오스의 난폭한 손님 같지는 않았다. 케이론이라는 켄타우로스는 아폴론과 아르테미스에게 교육을 받았고 수렵, 의술, 음악, 예언술에 능하기로 유명했다. 그리스의 옛 이야기에 나오는 가장 유명한 영웅들(아킬레우스, 아스클레피오스, 이아손, 디

Sandro Botticelli_ 팔라스와 켄타우로스

오스쿠로이 등)은 모두 그의 제자였다.

특히 아스클레피오스는 어릴 적에 아버지인 아폴론에 의해서 그의 감독을 받았다. 케이론이 어린애를 데리고 집으로 돌아오자 딸 오키로이가 마중을 나와 어린애를 보고 갑자기 예언자의 어조로(왜냐하면 그녀는 예언자였기 때문에) 이 아이가 장차 성취할 영광을 예언했다.

아스클레피오스는 성장하자 유명한 의사가 되었고, 한번은 죽은 사람을 소생시킨 일까지도 있었다. 그러나 하데스가 이것을 불쾌해했다. 하데스는 제우스에게 이를 탄원했고, 제우스는 그의 탄원을 받아들여 이 대담한 의사를 벼락으로 쳐서 죽였다. 그러나 죽인 뒤에는 신들의 반열에 끼워주었다.

케이론은 모든 켄타우로스 중에서 가장 현명하고 가장 공정한 자였다. 그래서 그가 죽자 제우스는 그를 인마궁이라는 별자리로 만들어주었다.

난쟁이 피그마이오스

　피그마이오스란 난쟁이 종족인데 큐빗(팔꿈치에서 가운데 손가락 끝까지의 길이), 즉 약 33센티미터를 의미하는 그리스말에서 유래된 것이다. 그것이 이 종족의 키 크기라고 전해지고 있었다.

　그들은 네일로스 강의 수원 근처(혹은 다른 설에 의하면 인도)에 살고 있었다. 호메로스에 의하면 두루미는 매년 겨울이 되면 이 피그마이오스의 나라로 이동했는데, 그들의 출현은 피그마이오스 주민에게 있어서는 유혈투쟁을 알리는 신호였다. 난쟁이들은 무기를 들고 그들의 옥수수밭을 두루미라는 약탈자로부터 지켜야 했기 때문이었다. 피그마이오스와 그들의 적인 두루미는 여러 예술작품에 제재가 되었다.

괴물 그립스

Gryps

그립스는 사자의 몸뚱이에 독수리의 머리와 날개를 가지고 등은 깃털로 덮여 있는 괴물이었다. 이 괴물은 새처럼 보금자리를 지었으나 그 속에 알 대신 마노를 낳는다. 그리고 그것은 긴 발톱을 가지고 있어 그 나라 사람들은 그것으로 술잔을 만들었다고 한다.

그립스의 고향은 인도이다. 산에서 금을 캐내 보금자리를 만들었기 때문에 수렵가들이 탐을 냈다. 그들은 본능적으로 금이 매장되어 있는 곳을 알았고, 약탈자들의 접근을 막기 위해서 전력을 다했다. 그 당시 이 그립스들과 함께 번영하고 있던 아리마스포이인들은 스키타이의 외눈족이었다.

황금 양피를 찾아 떠난 영웅들

테살리아에 아타마스라는 왕과 네펠레라는 왕비가 살고 있었다. 그들 사이에는 아들 하나와 딸 하나가 있었는데, 아타마스는 아내와 이혼하고 새 아내를 맞아들였다.

네펠레는 자기 아들과 딸이 계모에게 구박이나 받지 않을까 걱정한 나머지 그들을 계모의 손이 미치지 못하는 곳으로 보낼 방도를 구했다. 헤르메스는 그녀를 동정하여 '황금 양피'를 가진 숫양 한 마리를 주었다. 그녀는 그 양이 아이들을 안전한 장소로 데려다줄 것을 기대하면서 그들을 양에 태웠다. 그러자 양은 아이들을 등에 태우고 하늘로 날아올라 동쪽으로 향해 갔다.

이윽고 유럽과 아시아를 가르는 해협에 다다랐다. 그때 헬레라 부르는 계집애가 양의 등에서 바닷속으로 떨어졌다. 그래서 이 바다는 헬레스폰토스라고 불리게 되었다. 이것이 오늘날 다다넬즈 해협이다.

양은 계속 하늘을 달려 이윽고 흑해의 동해안에 있는 콜키스라는 왕국에 도착하였다. 그곳에서 양은 무사히 사내아이인 프릭소스를 내려놓았다. 아이는 그 나라의 왕인 아이에테스의 따뜻한 영접을 받았다. 프

Lorenzo Costa_출항하는 아르고호

릭소스는 양을 제우스에게 제물로 바치고 '황금 양피'를 아이에테스에게
주었다. 왕은 그것을 신에게 봉헌한 숲 속에 놓아두고 잠들지 않는 용에
게 지키라고 명령했다.

　테살리아에는 아타마스 왕국 근처에 또 하나의 왕국이 있었는데, 그
의 친척이 다스리고 있었다. 그 왕국의 왕 아이손은 정치를 돌보는 일이
싫어 아들 이아손이 성인이 될 동안만이라는 조건으로 왕위를 아우 펠
리아스에게 넘겨주었다. 이아손이 성장하여 숙부에게 왕위의 반환을 요
구하자, 펠리아스는 겉으로는 기꺼이 넘겨주는 듯했으나, 동시에 황금

가죽을 찾기 위한 영광스러운 모험을 해보라고 은연중에 권유했다.

이미 이야기한 바와 같이 그 양피는 콜키스 왕국에 있었고, 펠리아스가 주장한 대로 그들 일족의 정당한 소유물이었다. 이아손은 이 제안을 흔쾌히 받아들여 바로 원정할 준비를 했다.

그 당시 그리스인에게 알려져 있던 유일한 항해 도구는 통나무를 파내어 만든 작은 보트나 혹은 카누가 고작이었다. 그러므로 이아손이 아르고스(앞에 나온 백 개의 눈을 가진 거인과는 다른 사람)에 명하여 50명이 탈 수 있는 배를 만들라고 하자 사람들은 모두 놀라지 않을 수 없었다. 그러나 배는 완성되었고, 만든 사람의 이름을 따서 '아르고'호라고 명명했다.

이아손은 모험을 좋아하는 그리스의 모든 청년들을 모집했다. 얼마 가지 않아 그는 용감한 청년들의 대장이 되었는데, 그들 대부분은 후에 그리스의 영웅, 신인들과 더불어 명성을 떨쳤다. 헤라클레스, 테세우스, 오르페우스, 네스토르 같은 영웅들도 그중에 있었는데, 그들을 그 배의 이름을 따서 아르고나우테스(아르고호의 승무원이라는 뜻)라고 부른다.

이러한 영웅들을 태우고 아르고호는 테살리아 해안을 떠나서 렘노스 섬에 들렀다가 미시아를 지나 트라키아까지 도착했다. 이곳에서 그들 일행은 철인 피네우스(장님 예언자 국왕)를 만나게 되어 그로부터 앞으로의 항로에 대해 교시를 받았다.

에욱세이노스 해(흑해)의 입구는 두 개의 암석으로 된 섬이 가로막고 있었다. 이 섬은 수면 위에 둥둥 떠 있어서 서로 부딪치곤 하였기 때문에 그 사이에 끼이는 것은 무엇이든 부서뜨리는 것이었다. 그래서 사람들은 이 섬을 심플레가데스, 즉 충돌하는 섬이라고 부르고 있었다.

피네우스는 아르고나우테스들에게 이 위험한 해협을 통과하는 방법을 가르쳐주었다. 그들은 그 섬에 도착했을 때, 한 마리의 비둘기를 놓아주었다. 비둘기가 바위 사이를 날아가자 두 바위섬이 움직여 서로 부딪혔다. 그러나 비둘기는 약간의 꼬리털만이 바위 사이에 끼여 빠졌을 뿐 무사히 빠져나갔다.

이아손과 그 일행은 섬이 부딪쳤다가 떨어지는 기회를 노려 힘껏 노를 저었다. 그들 뒤에서 두 섬이 마주쳐 배의 고물을 스치기는 했으나 그들은 무사히 통과했다. 그 후 그들은 해안을 따라 무사히 항해하여 마침내 바다의 동쪽 끝에 있는 콜키스 왕국에 상륙했다.

이아손이 콜키스의 왕 아이에테스에게 자기가 찾아온 용건을 말하자 왕은 그에게 불을 뿜는 두 마리의 놋쇠 발 황소를 쟁기에 매어 밭을 갈고, 거기에다 카드모스 왕이 퇴치한 용의 이빨을 뿌려준다면 황금 양피를 내놓겠다고 했다. 이 용의 이빨을 대지에 뿌리면 한 무리의 용사가 나와 그것을 뿌린 자에게 무기를 들고 덤벼든다는 것은 누구나 아는 사실이었다. 그런데도 이아손은 그 조건을 이행하기로 했다.

그리고 결행할 시일까지 결정되었다. 그러나 그 전에 이아손은 왕녀인 메디아(메데이아)에게 사정을 털어놓고 그녀와의 결혼을 약속했다. 그리고 헤카테 여신의 제단 앞에 서서 여신을 불러 자기 서약의 보증인으로 하였다. 메디아는 승낙하였다. 그리고 그녀의 도움으로—그녀는 유능한 마술사였다— 마력을 가지고 있는 부적을 얻었다.

예정된 날이 오자, 사람들은 아레스(싸움의 신)에게 바쳐진 숲에 모였다. 왕은 왕좌에 앉아 있었고 백성들이 산허리를 가득 메웠다. 놋쇠 발을 가진 황소가 콧구멍으로 불을 뿜으며 뛰어들어오자, 그 불이 길가에 있는 풀들을 태웠다. 용광로에서 쇳물이 끓는 것 같은 소리가 나고 생석회에 물을 끼얹을 때와 같은 연기가 났다.

　이아손은 황소를 향하여 용감하게 돌진했다. 그리스 전역에서 선발된 영웅인 그의 친구들은 그 모습을 보고 모두 전율을 느꼈다. 이아손은 황소가 내뿜는 불길에도 아랑곳없이 말을 걸어 황소의 분노를 가라앉히고, 대담하게 그 목을 어루만지다가 재치 있게 멍에를 채우고는 쟁기를 끌게 했다. 콜키스 사람들은 아연실색했고, 그리스 사람들은 환호성을 질렀다.

　이아손은 다음에 용의 이빨을 뿌리고 그 위에 흙을 덮었다. 그러자 바로 일군의 무사들이 뛰어나왔다. 그들은 땅 위에 나타나자마자 무기를 휘두르며, 이아손을 향하여 돌진했다. 그리스인들은 그들의 영웅인 이아손을 걱정하여 떨었고, 그에게 부적을 주어 그 사용법을 가르쳐 준 메디아까지도 공포로 인해 안색이 창백해졌다.

　이아손은 잠시 동안 칼과 방패로 공격자들을 막았으나, 그들의 수효가 압도적으로 많다는 것을 알고 메디아가 가르쳐 준 마법을 사용하여 돌을 손에 들고 그것을 적 한가운데 던졌다. 그러자마자 그들은 서로 무기를 자기편에게 돌렸으며, 마침내 용의 이빨에서 나온 무사들은 하나도 남김없이 죽었다. 그리스인들은 환호하며 영웅을 포옹하였다. 메디아도 용기만 있었다면 그를 포옹했을 것이다.

남은 일은 황금 양피를 지키고 있는 용을 잠재우는 일이었다. 그러나 이 일도 메디아가 준 마법의 약을 용에게 두서너 방울 떨어뜨림으로써 손쉽게 이뤄냈다. 약 냄새를 맡자 용은 분노를 가라앉히고 잠시 동안 꼼짝도 하지 않고 서 있더니, 전에는 한 번도 감은 일이 없던 크고 둥근 눈을 감고서 옆으로 쓰러져 그대로 깊은 잠에 빠져들었다.

이아손은 양피를 손에 넣은 후 친구들과 메디아를 거느리고 국왕 아이에테스가 그들의 출발을 저지할 수 없도록 하기 위하여 급히 배를 타고 테살리아로 돌아갔다. 그리고 전원이 모두 무사히 도착하자 이아손은 양피를 펠리아스에게 넘겨주고 아르고호를 포세이돈에게 바쳤다.

그 후 그 양피가 어떻게 되었는지는 알 수 없으나 아마 그것도 다른 황금의 부물처럼 결국 그것을 입수하는 데 쏟은 노고에 비하면 그다지 가치 있는 물건이 아니라는 것이 판명되었을 것이다.

악녀 메디아와 아이손

황금 양피를 되찾아온 것을 축하하는 자리에서 이아손을 우울하게 하는 일이 있었다. 아버지인 아이손의 모습이 보이지 않았기 때문이었다.

아이손은 노쇠해서 그들과 자리를 함께할 수 없었던 것이다. 이아손은 메디아에게 말했다.

"아내여! 나는 그대의 마력에 많은 도움을 입었지만 그 마법을 다시 한 번 나를 위해 써 주지 않겠소? 나의 수명에서 몇 년을 빼내 아버지의 수명에 보태주시오."

그러자 메디아가 대답했다.

"그와 같은 희생은 하시지 않아도 좋아요. 마법이 성공만 하면 당신의 수명을 단축하지 않더라도 아버님의 수명을 연장시킬 수 있을 것이에요."

만월이 된 날 밤, 모든 생물이 잠들었을 때 그녀는 홀로 살그머니 밖으로 빠져나왔다. 나뭇잎을 움직이는 바람 한 점 없었고, 만물은 조용하기만 했다. 메디아는 우선 별을 향해 주문을 외었다. 그다음에는 달에게 그리고 또 지옥의 여신 헤카테를 향하여, 또 대지의 여신 텔루스를 향해서도 주문을 외었다. 왜냐하면 이 여신들의 힘에 의해서 마법의 효과가 있는 식물이 나기 때문이었다. 그녀는 숲이나 동굴, 산과 골짜기, 호수와 강, 바람과 안개의 신들에게도 힘을 빌렸다.

그녀가 이렇게 빌고 있을 때 별들은 빛을 더했고, 얼마 안 있어 날아다니는 뱀들에 이끌리어 이륜차가 공중으로부터 내려왔다. 메디아는 그 이륜차를 타고 하늘 높이 올라 먼 곳으로 향했다. 그곳에서는 효험 있는 식물들이 자라고 있었고 메디아는 그중에서 자기 목적에 적합한 것만을 모았다. 그녀는 9일 동안을 꼬박 약초를 찾아 헤매며 그동안에는 궁전으로 들어가지도 않고, 어떤 인가에도 들어가지 않았으며, 그 누구와의 교제도 피했다.

다음에 그녀는 두 개의 제단을 만들었다. 하나는 헤카테의 것이고, 또 하나는 청춘의 여신 헤베의 제단이었다. 그리고 한 마리의 검은 양을 제물로 바치고 우유와 포도주를 부었다. 그녀는 하데스와 그가 약탈해간 신부(페르세포네)에게 늙은 왕의 생명을 빨리 뺏지 말도록 간청한 다음, 시아버지인 아이손을 데리고 와 주문을 외어 죽은 사람과 같이 깊은 잠에 빠지게 한 후 약초로 만든 침대 위에 뉘었다.

비법이 세속의 눈에 띄지 않도록 하기 위해서 이아손 및 그 밖의 모든 사람들을 그곳에 드나들지 못하도록 했다. 그런 다음 머리를 풀고서 제단 주위를 세 번 돌고, 불타는 작은 나뭇가지를 피에 적신 후에 제단 위에 놓고 태웠다. 그동안에 가마솥 안에 있는 것이 끓었다. 그러자 그녀는 그 속에다 약초를 넣는 동시에 쓴 즙이 나오는 씨와 꽃, 먼 동방에서 가지고 온 공물을 둘러쌀 때 사용하는 대양의 해안에서 수집해온 모래를 넣었다. 그리고 달밤에 수집한 하얀 서리와 올빼미의 머리와 날개, 이리의 내장을 넣었다. 그리고 또 거북의 껍데기과 수사슴의 간장과—왜냐하면 이 동물들은 생명력이 왕성하기 때문에— 인간의 아홉 세대를

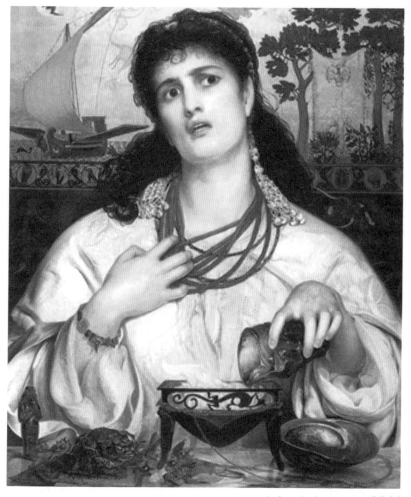

Anthony Frederick Sandys_메데이아

넘어서까지 산 까마귀의 머리와 부리를 넣었다. 그리고 메디아는 그녀가 의도한 바를 위하여 그 밖의 '이름도 모르는' 많은 물건을 같이 끓였다. 그리고 마른 올리브 가지로 잘 뒤섞었다. 잠시 후 가지를 끄집어내자 이상하게도 바로 녹색이 되고 얼마 지나지 않아 싱싱한 잎과 많은 올리브로 덮이게 되었다. 그리고 용액이 부글부글 끓어 넘친 것이 떨어진 풀은 봄의 그것처럼 초록빛이 되었다.

모든 준비가 다 된 것을 보고 메디아는 왕의 목을 조금 베어 그의 모든 피를 끄집어내고 입과 상처 속에 끓인 용액을 부어넣었다. 노인이 그 용액을 다 들이마시자 머리털과 수염은 흰 빛을 버리고 청년과 같은 검은 빛을 띠었다. 창백하고 여윈 얼굴은 사라지고 혈관은 새로운 피로 충만하고 사지에 힘이 넘쳤다. 아이손은 자기 자신에 놀라며 40년 전 그의 젊은 시절과 같다고 생각했다.

메디아는 이곳에서는 그녀의 마법을 선량한 목적을 위해 사용했으나, 다른 곳에서는 그렇지 못했다. 다시 말해 복수의 수단으로 사용했던 것이다. 독자도 기억할 것이다. 펠리아스는 이아손의 왕위를 찬탈한 그의 숙부였으며, 이아손을 나라로부터 추방한 인물이었디. 악힌 자에게도 좋은 점이 있는 듯, 그의 딸들은 그를 사랑하였다.

펠리아스의 딸들은 메디아가 이아손을 위하여 한 일을 보고 부친에게도 같은 일을 해주기를 메디아에게 간청했다. 메디아는 승낙하는 척하고서 전과 같이 솥을 준비하였다. 그리고 한 마리의 양을 가져오게 하여 솥 속에 넣었다. 얼마 안 가서 '매앰' 하고 우는 소리가 솥 속에서 들려왔고, 뚜껑을 열어보니 한 마리의 새끼양이 뛰어나와 목장으로 달아났다. 펠리아스의 딸들은 그 실험을 보고 기뻐하면서, 그들의 부친이 같은 수술을 받을 시간을 정했다.

Anselm Feuerbach_메데이아

　그러나 메디아는 펠리아스를 위한 솥은 전혀 다른 방법으로 준비하였
다. 솥 속에는 물과 보잘것없는 풀을 약간 넣었을 뿐이었다. 밤이 되자
메디아는 왕녀들과 더불어 늙은 왕의 침실로 들어갔다. 그동안 왕과 그
의 호위자는 그녀가 쓴 마법에 걸려 깊은 잠이 들었다. 왕녀들은 단검을
빼들고서 침대 곁에 서 있었다. 그러나 아버지를 베기에 주저했기 때문
에 메디아는 그들의 결단성 없음을 꾸짖었다. 그러자 그들은 얼굴을 돌
리면서 부친을 단검으로 내리 찔렀다. 왕은 잠을 깨어 부르짖었다.

　"딸들아, 너희들 이게 무슨 짓이냐? 이 아비를 죽이겠다는 거냐?"

　딸들은 용기를 잃고 단검을 떨어뜨렸다. 그러나 메디아는 왕에게 치
명적 타격을 가하여 말 한 마디 못하게 만들었다.

　그들은 왕을 솥 속에 집어넣었다. 그리고 메디아는 뱀이 끄는 이륜차
를 타고 그의 배신행위가 발각되기 전에 그곳을 떠났다. 그렇지 않았더
라면 그들의 복수가 대단했을 것이다. 그녀는 무사히 도망쳤다.

메디아는 이아손을 위하여 이와 같이 범죄까지 범해가면서 많은 일을 했으나, 대가는 거의 받지 못했다. 이아손은 크레우사라는 코린토스의 왕녀와 결혼하고자 메디아를 버렸다. 메디아는 그의 배은망덕함에 분노하여 신들에게 복수를 기원하고, 독을 넣은 옷을 크레우사에게 선물로 보냈다. 그러고 나서는 자신의 아이들을 죽이고 궁전에 불을 지르고, 뱀이 끄는 이륜차를 타고 아테네로 도망쳐서 그곳에서 테세우스의 아버지인 아하게우스 왕과 결혼했다. 후에 우리는 테세우스의 모험담을 이야기할 때, 다시 메디아를 만나게 될 것이다.

메디아에게는 또 하나의 이야기가 있다. 고금의 시인들은 모든 종류의 잔학 행위를 이러한 마녀의 소행으로 돌리려고 하는 경향이 있지만, 이 이야기는 마녀의 소행치고는 너무나도 소름끼치는 무서운 이야기이다.

메디아는 콜키스에서 달아날 때 동생 압시르토스를 데리고 나왔다. 그녀는 뒤쫓아 온 아이에테스의 배가 아르고호를 바싹 따라붙자 이 청년을 죽여 그 수족을 바다에다 뿌렸다. 아이에테스는 그 장소에 이르러 학살당한 자식의 처참한 모습을 보고 흩어진 유체를 모아 가까운 항구로 돌아가서 매장했다. 그동안에 아르고호 일행은 무사히 달아났다.

아들을 죽인 알타이아

아르고호의 원정에 참가했던 영웅 중에 멜레아그로스라는 사람이 있었다. 그는 칼리돈의 왕 오이네우스와 그의 아내 알타이아 사이에서 태어난 아들이었다. 알타이아는 아들이 태어났을 때 세 명의 모이라이(운명의 여신)를 보았다. 운명의 실을 짜는 이 여신들은 이 어린아이는 지금 난로 속에서 타고 있는 장작이 다 탈 때 죽을 것이라고 예언했다. 알타이아는 그 장작을 꺼내어 조심스럽게 보관했다.

그동안에 멜레아그로스는 소년이 되고, 청년이 되고, 장년이 되었다. 그 당시 오이네우스가 신들에게 희생물을 바친 일이 있었는데, 여신 아르테미스에게는 바치지 않았다.

여신은 무시당한 데 격분하여 굉장히 큰 산돼지 한 마리를 보내어 칼리돈의 들을 짓밟았다. 산돼지의 눈은 피와 불로 빛나고 털은 사람을 찌르려고 하는 창과 같이 빳빳이 서 있었고 송곳니는 인도산 코끼리의 상아와 흡사했다. 곡식은 짓밟히고 포도와 올리브나무도 황폐해졌다. 양이나 소 같은 가축은 닥치는 대로 죽임을 당해 커다란 혼란에 빠졌다.

보통의 방법을 가지고는 막을 도리가 없었다. 그래서 멜레아그로스는 그리스의 영웅들을 초청하여 이 아귀와 같은 괴물을 퇴치하기 위한 대담한 수렵에 참가해달라고 호소했다. 테세우스와 그의 친구인 페이리토오스, 이아손, 나중에 아킬레우스의 아버지가 되는 펠레우스, 아이아스의 아버지인 텔라몬 그리고 당시에는 아직 젊었으나 노인이 된 후에도 아킬레우스와 아이아스 등과 함께 무기를 들고 트로이 전쟁에 참가하게 되는 네스토르 등 영웅들과 그 밖의 많은 영웅들이 이 산돼지 사냥에 참가했다.

아르카디아의 왕 이아소스의 딸 아탈란테도 이 사냥에 참가했다. 윤이 나게 닦은 금으로 된 조임쇠로 옷을 죄고 왼쪽 어깨에는 상아로 만든 화살통을 메고, 왼손에는 활을 들었다. 그녀의 얼굴은 여성의 아름다움과 용감한 청년의 매력을 겸비하고 있었다. 멜레아그로스는 그녀를 보자 바로 사랑에 빠졌다.

일행은 이미 괴물이 사는 굴 가까이까지 와 있었다. 그들은 튼튼한 그물을 나무 사이에 쳤다. 그러고는 개들을 붙들어 매두었던 끈을 풀어주어 풀 속에 있는 짐승의 발자국을 발견하도록 시켰다.

숲 속엔 늪이 많은 곳으로 향하는 내리막길이 있었다. 산돼지는 바로 이곳의 갈대 속에 몸을 숨기고 있었는데, 추격자인 개 소리를 듣고 순식간에 개들을 향해 돌진해왔다. 몇 마리의 개가 송곳니에 찢겨 나가떨어졌다.

이아손은 아르테미스에게 성공을 빌면서 들고 있던 창을 던졌다. 그러나 아르테미스가 창이 날아가는 사이에 강철로 된 창끝을 제거하여 산돼지에게 상처를 입힐 수 없게 하였다.

네스토르는 산돼지의 습격을 받자 나무를 찾아 그 위로 올라가 몸을 피했다. 텔라몬은 돌진하다가 땅 위에 불쑥 나온 나무뿌리에 걸려 앞으로 고꾸라졌다. 그러나 아탈란테가 쏜 화살이 마침내 괴물의 피부에 박혀 치명적인 부상을 입혀서 쓰러지게 했다. 테세우스가 창을 던졌으나 돌출한 나뭇가지에 걸려 옆으로 빗나갔다. 또 이아손이 던진 창도 목표물에 명중하지 않고 오히려 사냥개를 한 마리 죽였을 뿐이었다. 그러나 멜레아그로스는 한 번 실패한 뒤에 그의 창을 괴물의 옆구리에 박았다. 그리고 돌진하여 재차 타격을 주어 산돼지를 절명케 했다.

그러자 주위에 환성이 일어났다. 그들은 승자인 멜레아그로스를 축하하고, 그의 손을 잡으려고 모여들었다. 그는 피살된 산돼지의 머리를 밟으며 아탈란테를 돌아보고 그의 전리품인 짐승의 머리와 거칠거칠한 가죽을 그녀에게 증여했다. 그러나 이것을 본 다른 사람들은 질투심을 일으켜 싸움을 걸었다.

누구보다도 멜레아그로스의 외숙 플렉시포스와 톡세우스가 그 기증에 반대하여 아탈란테로부터 그녀가 받은 전리품을 강탈했다. 멜레아그로스는 자기에 대한 그들의 무례한 행위에도 분격했지만 그보다는 자신이 사랑하는 아탈란테에 대한 모욕에 더욱 분격하여, 친족임에도 불구하고 칼로 무례한 자들의 심장을 찔렀다.

그런 사실을 모르는 알타이아가 아들의 승리에 대한 감사의 선물을 여러 신전에 가지고 갔을 때, 그녀는 피살된 형제들의 시체를 보았다. 그녀는 울부짖으며 환희의 의복을 비탄의 의복으로 갈아입었다.

그러나 형제들을 죽인 자가 알려지자 슬픔은 아들에 대한 복수심으로 변하였다. 그녀가 전에 꺼냈던 타다 남은 운명의 나무, 즉 운명의 여신들이 멜레아그로스의 생명과 연결해둔 그 나무를 가지고 와서 불을 준비하도록 명령했다. 그러고는 그 타다 남은 나무를 불타는 나뭇더미 위에 갖다놓으려 했다. 그러나 아들을 잃게 되리라는 생각에 전율을 느끼며 네 번의 시도를 모두 중지했다.

어머니의 정이냐 동기 간의 정이냐를 두고 그녀는 괴로워했다. 한순간 자기가 지금 무슨 행동을 하고 있나 생각하자 안색이 창백해지기도 했고, 그러다가도 아들이 범한 짓이 떠오르면 이내 노기를 띠기도 했다.

바람이 불면 한쪽으로 몰리다가 조수가 오면 반대쪽으로 몰리는 배와도 같이 알타이아의 마음은 불안정했다. 그러나 마침내 동기 간의 정이 모친의 정을 압도하여 운명의 나무를 손에 꼭 쥐면서 말하기 시작했다.

"복수의 여신들이여, 제가 가지고 온 희생물을 바라보십시오. 죄는 죄로써 보상해야 합니다. 남편 오이네우스도 처가를 단절시킨 아들의 승리를 기뻐하지는 않을 겁니다. 그러나 아, 나는 무슨 짓을 하려고 하는가? 형제여, 어미된 마음의 약함을 용서하라! 손이 말을 듣지 않는구나. 멜레아그로스는 죽어 마땅하지만, 그를 내 손으로 죽일 수는 없다.

그러나 너희들 나의 형제는 원수를 갚지도 못하고 저승에서 헤매는데 멜레아그로스는 살아 승리하고 칼리돈을 지배해야 옳단 말인가? 아니다, 너는 내 덕에 이제까지 살아왔다. 이제는 네 자신의 죄 때문에 죽어야 한다. 내가 두 번 너에게 준 생명, 처음에는 탄생할 때, 두 번째는 이 타다 남은 나무를 화염 속에서 끄집어냈을 때 너에게 준 생명을 내놓아라.

오, 차라리 그때 네가 죽었더라면! 아, 승리는 불행이다. 그러나 형제여, 그대들은 승리하였노라."

그리고 알타이아는 운명의 나무를 불타는 나뭇더미 위에 던졌다. 그러자 멜레아그로스는 무슨 까닭인지 알지도 못했으나, 멀리 떨어져 있으면서도 갑작스레 고통을 느꼈다. 그의 몸이 불타기 시작하였다. 오직 용감한 자존심에 의지해 그를 파멸시키는 고통을 감내했다. 다만 피도 흘리지 않고 불명예스러운 죽음을 당하는 것을 한탄했을 따름이다. 그리고 최후의 숨을 거두면서 늙은 아버지와 형제 그리고 다정한 자매와 사랑하는 아탈란테와 그의 운명의 숨은 원인인 어머니의 이름을 불렀다.

불꽃은 더해가고 그와 더불어 멜레아그로스의 고통도 더해만 갔다. 마침내 불꽃도 고통도 가라앉기 시작하고, 마침내 없어졌다. 타다 남은 나무는 재가 되고 멜레아그로스의 생명은 바람에 불려 날아갔다.

일을 끝낸 알타이아는 자살했다. 멜레아그로스의 자매들은 동생의 죽음을 슬퍼했다. 이렇게 되자 아르테미스는 전에 자기의 분노를 야기시킨 집안의 불행을 불쌍히 여겨 그들을 새로 변하게 했다.

히포메네스의 황금 사과

이토록 많은 슬픔의 원인은 아탈란테라는 처녀였는데, 그녀의 얼굴은 여자로 보기에는 남자답고 남자로 보기에는 너무 여자다웠다. 그녀는 예전에 다음과 같은 운명을 예언받은 일이 있었다.

"아탈란테여, 결혼하지 말라. 결혼하면 멸망하리라."

신탁에 겁이 난 아탈란테는 남자와의 교제를 피하고 사냥에만 열중했다. 모든 구혼자(그녀에게는 많은 구혼자가 있었다)에게 한 가지 조건을 부과했는데 그것은 그들의 성가신 요구를 물리치는 데 효과가 있었다.

"경주를 하여 나에게 이기는 사람에게 상으로 내 몸을 맡기리라. 그러나 지는 자는 벌로 죽음을 당하리라."

이와 같이 어려운 조건임에도 불구하고, 경주를 해보자고 덤비는 자가 있었다. 히포메네스가 경주의 심판이 되면서 다음과 같이 말하였다.

"한 여자 때문에 그러한 모험을 할 만큼 경솔한 자가 있을까?"

그러나 그녀가 경주하려고 겉옷을 벗는 것을 보고서, 그는 곧바로 생각을 바꾸어 이렇게 말했다.

"젊은이들아, 용서하라. 나는 그대들이 경쟁하고 있는 상품의 가치를 몰랐다."

그들을 바라보고 있을 때, 히포메네스는 그들이 다 패배하기를 원했으며, 혹시 승리할 가능성이 조금이라도 보이는 자에 대해서는 질투에 불탔다. 그가 이런 생각에 빠져 있을 때 처녀는 질주했다. 그녀가 달리고 있는 모습은 전에는 볼 수 없었을 정도로 아름다웠다. 미풍은 그녀의 발에 날개를 달아준 것 같았으며 머리카락이 어깨 위로 흐르고, 옷의 화려한 술은 뒤에서 나부꼈다. 불그스름한 빛깔이 그녀의 백옥 같은 피부를 물들였는데, 그것은 마치 진홍색 커튼이 대리석 벽을 물들인 듯한 모양이었다. 이윽고 모든 경쟁자들이 패배했으며 무자비하게 사형을 당했다.

히포메네스는 이 결과를 보고도 겁내지 않고 처녀를 응시하면서 말했다.

"이런 느림보를 패배시켰다고 뽐낼 것도 없소. 내 한번 그대와 경주해 보겠소."

아탈란테는 측은히 여기는 것 같은 표정으로 그를 바라보며, 이겨야 좋을지 져야 좋을지 분간할 수 없었다.

'어떤 신이 이처럼 젊고 아름다운 청년을 유혹하여 그 목숨을 버리게 하는가. 내가 불쌍히 여기는 것은 그의 아름다움 때문이 아니고(그러나 그는 아름다웠다), 젊음 때문이다. 나는 그가 경주할 생각을 버리기를 바란다. 만일 그 생각을 버리지 않는다면 나를 이겨주기를 바란다.'

그녀가 이런 생각을 되풀이하면서 주저하고 있을 때, 구경꾼들은 경주가 시작되기를 고대했다. 그녀의 아버지 역시 재촉했다. 그리고 히포메네스는 아프로디테에게 기도를 올렸다.

"아프로디테여, 도와주십시오. 유도한 것은 당신이니까."

아프로디테는 이 말을 받아들여 자비를 베풀었다. 그녀가 소유하고 있는 키프로스 섬 신전정원에는 누런 잎과 가지, 그리고 금빛 열매를 가

Guido Reni_Atalanta and Hippomenes

진 나무가 하나 있었다. 이 나무에서 아프로디테는 금빛 사과를 세 개 따서 눈에 띄지 않게 히포메네스에게 그것을 주며 사용법을 가르쳐주었다. 신호가 떨어지자 두 사람은 출발하여 모래 위를 미끄러지듯이 달렸다. 그들의 걸음걸이는 어찌나 가볍던지 물 위나 물결치는 곡식 위에도 가라앉지 않고 달릴 것처럼 보였다.

관중들은 큰소리로 히포메네스를 응원했다.

"힘껏 달려라, 빨리, 빨리! 앞질러라! 기운을 잃지 말고 좀 더 힘을 내라!"

이러한 소리를 듣고서 청년이 더 기뻐하였는지, 처녀가 더 기뻐했는지는 알 수 없다. 그러나 히포메네스는 숨이 가빠오고 목이 말랐다. 결승점은 아직도 멀었다.

그때 그는 금빛 사과를 한 개 던졌다. 처녀는 깜짝 놀라며 그것을 주우려고 발을 멈추었다. 그 덕분에 히포메네스가 앞섰다. 사방에서 환성이 일어났다. 아탈란테는 힘을 내어 얼마 지나지 않아 따라붙었다. 그는 다시 또 사과를 던졌다. 그녀는 다시 한 번 더 발을 멈추었다. 그러나 곧 따라붙었다. 결승점은 가까워졌고 기회는 오직 한 번 남았을 뿐이었다.

그는 '여신이여, 이제야말로 당신의 선물이 성공하기를!'이라 속으로 외치며 최후의 사과를 던졌다. 그녀는 그것을 바라보며 주저했지만 아프로디테는 그녀가 몸을 돌려 그것을 줍도록 유도했다.

그렇게 하여 그녀는 경주에 졌으며, 청년은 상품으로 그녀를 데리고 돌아갔다. 그러나 이 두 연인은 자기들의 행복에 취해 아프로디테에게 감사를 표하는 것을 잊었다. 그래서 여신은 그들의 배은망덕함에 노하여 그들이 키벨레를 분노하게 만들도록 했다.

이 무서운 여신을 모욕하면 후환을 면할 수 없었다. 여신은 그들 본래의 모습을 박탈하고 그들의 성격과 흡사한 성격을 가지고 있는 야수로 변신시켰다. 그리고 그들을 자기의 수레에다 맸다. 그래서 지금도 조각이나 회화 등을 보면 여신 키벨레의 상에는 두 마리의 사자가 반드시 그 곁에 시종하고 있는 것을 볼 수 있다.

키벨레는 그리스인들에 의하여 레아, 혹은 옵스라고 불리는 여신의 라틴 이름이다. 그녀는 크로노스의 아내이며, 제우스의 어머니이다. 그래서 미술 작품 중에서는 헤라나 데메테르와는 달리 위엄 있는 자태를 하고 있다. 때로는 베일을 쓰고 곁에 두 마리의 사자를 거느리고 옥좌 위에 앉아 있을 때도 있고, 때로는 사자가 끄는 이륜차를 타고 있다. 그녀는 벽 모양의 금관을 쓰고 있는데, 테두리가 탑과 흉벽 모양으로 조각된 관이다. 그녀에게 봉사하는 사제는 코리반테스라고 불렀다.

헤라클레스의 열두 가지 노역

헤라클레스는 제우스와 알크메네 사이에서 태어난 아들이다. 헤라는 제우스와 인간의 사이에서 태어난 자녀에 대하여 늘 적의를 품고 있었으므로 헤라클레스가 태어나자 죽이려 했다.

그래서 두 마리의 독사를 보내어 그가 아직 요람 속에 있는 동안에 죽이려 했으나, 조숙한 어린애는 자신의 손으로 그 뱀의 목을 눌러 죽였다.

그러나 그는 헤라의 간계에 의하여 에우리스테우스의 부하가 되어 그의 모든 명령을 수행하도록 동원되었다. 에우리스테우스는 달성할 가망도 없는 모험을 그에게 연달아 명령했다.

헤라클레스의 열두 가지 노역이라 부르는 것이 바로 그것이다.

첫째 노역은 네메아의 사자와의 싸움이었다. 네메아 계곡에는 한 마리의 무서운 사자가 출몰하고 있었다. 에우리스테우스는 헤라클레스에게 이 괴물의 모피를 가지고 오도록 명령했다.

헤라클레스는 몽둥이와 활을 가지고 사자에게 대항했으나 아무런 효과가 없자 자기 손으로 이 괴물의 목을 졸라 죽이고 죽은 사자를 어깨에 메고 돌아왔다. 그러나 그 광경을 보고 헤라클레스의 굉장한 힘에 놀란 에우리스테우스는 앞으로는 모험을 보고할 때에 멀리 떨어져서 하도록 그에게 명령했다.

헤라클레스의 둘째 노역은 히드라를 퇴치하는 것이었다. 이 괴물은 아르고스 지방에 출몰하며 아미모네 샘 근처에 있는 늪지에 살고 있었다. 이 샘은 그 지방이 가뭄의 피해를 입고 있을 때 아미모네에 의하여 발견되었다. 그리고 전하는 바에 의하면 그녀를 사랑한 포세이돈이 그의 삼지창을 빌려주어 바위를 찌르게 하자, 세 갈래의 샘이 솟아나왔다고 한다.

이곳에 히드라가 진을 치고 있었기 때문에 헤라클레스가 파견되었다. 히드라는 머리가 아홉 개였는데, 그중 정중앙에 있는 머리는 불가사의한 힘이 있었다. 헤라클레스는 곤봉으로 그 머리를 하나씩 쳐서 잘라 떨어뜨렸으나, 그때마다 떨어진 곳에서 새로운 머리가 두 개씩 생겨났다. 마침내 그는 이올라오스라는 그의 충복의 도움을 받아 히드라의 머리를 모두 불태워버리고 아홉 번째의 불사의 머리는 커다란 바위 밑에 파묻었다.

세 번째의 노역은 아우게이아스의 마구간을 청소하는 일이었다. 아우게이아스는 엘리스의 왕이었는데, 말을 3천 마리나 가지고 있었다. 그 마구간은 30년 동안이나 청소를 하지 않았었다. 헤라클레스는 알페이오스와 페네이오스 두 강물을 그곳에 끌어들여 하루 만에 완전히 청소를 했다.

네 번째 노역은 더 까다로운 것이었다. 에우리스테우스의 딸 아드메테는 아마존족의 여왕의 허리띠를 탐냈다. 그래서 에우리스테우스는 헤라클레스에게 가서 그것을 가져오라고 명령했다.

아마존족은 여자만 있는 종족이었다. 대단히 호전적이었고 몇 개의 번창한 도시도 가지고 있었다. 여자아이만을 기르는 것이 그들의 습관이었으므로 남자아이가 태어나면 이웃 나라에 보내거나 죽였다.

헤라클레스는 지원병을 거느리고 여러 가지 모험을 한 뒤에 마침내 아마존족의 나라에 도착했다. 여왕 히폴리테는 그를 따뜻이 맞고, 허리띠를 가져가도록 허락했다. 그러나 헤라가 아마존족의 한 여인의 모습으로 변신하여 곳곳에 돌아다니며 한 외국인이 여왕을 납치해가려고 한다는 소문을 퍼뜨렸다. 이 말을 믿고 아마존족의 여인들은 바로 무장을 하고 헤라클레스의 배 쪽으로 몰려왔다. 헤라클레스는 히폴리테가 배신했다고 여겨 그녀를 죽이고 그 허리띠를 손에 넣고 귀국하였다.

헤라클레스에게 부과된 또 다른 노역은 에우리스테우스에게 게리온의 소를 갖다주는 일이었다. 게리온은 세 개의 몸뚱이를 갖고 있는 괴물로서 에리테이아라는 섬에 살고 있었다. 그 섬은 서방에 있는데 지는 해의 광선 밑에 있었기 때문에 그러한 이름이 붙었다. 아마 지금의 스페인을 지칭하는 듯하다.

게리온은 그곳의 왕이었다. 여러 나라를 거친 뒤에 헤라클레스는 마침내 리비아와 유럽의 국경까지 왔다. 그리고 그곳에서 그는 여행의 기념비로 칼페와 아빌라라는 두 개의 산을 세웠다. 다른 설에 의하면 한 개의 산을 둘로 쪼개서 양편에 나누어서 지브롤터 해협을 만들었다. 그 산은 헤라클레스의 기둥으로 부르고 있다.

게리온의 소는 거인 에우리티온과 그것이 데리고 있는 두 개의 머리를 지닌 번견이 지키고 있었는데, 헤라클레스는 거인과 개를 죽이고서 무사히 그 소를 에우리스테우스에게 갖다주었다.

가장 어려운 일은 헤스페리데스들이 지키고 있는 황금 사과를 가지고 오는 일이었다. 헤라클레스는 그것이 어디에 있는지를 몰랐기 때문이었

다. 그 사과는 헤라가 대지의 여신으로부터 결혼 선물로 받은 것인데, 그녀는 그것을 헤스페리데스들에게 지키게 하고 거기에 잠들지 않는 용을 두었다.

많은 모험을 한 끝에 헤라클레스는 아프리카에 있는 아틀라스 산에 도착했다. 아틀라스는 신들에게 반항하여 싸운 티탄족의 한 사람이었는데, 그들이 패한 후에 양 어깨에 무거운 하늘을 짊어지고 있으라는 벌을 받았다. 아틀라스는 헤스페리데스들의 삼촌이었다. 그래서 헤라클레스는 사과를 발견하여 자기에게 갖다 줄 수 있는 자는 아틀라스 외에는 없을 것이라 생각했다.

그러나 어떻게 하면 아틀라스로 하여금 지금의 장소를 떠날 수 있게 할 것인가? 혹은 그가 없는 동안에 누가 천공을 짊어질 수 있을 것인가? 생각 끝에 헤라클레스는 자신이 그 짐을 짊어지고 있을 동안 사과를 찾으러 아틀라스를 보냈다. 그는 사과를 가지고 돌아와서 마지못해 다시 어깨에 무거운 짐을 지고, 헤라클레스로 하여금 사과를 가지고 에우리스테우스에게 돌아가게 했다.

시인들은 해가 질 때의 서쪽 하늘의 아름다운 광경을 보며 서쪽을 광명과 영광의 나라로 생각했다. 그래서 그들은 축복 받은 사람들의 섬이라든가 게리온의 빛나는 소가 사육되고 있는 붉은 섬, 에리테이아나 헤스페리데스 섬 등이 모두 서쪽에 있는 것으로 생각했다. 그래서 그 사과도 당시의 그리스인이 전해 듣고 있던 스페인의 오렌지일 것이라고 생각하는 사람이 있다.

헤라클레스의 유명한 공적의 하나는 안타이오스와의 대결에서 승리를 거둔 일이다. 안타이오스는 대지의 여신인 가이아(텔루스)의 아들이었는데, 힘이 센 거인이었으며, 레슬링의 명수였다. 그 힘은 어머니인 대지와 접촉하고 있는 한 어느 누구에게도 꺾이지 않을 것이었다.

그의 나라에 오는 모든 외래객들에게 강요하여 그와 레슬링을 하여 지면(사실은 그들은 다 졌다) 피살된다는 조건 아래 레슬링을 하게 했다.

헤라클레스는 그에게 대항했다. 그를 내던져도 소용이 없다는 것을 알자―그는 넘어지면 힘을 새로이 하여 다시 일어나므로― 그를 번쩍 쳐들고서 공중에서 목을 졸라 죽였다.

한편 카쿠스는 아벤티누스 산에 있는 동굴에 사는 거인으로, 주위에 있는 나라들을 휩쓸고 있었다. 헤라클레스가 게리온의 소들을 몰고 돌아가는 도중 카루스는 그중 몇 마리를 이 영웅이 잠든 틈에 훔쳐냈다. 그리고 소의 발자국이 그 행방을 나타내지 않도록 하기 위하여 그는 소의 꼬리를 잡고 뒤로 끌고 갔다. 그 까닭에 소의 발자국은 소가 반대 방향으로 간 것처럼 찍혔다.

헤라클레스는 이 계략에 속아넘어갔다. 결국 포기하고 남은 소들을 몰고 출발했다. 그런데 우연히 카쿠스의 동굴 옆을 지나갈 때, 마침 그 안에서 도난당한 소의 울음소리가 들려왔다. 그리하여 헤라클레스는 카쿠스를 죽이고 소를 되찾을 수 있었다.

헤라클레스는 언젠가 정신이 나가 그의 친구인 이피토스를 죽여버렸다. 그리고 그는 이 죄 때문에 3년 동안을 여왕 옴팔레의 노예가 되도록 선고를 받았다. 이 벌을 받는 중에 헤라클레스는 그 성질이 변한 것같이 보였다. 그는 나약한 매일 매일을 보냈으며, 때로는 여자 옷을 입기도 하고, 옴팔레의 시녀들과 더불어 실을 짓기도 했다. 반면에 여왕은 그의 사자 모피를 입고 있었다.

이 복역이 끝나자 그는 데이아네이라와 결혼하여 3년 동안 평화롭게 살았다. 언젠가 처와 더불어 여행을 하는 중에 어떤 강에 이르렀는데, 그곳에서는 켄타우로스 족의 네서스가 나그네들에게 정해진 요금을 받고 건너게 해주고 있었다. 헤라클레스는 스스로 건넜지만, 아내를 건너게 해달라며 네서스에게 맡겼다.

그러나 네서스는 그녀를 데리고 도망치려 했으며 그녀의 비명소리를 들은 헤라클레스는 네서스의 심장에 화살을 쏘았다. 화살을 맞은 켄타우로스는 죽어가면서 데이아네이라에게 남편의 사랑을 유지하는 부적으로 쓰일 수 있으니 자신의 피를 챙겨두라 일렀다. 데이아네이라는 그대로 했다.

그리고 얼마 가지 않아 그녀는 그것을 사용할 때가 왔다고 생각했다. 헤라클레스는 이올레라고 하는 아름다운 처녀를 포로로 잡아들였는데, 데이아네이라의 생각에는 그가 그녀를 좋아하는 것 같았다.

헤라클레스가 승리를 감사하여 신들에게 의식을 치를 때에 입을 흰 겉옷을 가지고 오도록 아내에게 사람을 보냈다. 데이아네이라는 사랑의 주문을 시험해볼 기회라 생각하고 그 옷에 네서스의 피를 적셨다. 그녀는 들키지 않게 피의 얼룩을 씻어버렸지만, 피의 마력만은 남아 있었다.

헤라클레스가 그 옷을 입자마자 독이 그의 전신에 스며들어 격심한 고통을 주었다. 그는 이 무서운 겉옷을 가져온 리카스를 붙잡아서 바닷속으로 던져버렸다. 그 옷을 벗으려 했으나, 옷은 그의 몸에 달라붙어서 떨어지지 않았다. 그러자 그는 전신의 살과 더불어 그것을 갈기갈기 잡아뜯었다. 그는 처참한 모습으로 배를 타고 집으로 돌아왔다. 데이아네이라는 뜻하지 않은 결과를 보자, 목을 매어 스스로 목숨을 끊었다.

헤라클레스 역시도 죽을 각오를 하고 오이테 산에 올라 화장할 나뭇더미를 쌓았다. 필록테테스에게 자기 활과 화살을 건네준 후에 곤봉을 베고, 사자의 모피를 몸에 걸치고 나뭇더미 위에 누웠다. 그리고 마치 축전의 식탁에 임한 것처럼 침착한 얼굴로 필록테테스에게 불을 붙이라고 명령했다. 불길은 삽시간에 퍼져서 모든 나뭇더미를 뒤덮었다. 신들은 지상의 전사가 이와 같은 최후를 맞이하는 것을 보고 마음 아파하였다.

그러나 제우스만은 명랑한 얼굴로 그에게 말했다.

"그대들이 그에게 깊은 관심을 쏟는 것을 보고 기쁘게 생각하오. 그리고 내가 그대들과 같이 충성스러운 부하들의 지배자요, 나의 아들이 그대들의 총애를 받고 있는 것을 보니 만족스럽소. 비록 그에 대한 그대들의 관심이 그의 위업에 연유한 것이라 하더라도 내가 기쁘게 생각하는 것은 다름이 없소.

그러나 걱정은 하지 마시오. 다른 모든 것을 정복한 그가 오이테 산 위에서 타오르고 있는 불꽃에 정복되지는 않을 것이오. 사멸하는 것은 어머니로부터 받은 부분이고, 아버지인 내게서 받은 것은 불멸이니. 내가 지상의 생명을 잃은 그를 천국에 데려올 것이니 그대들도 다 그를 따뜻이 맞아들이기 바라오. 비록 그가 이러한 영광을 받는 것을 못마땅하게 여기는 자가 있을지라도 아무도 그가 그만한 대가를 받을 자격이 있다는 것을 부인할 수 없을 것이오."

신들은 다 찬성했다. 오직 헤라만은 마지막 말이 자기를 두고 한 말인 것 같아 다소 불쾌했으나, 남편의 결정을 유감스럽게 생각할 정도는 아니었다. 마침내 불꽃이 헤라클레스의 어머니로부터 받은 부분을 모두 태워버리자, 그의 신성한 부분은 도리어 새로운 생명력을 얻어 밖으로 나와 더 고상한 풍채와 위엄을 구비했다. 제우스는 그를 구름으로 감싸고 네 마리의 말이 끄는 마차에 태워 하늘에 오르게 하여 별들 사이에 살게 했다. 그가 하늘에 도착했을 때 아틀라스는 짐이 더 무거워진 것같이 느꼈다. 한편 헤라는 그와 화해하여 딸 헤베를 그에게 출가시켰다.

46

제우스가 납치한 가니메데스

Gemäldegalerie, Dresden_가니메데스의 납치

　헤라의 딸이요, 청춘의 여신인 헤베는 신들에게 술을 따르는 일을 맡고 있었다. 보통 전설에 의하면 그녀가 헤라클레스의 아내가 되자 그 역을 그만두었다고 한다. 다른 설에 따르면, 어느 날 신들에게 술잔을 돌리고 있을 때 실수를 하여 면직당했다고 한다.

　어쨌든 그 뒤를 이은 것은 트로이 태생의 소년 가니메데스였다. 이 소년은 이데 산에서 친구들과 놀고 있을 때, 독수리로 변신한 제우스가 하늘로 납치하여 헤베의 후임으로 임명하였다.

47

테세우스의 모험

테세우스는 아테네의 왕 아이게우스와 트로이젠 왕 피테우스의 딸 아이트라 사이에 태어난 아들이다. 트로이젠에서 양육되었고, 성인이 되어야만 아테네로 가서 아버지와 대면할 수 있었다. 아이게우스는 아들이 태어나기 전에 아이트라와 작별할 때, 자신의 칼과 신발을 큰 돌 밑에 넣고 그녀에게 이르기를, '아들이 커서 그 돌을 움직여서 그 밑에서 그 물건들을 꺼낼 정도가 되거든 자기에게로 보내라고 분부하였다. 그때가 왔다고 생각되었을 때, 어머니는 테세우스를 그 돌이 있는 곳으로 데리고 갔다. 그는 쉽게 돌을 움직여서 칼과 신발을 꺼냈다.

그 무렵 육로에는 도둑들이 횡행하고 있었으므로, 그의 외할아버지는 그에게 더 가깝고 안전한 길을—그것은 해로였다— 택해 아버지의 나라로 가도록 부탁했다. 그러나 테세우스는 젊은 혈기에 자기도 명성이 높았던 헤라클레스와 같이 나라를 괴롭히고 있던 나쁜 자들과 괴물들을 퇴치하여 유명해지고 싶은 마음을 억제할 수 없어 끝내 육로를 택했다.

여행 첫날에 그는 에피다우로까지 갔다. 이곳은 헤파이스토스의 아들인 페리페테스라가 살고 있는 곳이었다. 이 사내는 광포한 야만인으로,

항상 쇠망치를 지니고 다녔으므로 모든 여행자들은 그에게 폭행을 당할까봐 겁을 냈다. 테세우스가 가까이 오는 것을 보고 페리페테스가 달려들었지만 곧 젊은 영웅의 일격을 받고 쓰러졌다. 테세우스는 그의 쇠망치를 빼앗아 최초 승리의 기념으로 항상 몸에 지녔다.

그 후 그 지방의 조그만 폭군이나 약탈자들과 승부를 여러 번 겨뤘는데, 모두 테세우스가 승리했다. 그중의 하나로 프로크루스테스라고 불리는 자가 있었는데, 그것은 '늘이는 자'라는 의미였다. 그는 쇠 침대를 가지고 있어 그의 수중에 들어온 모든 여행자들을 그 위에 결박했다. 그리고 그들의 신장이 침대보다 짧은 경우에는 몸을 늘여서 침대에 맞도록 하고, 반대로 신장이 침대보다 길 경우에는 일부분을 잘라버렸다. 테세우스는 이자도 다른 자와 마찬가지로 처치했다.

도중의 모든 위험을 헤치고서 테세우스는 마침내 아테네에 도착했는데, 이곳에도 새로운 위험이 기다리고 있었다. 그곳에는 마술사 메디아가 이아손과 이별한 뒤에 코린토스에서 도망해온 테세우스의 아버지 아이게우스의 아내가 되어 있었다.

메디아는 마법을 통해 젊은이가 누구인가를 알고채고 만약 그가 남편의 아들로 인정되면 남편에 대한 자기의 세력이 없어질까 염려하였다. 그리하여 아이게우스의 마음에 젊은 손님에 대한 의구심을 심어두어, 손님에게 독배를 대접케 하도록 권유했다. 테세우스가 그것을 받으려고 앞으로 나아갔을 때, 그가 차고 있던 칼을 보고서 아이게우스는 그가 아들임을 알고 독배를 물리쳤다.

메디아는 간계가 발각되자 벌을 면하려고 다시 또 도망하여 아시아 지방으로 갔다. 이 지방은 후에 메디아라고 불렸는데, 그 이름은 그녀의 이름에서 유래한 것이다.

테세우스는 아버지에게 인정을 받고 후계자로 결정되었다.

그 무렵 아테네 사람들은 크레타 왕 미노스에게 바쳐야 하는 조공 때문에 큰 고통을 당하고 있었다. 그 조공이라는 것은 일곱 명의 소년과 소녀들로, 이들은 소의 몸뚱이와 인간의 머리를 가진 미노타우로스라는 괴물의 밥이 되기 위해 매년 보내졌다. 그것은 대단히 억세고 사나운 짐승으로 다이달로스라는 사람이 만든 미궁 속에 갇혀 있었는데, 그 구조가 대단히 교묘하여 그 속에 갇힌 자는 탈출하지 못하게 되어 있었다. 미노타우로스는 그 속에서 사육되고 있었다.

테세우스는 죽을 각오를 하고 이 재앙으로부터 국민을 구하려고 결심했다. 그래서 조공을 할 시기가 다가와, 희생될 소년과 소녀들이 관례에 따라 추천에 의하여 결정되자, 이때 테세우스는 그의 아버지가 말렸음에도 불구하고 자진하여 희생될 한 사람으로 나섰다.

출발하는 날 배는 전과 같이 검은 돛을 달고 떠났는데 테세우스는 그의 아버지에게 자기가 승리하고 돌아올 때에는 흰 돛을 달고 오겠노라고 약속했다. 소년과 소녀들은 크레타에 도착하여 미노스 왕 앞으로 나갔다. 왕녀 아리아드네도 그 자리에 참석하였는데, 테세우스의 모습을 보자 그를 사랑하게 되었다. 테세우스도 그녀의 사랑에 기꺼이 보답했다. 그녀는 그에게 괴물을 찌를 칼과 실 한 타래를 주었는데, 이 실이 있으면 미궁으로부터 빠져나올 수 있었다.

그는 괴물을 참살하고 미궁으로부터 탈출하여 아리아드네와 희생될 뻔했던 사람들과 함께 아테네를 향해 출발했다. 도중에 일행은 낙소스 섬에 머물렀는데, 테세우스는 잠든 아리아드네를 그곳에 버리고 떠났다. 그가 은인에게 이와 같은 배은망덕한 짓을 한 것은 꿈에 아테나가 나타나 그렇게 하라고 명령했기 때문이다.

Antonio Canova_켄타우르스를 잡는 테세우스

앗티카의 해안에 접근했을 때, 테세우스는 그의 아버지와 약속한 신호를 깜박 잊고 흰 돛을 달지 않았다. 왕은 아들이 죽은 줄 알고 자결하였다. 이리하여 테세우스는 아테네의 왕이 되었다.

테세우스의 모험담 가운데 가장 유명한 것은 아마존족의 원정이다. 그는 그들이 헤라클레스에게서 받은 타격이 회복되기도 전에 급습하여 여왕 안티오페를 납치했다.

그러자 이번에는 아마존족들이 아테네에 침입하여 시중에까지 쳐들어왔다. 테세우스가 그들을 정복한 최후의 전투는 바로 이 아테네 시 가운데서 행해졌다. 이 전투는 고대의 조각가들이 즐겨 선택하는 제재의 하나로서, 현존하는 몇 가지 예술 작품 중에 그 모습이 남아 있다.

테세우스와 페이리토오스의 우정은 친밀했는데, 그것은 전쟁 중에 시작되었다. 페이리토오스는 마라톤 평야에 침입하여 아테네 왕이 소유하고 있는 소떼를 약탈해 가려고 했다. 테세우스는 이 약탈자를 격퇴하러 갔고, 이것을 본 페이리토오스는 경탄을 금치 못하며 화평의 표시로 손을 내밀고 부르짖었다.

"처분을 하시오. 무슨 배상을 원하시오?"

테세우스는 대답했다.

"그대와의 우정을!"

이때부터 그들은 변함없는 우정을 서약했다. 그 후 그들은 이 서약에 충실했고, 진정한 전우로서 우정을 언제까지나 계속했다. 그리고 그들은 모두 제우스의 딸과 결혼하기를 원했다. 테세우스는 그때는 아직 어렸던 헬레네를 선택했고 후에 그것은 트로이 전쟁의 원인이 되었으며, 페이리토오스의 도움을 받아 그녀를 납치했다.

한편 페이리토오스는 하계의 여왕을 원했다. 테세우스는 위험한 일인 줄 알면서도 대망을 품은 그 벗과 더불어 하계로 내려갔다. 그러나 그들은 하계의 왕 하데스에게 잡혀서 궁전의 문 옆에 있는 마법을 가진 바위 위에 갇혔다. 마침내 헤라클레스가 와서 테세우스를 구해주었으나, 페이리토오스는 그대로 내버려 두었다.

안티오페가 죽은 뒤 테세우스는 크레타의 왕 미노스의 딸 파이드라와 결혼했다. 테세우스에게는 히폴리토스라는 아들이 있었는데, 아버지와 같은 매력과 미덕을 겸비했고 또 나이도 파이드라와 비슷했다. 그녀는 그를 사랑했으나 히폴리토스는 계모의 구애를 물리쳤으며, 그로 인해 그녀의 사랑은 증오로 변했다. 그녀는 자기에게 마음을 빼앗긴 남편을 부추겨 아들을 질투하게 했다. 테세우스는 포세이돈에게 아들에 대한 복수를 청했다.

어느 날 히폴리토스가 해안가로 이륜차를 몰고 있을 때, 바다의 괴물이 나타나 말을 놀라게 하였다. 말은 그대로 달아났으나 괴물은 이륜차를 산산이 부숴버렸다. 히폴리토스는 이렇게 해서 죽었는데, 아르테미스의 조력에 의해 의술의 신 아스클레피오스가 그의 생명을 회복시켰다고 한다. 아르테미스는 히폴리토스를 온전한 정신을 잃은 아버지와 부실한 계모의 세력이 미치지 않는 이탈리아에 데려다 놓고, 에게리아라는 님프의 보호를 받게 하였다.

테세우스는 마침내 국민의 지지를 잃었으며, 스키로스의 왕 리코메데스의 궁전으로 은퇴했다. 리코메데스는 처음에는 그를 따뜻하게 맞았으나 후에 배반하여 그를 죽였다.

후년에 아테네의 키몬 장군은 그의 유해가 안치되어 있는 곳을 발견하고 그것을 아테네로 옮겼는데, 유해는 그를 기념하기 위해서 테세이온이라 불리는 신전에 안치되었다.

테세우스가 자기의 아내로 삼은 아마존족의 여왕은 일설에 히폴리테였다고도 전해지고 있다. 셰익스피어의 「한여름 밤의 꿈」 속에서 이 이름이 사용되고 있다. 그리고 이 작품의 주제는 테세우스와 히폴리테의 결혼식에 따르는 흥겨운 잔치였다.

테세우스는 반역사적인 인물이다. 그에 대한 기록에 의하면 그는 당시 앗티카 지방을 점유하고 있던 여러 종족을 한 나라로 통합했는데, 그 수도가 아테네였다. 이 대사업의 기념으로 그는 아테네의 수호신인 아테나를 위해서 판아테네라는 축전을 창시했다.

이 축전은 그리스의 다른 축전과는 두 가지 점에 있어서 상이하였다. 그것은 아테네 사람들에게만 한한 축전으로서, 그 중요 행사는 엄숙한 행렬을 지어 페플론, 즉 아테나의 성의를 파르테논에 가지고 가서 여신의 상 앞에 걸어놓는 일이다. 페플론에는 전면에 수를 놓았는데, 그것은 아테네 최고의 명문의 처녀를 선발하여, 그들로 하여금 만들게 했다.

행렬에는 남녀노소를 가리지 않고 참가했다. 노인들은 손에 올리브 나뭇가지를 들고, 젊은 남자들은 무기를 들고 행진했다. 젊은 여자들은 제물을 올리는 데 필요한 모든 것이 든 바구니를 머리에 이고 행진했다. 행렬은 파르테논 신전이 외부를 장식한 부조의 주제가 되었다.

이 조각의 상당한 부분이 지금 영국 박물관에 보존되어 있는데「엘긴 대리석」이라는 이름으로 알려진 조각 중의 일부가 되어 있다.

올림픽 경기

이곳에서 그리스의 다른 유명한 국민 경기에 대해서 말해도 이상하지는 않을 것 같다. 최초에 시작되었고 가장 유명한 것은 올림피아 경기로서, 제우스 자신이 창시한 것으로 전해진다.

이 경기는 엘리스 지방에 있는 올림피아 평원에서 행해졌다. 많은 관람객들이 그리스와 아시아, 아프리카 시켈리아에서 모여들었다. 경기는 5년에 한 번 여름에 열려 닷새 동안 계속되었다.

이 경기를 표준으로 하여 올림피아 해라는 연대 구분의 관습이 생겼다. 제1회 올림피아 해는 보통 B.C.776년에 해당한다고 생각되고 있다. 피티아(피톤) 경기는 델포이 부근에서 행해졌고, 이스트미아 경기는 코린토스 지협에서, 네메아 경기는 아르고스 지방에 있는 네메아에서 행해졌다.

이러한 경기에서의 운동 종목은 다섯 가지였다. 경주, 도약, 레슬링, 원반던지기, 창던지기 혹은 권투가 그것이었다.

이러한 육체적인 힘이나 민첩성의 경기 이외에 음악, 시, 웅변대회도 있었다. 이러한 경기는 시인, 음악가, 작가들이 그들의 작품을 대중 앞에 보일 가장 좋은 기회였으며, 승리자들의 명성은 세상에 널리 퍼졌다.

올림피아 유적지

olympia-palaestra

하늘을 나는 다이달로스

테세우스가 아리아드네의 실을 가지고 탈출한 미궁은 다이달로스라는 아주 솜씨 좋은 명장에 의해 만들어진 것이었다. 수없이 꾸불꾸불한 복도와 굴곡을 가진 건물로 그것들은 서로 통해서 시작되는 곳이나 끝나는 곳도 없는 것처럼 보였다. 마치 마이안드로스 강이 바다로 가는 도중에 굴곡하여, 때로는 앞으로 흐르다가 때로는 뒤로 역류하는 모양이었다.

다이달로스는 미노스 왕을 위해 이 미궁을 만들었는데, 후에 왕의 총애를 잃어 탑 속에 갇히게 되었다. 그는 그의 감옥으로부터 도망할 궁리를 했으나, 해로로는 탈출할 수가 없었다. 왜냐하면 왕은 모든 배를 엄중히 감시하여 세밀하게 검열을 하지 않고서는 하나도 출항하지 못하게 하였기 때문이다.

"미노스는 육지와 바다를 지배할 수가 있으나, 공중을 지배할 수는 없을 것이다. 나는 이 길을 택해보겠다." 하고 다이달로스는 말했다.

그래서 그는 자신과 어린 아들 이카로스를 위하여 날개를 만들기 시작했다. 우선 조그마한 깃털을 합치고 점점 큰 것을 덧붙여서 날개의 표면이 차츰 커져갔다. 큰 털은 실로 잡아매고 작은 털은 밀초로 붙였다.

그리고 전체를 새의 날개처럼 가볍게 구부렸다. 아들 이카로스는 곁에서 바라보면서, 때로는 바람에 불려서 날아간 털을 주워 모으기 위해 쫓아다니기도 하고, 때로는 밀초를 손가락으로 만지작거리며 아버지의 일을 방해했다.

　　마침내 작품이 완성되어 그 날개를 흔드니 몸이 공중으로 떠오르고 공기를 쳐서 균형을 잡으니 몸이 공중에 머물렀다. 그는 아들에게도 날개를 달아주고, 나는 법을 가르쳐주었다. 그것은 마치 새가 그 어린 새끼를 높은 보금자리로부터 공중으로 유인하는 모습과 같았다. 날 준비가 되었을 때, 그는 아들에게 말했다.

　　"이카로스야, 적당한 높이를 유지해서 날아야 한다. 너무 저공을 날면 습기가 날개를 무겁게 할 것이고, 너무 상공을 날면 태양의 열이 날개를 녹일 것이니까, 내 곁으로만 따라오면 안전할 것이다."

　　이런 조언을 하면서 아들의 어깨에 날개를 달아주고 있을 동안에 아버지의 얼굴은 눈물에 젖고 손은 떨렸다. 그는 이것이 마지막인 것 같은 예감이 들어서 아들에게 입맞춤을 했다. 그리고는 날개를 치며 공중으로 날아올라갔다. 그는 아들에게 뒤를 따르도록 격려하고 뒤를 돌아보며 아들이 날개를 조종하는 모습을 살폈다.

　　농부들은 일을 멈추고 그들이 날아가는 모습을 바라보았고 양치기는 지팡이에 몸을 기대고 바라보았다. 그들은 그 광경을 보고 놀랐고, 공중을 날 수 있는 사람은 틀림없이 신일 것이라 생각했다.

　　그들은 왼편의 사모스와 델로스의 섬을, 오른편의 레빈토스 섬을 통과했다. 그때 소년은 기쁨에 겨워 아버지의 곁을 떠나서 하늘에 닿을 정도로 높이 올라갔다. 그러자 불타는 태양은 날개를 잡고 있던 밀초를 녹였고, 이로 인해 깃털이 떨어졌다. 이카로스는 팔을 흔들었으나 공중에

Lord Frederick Leighton_이카로스와 다이달로스

몸을 뜨게 할 날개가 하나도 남지 않았다. 아버지를 향하여 부르짖었으나 그의 몸은 바다의 푸른 물속에 가라앉고 말았다. 그 후부터 이 바다는 이카로스 해라고 부른다.

아버지는 "이카로스야, 이카로스야, 어디 있느냐?" 하고 울부짖었다.

마침내 그는 아들의 날개가 물 위에 떠 있는 것을 보았다. 그는 자신의 기술을 한탄하면서 아들의 시체를 묻으며, 기념하여 그 땅을 이카리아라고 불렀다. 다이달로스는 무사히 시켈리아에 도착하여, 그곳에다 아폴론을 위하여 신전을 짓고 그의 날개를 신에게 바치는 헌납물로 걸어놓았다.

다이달로스는 자기의 업적에 의기양양하여 자기에게 필적할 자는 세상에 하나도 없으리라고 장담했다. 그의 누이는 아들 페르딕스를 그에게 맡겨 기술을 배우게 했다.

페르딕스는 놀랄 만한 재주가 있는 젊은이였다. 해안을 거닐면서 그는 물고기의 척추뼈를 주웠다. 그것을 모방하여 그는 철판을 손에 잡고 가장자리에 금을 내어 톱을 발명했다. 그는 또 두 개의 철편의 한 끝을 못으로 연결시키고 다른 끝을 뾰족하게 하여 컴퍼스를 만들었다.

다이달로스는 조카의 업적을 시기하여 둘이 높은 탑 위에 있을 때 기회를 보아 조카를 떠밀어 추락시켰다. 그러나 재주를 사랑하는 아테나는 그가 추락하는 것을 보고 새로 변하게 하여 죽음을 면하게 하였다.

이 새는 그의 이름을 따서 페르딕스라 불렀다. 새는 보금자리를 수목 속에 짓지 않고, 높이 날지도 않고 울타리 속에 깃들이며 추락할까 염려하여 높은 곳을 피하는 습성이 있다.

쌍둥이 별자리가 된
카스토르와 폴리데우케스

카스토르와 폴리데우케스는 레다와 백조 사이에서 태어난 아들이었다. 그리고 그 백조는 실은 제우스가 둔갑한 것이었다. 레다는 알을 하나 낳았는데 여기에서 쌍둥이가 태어났다. 후에 트로이 전쟁의 원인이 되어 유명해진 헬레네가 그들의 누이였다.

테세우스와 그의 친구 페이리토오스가 헬레네를 스파르타로부터 납치했을 때 젊은 영웅 카스토르와 폴리데우케스는 부하들을 거느리고 누이를 구하기 위해 아티카로 달려갔다. 마침 테세우스가 없었기 때문에 두 형제는 누이를 무사히 구출하는 데 성공했다.

카스토로는 말을 길들이고 조종하는 데 유명했고, 폴리데우케스는 권투를 잘하기로 유명했다. 두 형제는 대단히 사이가 좋아서 무엇을 하든지 같이 했다.

아르고의 원정에도 참가했을 때, 항해 중에 폭풍우를 만났다. 오르페우스는 사모트라키아 섬의 신들에게 기도를 올리고 하프를 탔다. 그러자 폭풍우가 가라앉으며 별들이 두 형제의 머리 위에 나타났다.

이 사건으로 이들은 후에 항해자들의 수호신으로 여겨져, 배의 돛과

Peter Paul Rubens_카스토르와 폴룩스에게 납치당하는 레우키포스의 딸들

돛대의 주위에 번쩍이는 온화한 불꽃을 보이는 대기의 상태를 그들의 이름을 따서 부르게 되었다.

아르고 원정 후에 카스토르와 폴리데우케스는 이웃에 살던 두 자매를 얻기 위하여 그녀들과 사귀던 이다스와 리케우스와 다투었다. 이 싸움에서 카스토르는 피살되었다. 폴리데우케스는 이를 슬퍼한 나머지 제우스에게 카스토르 대신 죽게 해달라고 간곡히 부탁했다.

이에 제우스는 감동하여 두 형제가 교대로 생명을 누리기를 허락하였다. 하루를 지하에서 보내고 다음 날은 하늘의 처소에서 보내도록 했다. 다른 설에 의하면 제우스는 두 형제의 우애에 감동해 그들을 쌍둥이별자리로 놓았다고 한다.

그들은 디오스쿠로이(제우스의 아들들)라는 이름을 가진 신으로서 존경을 받았다. 그들은 후대에 때때로 격전지에 나타나 가담했다고 전해지며, 그러한 때에는 훌륭한 백마를 타고 있었다고도 한다.

로마의 역사에 의하면 그들은 레길루스 호수의 전투에서 로마군을 도왔다고 한다. 그리고 전승 후에 그들이 나타난 곳에 그들을 기념하기 위해서 신전이 건립되었다.

부록

신화와 별자리

GREEK MYTHOLOGY
&
CONSTELLATION

거문고자리
Lyra

그리스 신화에 등장하는 최고의 시인이자 음악
가인 오르페우스가 그의 아버지 아폴론에게서
하프를 선물 받았다. 오르페우스가 사랑하던 아
내 에우리디케를 잃고 그 슬픔으로 방황하다 숨
졌을 때, 그의 음악에 감동한 제우스는 이 하프
를 하늘에 올려 별자리로 만들었다. 거문고자리
(Lyra)는 여름 하늘의 작은 별자리이지만 아름다
운 직녀별 베가(Vega)를 안고 있어 옛부터 많은
사람에게 사랑받아온 별자리이다.

게자리
Cancer

그리스 신화 속에서 헤라클레스가 괴물 뱀 히드라와 싸울 때 히드라를 도우려고 헤라 여신이 보낸 괴물 게이다. 이 게는 헤라클레스의 발에 밟혀 죽었는데, 헤라 여신은 자신을 위해 죽은 게를 불쌍히 여겨 하늘의 별자리로 만들어 주었다.

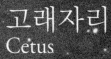

고래자리
Cetus

그리스 신화 속에서 이티오피아의 왕비 카시오
페이아를 벌하기 위해 바다의 신 포세이돈이 보
낸 괴물 고래이다. 안드로메다 공주를 해치기 직
전 페르세우스가 이 고래를 돌로 변하게 한다.
천구의 적도에 있는 커다란 별자리로, 가을철 '페
가수스 사각형'이 머리 위에 보일 무렵 그 남동
쪽 하늘에서 볼 수 있다.

고물자리
Puppis

아르고호의 선원들이 황금양피를 찾기 위해 테
살리아에서 코르키스까지 항해하는 데 이용했던
배이다. 18세기 중엽 프랑스 천문학자 라카유가
용골자리, 고물자리, 나침반자리 그리고 돛자리
의 네 별자리로 나누었다. 아르고호자리의 네부
분 중 가장 넓은 면적을 차지하고 있는 별자리로
하늘의 남반구에서 볼 수 있다.

공기펌프자리
Antlia

봄철 남쪽 하늘에서 볼 수 있는 별자리로, 이 별자리에는 밝은 별이 없어서 특별히 눈에 띄는 별이 없다. 우리나라에서는 남쪽 지평선이 트인 곳이라야 일부 관찰할 수 있다. 공기펌프자리는 찾기 어렵고, 찾아도 공기펌프를 연상시키기는 어렵다.

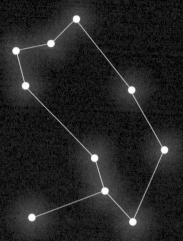

공작자리
Pavo

헤라 여신은 온몸에 100개의 눈을 가진 아르고
스의 모습을 새로 바꾼다. 다른 이야기로는 아르
고스가 헤르메스에게 살해당한 뒤 헤라 여신이
아르고스의 수많은 눈으로 아끼던 공작의 날개
를 장식했다고도 한다. 이 별자리는 여름에 남쪽
하늘에서 볼 수 있다.

궁수자리
Sagittarius

반인반마인 켄타우로스는 아르고호를 타고 황금
양피를 찾아 나선 제자들을 안내하기 위해 자신
의 모습을 별자리로 만들었다고 신화에 전해온
다. 궁수자리는 여름철 초저녁의 남쪽 하늘에서
볼 수 있다. 전갈자리의 동쪽, 독수리자리의 남쪽
에 주전자 모양으로 자리 잡고 있다.

그물자리
Reticulum

이 별자리는 우리나라에서는 볼 수 없는 별자리이다. 그물자리는 1751~1753년까지 프랑스 라카유가 남아프리카 희망봉에서 관측하며 만든 별자리인데, 첫 관측자를 위한 이름을 붙이려다가 별 위치를 재는 도구의 모양을 본떠 이름 짓게 되었다. 하늘의 남반구에 있는 작은 별자리로, 작고 어두운 별들로 이루어져 있어 찾기 힘들다.

극락조자리
Apus

하데스는 페르세포네에게 천사 같은 새를 선물
해주었다. 그러나 그 새는 도망가려다가 날개를
다치고 말았다. 페르세포네는 죽어가는 새가 불
쌍해서 지상에 풀어주었지만 결국 새는 죽고 말
았다. 이를 가엽게 여긴 제우스가 새를 밤 하늘
에 올려 별자리를 만들었다.

극락조자리는 남극점 가까이 있는 새 모양의 작
은 별자리로, 우리나라에서는 볼 수 없다.

기린자리
Camelopardalis

기린자리는 독일의 유태계 천문학자인 야콥 바르트쉬가 1614년 발견했을 당시에는 낙타자리라 하였는데, 그 형태가 가늘고 긴 형태여서 기린자리라는 이름이 자리 잡혔다. 이 별자리는 알파, 베타, 7번 세개의 별만이 4등성일 뿐 나머지 별은 모두 5등성 이하여서 도시의 하늘에서는 거의 찾을 수 없는 별자리이다.

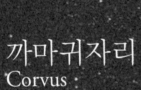

까마귀자리
Corvus

그리스 신화에 의하면 까마귀는 은색의 날개를
가진 아름다운 새로 묘사되어 있다. 또한 이 까
마귀는 사람의 말을 어해할 줄 알았던 영특한 새
이기도 했다. 까마귀는 특히 아폴론 신의 애완조
로 많은 사랑을 받았으나, 그의 연인이었던 코로
니스의 부정을 거짓으로 보고하여 그녀를 죽게
한 죄로 아폴론 신이 날개를 새까맣게 태워서 하
늘로 집어 던져 버렸다고 한다.

나침반자리
Pyxis

고대의 아르고자리에서 떨어져 나온 네 개의 별
자리 중에서 가장 작고 희미한 별자리이다. 별자
리 고도가 낮고 밝으며, 무척 작아 찾기가 쉽지
않은 별자리이다. 이 별자리를 찾는 길잡이 별은
바다뱀자리의 머리로, 바다뱀자리를 정확히 찾을
수 있거나 투명도가 좋은 날에 관측 가능한 사람
은 도전해 볼 만하다.

날치자리
Volans

천구의 남극 근처에 있는 별자리로 원래 이름은 '날아다니는 물고기'였다. 이 별자리는 네덜란드 항해사인 케이서(Pieter Dirkszoon Keyser)와 하우트만(Frederick de Houtman)이 16세기쯤에 이름 붙였고, 17세기 초 독일의 천문학자 바이어가 우라노메트리아에 처음 수록하였다. 한때는 참새자리로 불렸으며, 남반구에 위치하고 눈에 띄는 별이 없어 우리나라에서는 볼 수 없다.

남십자자리
Crux

이 별자리는 88개의 별자리 중에서 가장 작은 별
자리이며, 정남쪽에 근접해서 뱃사람들의 길잡이
가 되고 있다. 십자모양이라고 하지만, 실제로는
연이나 다이아몬드 모양이다. 이 별자리는 북위
33도 이남에서만 볼 수 있고, 우리나라에서는 볼
수 없다.

남쪽물고기자리
Piscis Austrinus

밤 하늘, 물병자리 아래쪽에 물고기 주둥이처럼 생긴 별자리가 하나 있다. 마치 물을 받아먹는 것처럼 보이는데, 이것이 남쪽물고기자리이다. 이 별자리는 아프로디테 여신이 괴물 티폰의 습격을 피하기 위하여 변신한 모습이 별자리가 되었다는 이야기가 있다. 그다지 밝지 않은 별들로 이루어져서 가장 밝은 포말하우트 외에는 발견하기 쉽지 않은 별자리이다.

1등성의 포말하우트는 물고기의 입 부분에 놓여 있는데, 물병자리 바로 아래의 4등성 별들로 물고기 모양을 그려보는 것은 그리 어렵지 않다.

남쪽삼각형자리
Triangulum Australe

이 별자리는 네덜란드의 항해사인 케이서(Pieter Dirkszoon Keyser)와 하우트만(Frederick de Houtman)이 1595년~1597년에 만든 별자리로, 네덜란드의 천문학자 플란키우스가 1603년 바이어 성도보다 먼저 케이서가 관측한 별자리에 관한 자료를 출판하여 널리 소개되었다. 남반구 은하수 속에서 볼 수 있는 작은 별자리로서, 고도가 낮아 우리나라에서는 볼 수 없다.

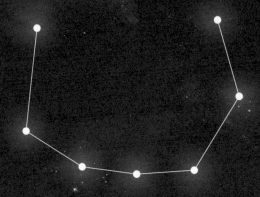

남쪽왕관자리
Corona Austrina

술의 신 디오니수스는 제우스와 세멜레의 아들
로, 세멜레 몸에 잉태 중일 때 헤라가 죽였다. 그
후 디오니수스는 제우스의 몸으로 옮겨가 제우
스의 몸에서 태어나게 되고, 세멜레의 언니인 이
노에게서 자란다. 어른이 된 디오니수스는 세멜
레를 지하세계에서 부활시키고, 하늘에 별자리로
만들었다. 이 별자리는 여름부터 가을에 걸쳐 남
쪽 하늘에서 낮게 뜨며, 우리나라에서는 일부만
볼 수 있다.

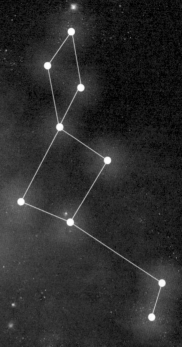

도마뱀자리
Lacerta

17세기 말 폴란드 천문학자 헤벨리우스가 백조자리와 카시오페이아자리의 공간을 메우기 위해 만들었다고 전한다. 케페우스자리의 남쪽 고니자리와 안드로메다자리의 경계선 사이에 있는 별자리로, 특별히 눈에 띄는 별은 없으나 4등성 정도의 별이 지그재그로 박혀 있어 어두운 밤에는 쉽게 찾을 수 있다.

독수리자리
Aquila

올림포스 산에서 신주를 나르는 일을 하던 헤베라는 여신이 실수로 술을 엎지르게 되는데, 이로써 파면 당하고 만다. 그러자 제우스는 그 역할을 할 다른 인물을 찾게 되고, 트로이의 미소년 가니메데를 납치하도록 한다. 그때 공을 세운 독수리를 별자리로 만들어주었다. 독수리자리의 알파성인 알타이르만 찾으면, 이 별자리는 매우 쉽게 찾을 수 있다.

돌고래자리
Delphinus

바다 님프 암피트리테가 돌고래를 타고 바다를
지나가는 것을 바다의 신 포세이돈이 보고 반하
여 청혼하였다. 이때 돌고래가 암피트리테를 잘
설득해주었고, 둘은 그렇게 결혼하게 되었는데,
이를 기념하기 위해 돌고래를 하늘에 올려 별자
리로 만들었다. 무척 작은 별자리이지만, 모양은
아주 선명하며 여름 밤 독수리자리 동북쪽에서
발견할 수 있다.

두루미자리
Grus

두루미자리는 하늘의 남반구에 목을 길게 빼고 하늘을 나는 두루미의 모양을 한 별자리이다. 이 별자리는 네덜란드의 항해사 케이져와 호트만이 1595~1597년 사이에 만들었다. 별자리의 모양이 두루미처럼 길쭉해 보여서 이름 붙여진 것으로 보인다. 남쪽물고기자리의 남쪽에 있으며 가을철 남쪽물고기자리의 알파별 포말하우트가 높이 떴을 때 그 아래에서 찾을 수 있다. 그러나 우리나라에서는 가을철 넓은 공터에서 별자리의 일부만 관찰할 수 있다.

땅꾼자리
Ophiuchus

아스클레피오스는 아폴로와 코로니스 사이에서
태어났는데, 키론에게서 의술을 배운 인류 최초
의 의사였다. 그는 뱀이 약초를 통해 죽은 뱀을
살려내는 것을 보게 된 후 불멸의 신비를 찾으려
고 연구하였다. 이러한 의술로 죽은 자들을 살려
내기 시작하자 지옥의 왕 하데스는 제우스로 하
여금 아스클레피오스가 이를 중단하도록 하였다.
결국 제우스는 번개로 아스클레피오스를 죽이고
만다. 그리고 제우스는 아스클레피오스의 위대한
연구와 업적을 기려 별자리로 만들었다.

마차부자리
Auriga

아테나 여신의 아들이며, 아테나의 네 번째 왕이
었던 에릭토니우스의 모습이 그려져 있는 별자
리이다. 천구의 북반구에 있는 큰 별자리로, 겨울
저녁에 찾을 수 있다. 으뜸별인 카펠라는 온 하
늘에서 북극성에 가장 가까이 있는 1등성으로 쉽
게 찾아 볼 수 있다. 북두칠성의 국자 그릇 방향
으로 카펠라를 찾고 그 주위에서 오각형으로 놓
인 별을 찾으면 된다.

머리털자리
Coma Berenices

고대 이집트의 왕비 베레니케가 전쟁에서 무사히 돌아온 남편 프톨레미 3세에 대한 고마움을 표시하고자 아프로디테 신전에 바친 머리카락이 별자리가 되었다. 이 별자리는 목동자리의 알파별 아크투루스, 사자자리의 베타별 데네볼라, 그리고 사냥개자리의 알파별 코르칼로니를 연결한 삼각형 안에 있다. 그러나 특별히 밝은 별이 없어서 위치를 알아도 찾기가 여간 어려운 게 아닌 별자리 중 하나이다.

물고기자리
Pisces

유프라테스 강변을 거닐던 미의 여신 아프로디
테와 그의 아들 에로스가 티폰의 공격을 받고 물
속으로 도망치면서 물고기로 변신했는데, 아테나
여신이 이들의 탈출을 기념하기 위해 그 모습을
별자리로 만들었다고 전해진다. 가을철의 대표적
인 길잡이 별자리인 페가수스자리의 남쪽과 동
쪽으로 마치 두 마리의 물고기가 끈으로 묶여 있
는 듯한 모습을 하고 있다.

물뱀자리
Hydrus

독일의 천문학자 바이어가 1603년에 만든 별자리로, 에리다누스와 천구의 남극 사이에 있다. 물뱀자리는 북쪽 하늘에 암컷 물뱀을 의미하는 바다뱀자리와 명칭이 비슷해서 자주 혼동을 일으키지만, 전혀 다른 별자리이다. 그리고 물뱀자리는 우리나라에서는 완전히 관측이 불가하다.

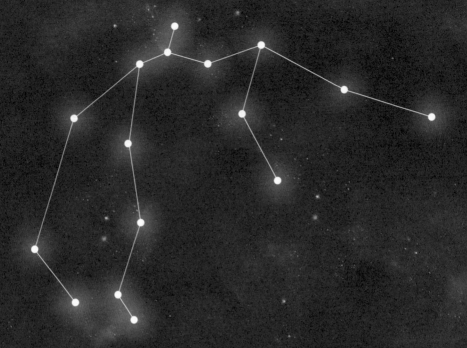

물병자리
Aquarius

제우스는 아름다운 가니메데에게 사랑에 빠졌는
데, 독수리로 변신하여 그를 올림포스 산에 있는
신들의 술 시중을 들게 하였다. 물병자리는 가니
메데가 들고 있던 물병이 별자리가 된 것이다.
페가수스 오각형의 서쪽에 위치한 상당히 큰 별
자리이면서도, 알파별이 3등성으로 어두워 잘 눈
에 띄지 않고 게다가 뚜렷한 특징이 없는 별자리
이기도 하다.

바다뱀자리
Hydra

이 별자리는 그리스의 레르나 지방에 살던 머리가 아홉 개 달린 물뱀 히드라의 모습을 나타내고 있다. 이 물뱀은 영웅 헤라클레스와의 싸움에서 죽게 되었는데, 헤라클레스의 12 모험 중 두 번째 기념물로서 하늘의 별자리가 되었다. 88개의 별자리 중 가장 큰 별자리이며, 머리는 게자리 아래에 있고 몸은 사자자리, 육분의자리, 컵자리, 까마귀자리, 그리고 처녀자리를 거쳐서 천칭자리까지 뻗어 있다.

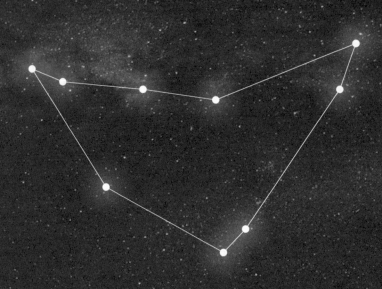

바다염소자리
Capricornus

염소의 신인 판이 거인족 티폰의 공격을 받고 나
일강으로 도망치면서 변신한 모습이다. 그러나
급한 나머지 주문을 잘못 외워서 상반신은 산양,
하반신은 물고기가 되었다. 이 염소는 아버지 크
로노스에게 잡아먹힐 위기에 처한 제우스신을
구해주고 젖을 먹인다. 나중에 염소의 신의 도움
으로 위기를 모면한 제우스신이 그의 모습을 별
자리로 만들어 주었다.

백조자리
Cygnus

제우스가 백조로 변신해서 스파르타의 왕비 레다를 만났던 추억을 오래도록 간직하기 위해 만든 별자리이다. 제우스는 아내인 헤라 여신의 눈을 피하려고 백조의 몸을 빌려서 올림포스 산을 빠져나오곤 했다. 한여름밤 직녀성의 동쪽으로 밝은 별들이 커다란 십자가 모양으로 놓여 있는 것을 관찰할 수 있을 것이다. 백조자리는 백조의 고유어인 고니를 써 고니자리라고도 한다.

뱀자리
Serpens

땅꾼자리의 주인공인 아스클레피오스가 인류 최
대의 명의가 되는 데 결정적인 영감을 주었던 뱀
이 아스클레피오스와 함께 하늘의 별자리가 되
었다. 서쪽에 있는 뱀의 머리 부분이 더 크고 뚜
렷한 모양을 하고 있다. 뱀의 머리는 삼각형 모
양으로 북쪽왕관자리 아래에서 찾을 수 있다.